鬼畜之家

［日］深木章子　著

周庠宇　译

台海出版社

◇千本櫻文庫◇

文库，原本是指收纳书物的仓库和书库，也指收纳书与记事簿，以及不常用物品的小箱子。以前者为例，京浜急行线的"金泽文库站"就是以前镰仓时代北条氏用来收藏汉书用的，"金泽文库"名字的由来便是如此。东京都的世田谷区也存在着收集着珍贵汉书的"静嘉堂文库"。后者则更多地被称为"手文库"。

江户时代以来，可以放入袖袂的小开本书籍逐渐流行起来，被称为"袖珍本"。明治36年（1903年），富山房发行了小开本的丛书，起名"袖珍名著文库"。随后，明治44年（1911年），讲述战国时代的猿飞佐助和雾隐才藏系列故事的讲谈社"立川文库"发行出版。讲谈是日本民间艺术，以口语化的方式讲述历史故事的形式。而"立川文库"则是将讲谈收录成册集中出版的丛书，据统计，当时刊行量为200册左右。从那时起，文库就脱离了原本的释意，逐渐演变成了现在的类书集丛。

文库说法借鉴了日本出版业界的传统说法。而千本樱源自日本奈良县吉野山樱花盛开的奇景，世人皆称"一目千本樱"来形容樱花美景。千本樱文库的纳入作品皆为日系作品，题材包括推理、悬疑、幻想、青春、文化等类型，正如千本樱满山盛开的绝景。

现代日本，以"文库"命名刊行的丛书系列有200种以上，所谓"文库本"只不过是统称而已。日本传统的"文库本"常用的是A6尺寸的148mm×105mm，也叫"A6判"。千本樱文库的所有书籍将在"文库本"的基础上提升，达到148mm×210mm的开本标准。追求还原的前提下，力图带给读者更清晰的阅读体验。

从上世纪70年代以来，日系推理小说逐步进入中国读者的视野。随着时代更替，涌现出了各种不同风格的作家。日系推理能够长久不衰的原因之一在于设立的各种新人奖，这些新人奖能为日本文坛输送新鲜血液，不断地创作优秀作品。福山推理文学新人奖虽不属于出版社主办的公募新人文学奖，但获奖作品将由3家出版社轮换出版。因为选稿自由度较高，挖掘出了很多优秀作家。当红作家知念实希人和深木章子都出道于此。

深木章子的本职是律师，走上写作之路时已经60岁。然而，她仅用极短时间就达到了很多作家一生都望尘莫及的艺术成就。深木章子的作品中，或多或少都能在生活中找到原型，长期从事律师的工作，使她接触了大量真实案件。因此，作品类型乍看很像社会派推理小说，但阅读之后就会发现惊喜，那么就请各位读者来体验深木章子的魅力吧。

千本樱文库编辑部

◇作家 WRITER

鲇川哲也奖作家系列

◇ 相泽沙呼
◇ 城平京
◇ 芦边拓
◇ 柄刀一

梅菲斯特奖作家系列

◇ 西尾维新
◇ 井上真伪
◇ 天祢凉
◇ 殊能将之
◇ 木元哉多
◇ 北山猛邦

其他作家系列

◇ 深木章子
◇ 三津田信三
◇ 乙一
◇ 仓知淳
◇ 横关大
◇ 野崎惑

◇ 鬼畜之家 ◇

鬼畜之家

目录

CONTENTS 目录

第一章

木岛医院院长 木岛敦司的话

是关于北川秀彦的事啊……你叫榊原？是侦探……名片上只有邮箱地址和手机号码啊……我本以为私人侦探只是在电影和小说里才会出现的，没想到在现实的日本社会中真的存在啊。

话说回来，你是被谁委托的？啊，我想起来了，这估计是你业务上的秘密吧，那你不说也没事儿。我一直没见过北川的妻子，也不知道她现在怎么样。长子秀一郎应该快大学毕业了吧？要是他能去哪个名牌大学的医学部继续深造就好了……总之，我和北川家已经很多年没有来往了。

但是，我说你啊，连个介绍信都没有，突然跑到我这里来打听北川的事，可不单单是出于好奇心吧？现在翻出这种陈年旧事，你有什么目的？

"只要你把事实原原本本地告诉我，我一定不会公之于众"这种话，从一个和我第一次见面，背景和品性都毫不了解的人嘴里说出来，你觉得我会相信他吗？而且，还说什么"要是你不配合我的话，那么我把到目前为止的调查结果公开了也没关系吗"。你是在威胁我吗？

难道不是这样吗？

　　唉，算了。虽然我不知道你的目的是什么，姑且先相信你不是来敲诈勒索我的好了。看来你应该是做足了功课才来的，那我也没有什么必要继续抵抗了。

　　莫非，榊原先生，你不会和警方有什么关系吧？啊？你以前当过警察啊……果然被我猜中了。我好歹也是一名经验丰富的内科医生，干了这么多年服务业，望闻问切的时候，就能判断出对方是一个什么样的人了。

　　我再一次郑重地拒绝你的请求。关于北川的那件事，我并不是出于私利和私欲做的。当时是他的妻子拜托我，为了他还活着的家人，我是迫不得已配合着去做了的。虽然那不是什么光彩的事，但是我问心无愧。是，你说得没错，如果我要被追究"伪造病历罪"的话，那也应该是十三年前的事。诉讼时效到现在早就过了。

　　你可能已经知道了。不过，我还是要从我是怎么和北川认识的说起。要是不知道我和他的关系，你就无法理解我为什么冒着犯法的风险也要接受他妻子的委托。

　　我和北川是教谆大学医学部的同学。除了都是长在东京、同届生之外，我们的父母也凑巧都属于"新宿区医师协会"，是经营私人医院的医生。我们两家很早以前就都互相认识了。北川自不必说，他从小就八面玲珑，是大家都羡慕的优等生。我这样说自己也许不太好，但我小时候其实就是只知道学习，不谙世事的"劣等生"而已。

所以，在学校的时候，我跟他并没有走得很近。但是，可能由于我们都面临子承父业，有着相似的境遇，可以相对放松地互相抱怨一下。渐渐地，我们经常一起约着去打打高尔夫球、喝喝酒，真的成了关系很好的朋友。

虽说我们都要继承家业吧，不过我家里是开综合医院的，北川的父亲则是传统意义上的行街医生，经营着"北川诊所"。所以，是继承北川诊所，还是留在大学继续深造，北川当时也很迷茫。北川成绩那么好，要是继续学业的话，应该会有很光明的前途吧。

行街医生在现在几乎已经看不到了，但是在当年，有的地域还是很需要他们的。考虑到北川的父亲岁数也大了，最后北川选择了做行街医生，继承父亲的小诊所。现在从结果来看，北川的选择也许错了吧。

父亲去世之后，过了几年，北川诊所经营状况不佳的流言就被传开了。我也听说过北川诊所经常对药商拖延付款、接受来路不明的贷款的消息。

我试着去问过北川。但是，北川好像把我当成他的竞争对手一样，不知道是对我虚张声势还是有什么顾虑，反正关于钱的事，他从来都没跟我聊过。我想问也不知道怎么问，硬去问他关于钱的事情，感觉也不太合适。

北川诊所经营恶化的理由？嗯，也不仅仅是时代趋势的问题吧，虽说现在大多数病人都选择去大医院看病也的确是事实。不过，我觉得原因多半出在了北川身上。北川是一个优秀的内科医生，在治病这件事上他应该是认真的。但是，从性格来说，北川其实一直都抱有侥幸和投机的心理。他从来都没有想过要当一辈子行街医生。从以前开始，他就很关心股市。我觉得他是相当痴迷商业和金融了，好像听他说过想去经商。

我也不好对别人妄下评论，其实我们做医生的，远比大家想的要不谙世事得多。每天都被周围的人"老师""大夫"这样尊称着，久而久之就会产生错觉，认为除了看病，自己其他事情也都能做得游刃有余。所以，我们反而更容易被骗。不仅是我自己，我也能举出很多同行的受骗经历。

而且，只要是偶然间听到这样那样的传闻，大家就会像围着蜜的蚂蚁们一样，一个一个的都抱着侥幸心理，接连跟上。最后，都难免一不小心落得个被骗的下场。

嗯，对女人不检点也可能是另一个原因吧。北川的妻子郁江，一开始是在北川诊所工作的护士。医生和护士组建家庭的事例，在我们这行也的确屡见不鲜。

不过，说得准确一些，郁江其实是实习护士，并不是正式的护士。虽然说实习护士的工作内容和正式护士差不多，但是考取实习资格明显要更加容易。当然，待遇也会相对差一些。

我并不是说，假如当时郁江从实习护士转成正式护士会怎么样。其实，北川的母亲非常反对他们结婚，北川一开始也只是抱着玩玩的心态，根本就没打算和郁江结婚。我一开始也不认为郁江是适合北川的结婚对象。郁江母亲去世得早，也许是她从小被父亲带大的原因吧，我总觉得郁江有种阴冷的感觉，搞不懂她心里在想些什么。

说真的，我认为温文尔雅的大小姐类型的姑娘也许更适合北川吧。不过，郁江当时已经怀了秀一郎。所以不管情不情愿，二人最后还是领证结了婚。

秀一郎出生之后，北川和郁江又生了两个女儿。但是，北川在外风流成性的老毛病还是没有改。不只是这样，父母相继离世，没有管他的人了之后，北川经常公然夜不归宿，有一段时间还非常迷恋歌舞伎町的一位菲律宾陪酒女。我也被他带去过那个菲律宾酒吧，他好像当时每晚都去那里……但是，第二天一大早诊所就要营业。这肯定会对他的身体造成不小的负担吧。年轻时似乎还没有太大的关系，但是过了四十岁还是这样生活的话，很难长寿吧。

不过，医生确实是一个压力很大的职业。它除了考验身体和精神的坚强程度之外，较为封闭的职场环境也是一大难题。特别是私人医院的医生，哪怕是晚上想要歇一下，只要不离开医院的大门，就没有能松口气的时候。也亏郁江能忍受得了，还理解并接受了这一点。

去外面拈花惹草，也算是可接受的吧。但是，就北川来说，他对自己的员工和患者也下手，这就有些说不过去了。不过，郁江自己也是这样过来的，可能她也觉得自己不好再抱怨什么了吧。

当然，北川和郁江夫妻二人的关系并不圆满。我看不下去的时候，也会给他们提一些建议。按理说，夫妻二人的事不可能让别人指手画脚，但是郁江毕竟是郁江，虽然丈夫的屡次出轨让她觉得疲惫不堪，但是，有可能她觉得自己作为堂堂所长夫人，就应该表现得更加大度和沉稳一些吧。要是这种事出现在我家里的话，肯定马上就能成为家里的历史大事件，到时候可就麻烦了。不过话说回来，一回家，看到妻子如同能乐*面具一般的脸的时候，丈夫又不是不会动的木头，心生动摇也是难免的吧。

说实话，我的妻子也不喜欢和郁江打交道。因为医师协会的关系，她们两人碰面的机会不少，即便她们也会一起去吃饭或者看电影，但是我的妻子就从来没觉得"好吃"和"开心"。郁江总是闷闷不乐，我的妻子还得总考虑她的感受，出去玩也没办法痛痛快快的。不过，这可能也要怪我的妻子太活泼好动了吧。

但是，至少对于孩子，北川有着自己独特的爱的方式。特别是对大女儿亚矢名，他最疼爱有加。亚矢名很活泼可爱，是三个孩子里最聪明的，也是让北川最觉得自豪的。

与之相对，郁江则最溺爱大儿子秀一郎。她把本来应该对丈夫倾注的爱，全都给了儿子。不过，妈妈爱儿子，这也是世间常有的事。

秀一郎虽说是大儿子，但是不太有长子和男孩子的气魄，看起来有些柔弱，少了一点儿男子汉该有的霸气。他自己要做什么的时候，

---

*　"能乐"是"式三番"（神道教祭祀剧）、"能"（古典歌舞剧）以及"狂言"（古典滑稽剧，"能"的幕间休息时表演的一种短剧，为与在"能"中出现的"间狂言"区别，多称"本狂言"）的总称。——译者注

都是先让母亲拿主意做决定。要是后来还是那样的话，怕是要被母亲溺爱坏了吧。我有点儿担心秀一郎。

最小的孩子好像是叫由纪名吧？她长得什么样来着……我记得她长得像亚矢名，性格更加沉稳大方一些吧。但是，父亲去世的时候她还很小，我对她也没有太深的印象。

北川自杀的理由，当然，虽说真正的理由只有他自己知道，但是我觉得很有可能是因为他资金周转不开才走投无路的吧。

毕竟，刚刚把自家的房屋和诊所拍卖，他就自杀了。我听别人说，北川向银行贷款外加上向朋友借钱，负债总额高达数亿日元。如果是做医生本行的事情，营业只需要医生和护士各一人而已，再怎么经营状况不善，也不可能要借那么多钱。想必他是把钱投在了别的产业上，赔光钱不说，命也没了。

那天，刚过晚上十点，我正要准备睡觉的时候，接到了郁江打来的电话，说她丈夫的样子很奇怪，让我赶快去她家一趟。

我问她北川具体是什么情况，但是她只是一个劲儿地叫我赶紧过去。没办法，我只好打车赶去了北川诊所。从我家过去大概需要二十分钟。那时，我根本没想到北川已经死了。我想，不管多少钱，这么紧要的关头，她也应该叫了救护车过去吧……但是，郁江其实是有别的考虑。

北川死在了诊室的桌子前，他的身子像是从椅子上滑下来的。当时，五月黄金周假期刚刚结束，天气还有些微凉。北川穿着平时的网球衫和长裤，披着一件对襟毛线长袖。桌子上横放着一支注射器。我判断他大概死于两三个小时之前，我赶到时，他已经断气了。

他是通过给自己的静脉注射氯化钾自杀的。现场还残留着氯化钾的原液。作为一种氯化物，经过稀释之后，氯化钾是可以用来给血液中钾含量低的患者治病用的。氯化钾原液未经稀释，直接进入人体的话会有生命危险。人体内氯化钾的浓度大量增加，会引起急性心律不齐，进而造成死亡。

你应该也知道，医疗事故和安乐死事件，经常引起社会大讨论是吧？你没听说过吗？"东海大学安乐死事件"被告到法院之后，媒体也跟着热闹了起来。是的，作为大学助教的医生被家属委托执行安乐死，对癌症晚期患者注射了氯化钾。这个事件在当年可是引起了相当广泛的关注，是当时的热点新闻事件。

氯化钾在美国好像被用于死刑的执行。不过，用它来自杀是不是好的选择，目前尚有疑问。北川有他自己的想法，没有选择上吊或者跳楼，而是用了这种方法。

啊，没有看到遗书。不仅仅是案发现场没有，到最后翻遍了保险柜和桌子，也没有发现类似遗言的内容。

既然如此，为何咬定北川一定死于自杀呢？等我后面再慢慢说。虽然没有遗书，但是据郁江所说，从北川之前的言行，确实能看出他有自杀的倾向。

先暂且不说这一点好了。不过，还真的一点儿都看不出来这像是人为的事故。确实，以前倒是也有过护士把氯化钾和氯化钙拿错、忘记稀释原液的事情。但是，这对于医疗从业者来说，是非常低级的失误。北川作为经验丰富的医生，不太可能会犯这种错误。

　　话说，我并不认为北川有给自己注射钾元素的必要，郁江也这样想。而且郁江说他们相处这么长时间，一次也没有谈到过类似的话题。假如真的有必要的话，为什么要特意等到下班回家之后，他再给自己注射氯化钾呢？这真的有些令人费解……

　　而且，设想一下他当时的情景，好像他也没有什么清晰的自杀动机。如果经营状况一直是那样的话，北川诊所早晚要被变卖，也会看到不可能还清的巨额借款金额。正是因为北川是优等生，他的自尊心也比别人强。眼看自己家的诊所和房子落在别人手里，他的心里到底是受不了啊。

　　不，好像也不对。这种时候宣告自己破产，去别的医院当医生不也行吗？这可是连一般人都知道的常识啊。

　　北川是家里唯一的男孩，在他上面还有一个姐姐。姐姐和普通公司职员结了婚，听郁江说，姐夫和北川的关系特别好，如同亲兄弟一般，而且姐夫还是他好多笔借款的保证人。即便姐夫能算作财产的只有自己的房子，但是因为借款方是医生，银行的审查也就没那么严格了。只要做形式上的连带保证人，不论偿还能力如何，很多金融机构都会愿意放贷给医生的。

除了姐夫，也有看起来很可疑的其他行业的人，当了他的连带保证人。唉，不过说起来像他这种人也真是自作自受，为什么就留不下一点儿财产呢？北川觉得要对自己的行为负责，也是理所当然的。所以，他就想一死了之了吧。保险赔偿金的事则要另说了。

郁江把我带去诊室，等我确认北川的死亡。

"木岛医生，有件事我想拜托您。"郁江的声音很平静。

也对，她毕竟是护士，平时见惯了这种场景。看来她是知道自己的丈夫已经死了，有求于我，才叫我过来的。所以，她才没叫救护车吧。

诊所的营业时间早就过了，其他护士和职员也都下班了。北川的孩子们好像也都在家，我没看到他们。估计是没人通知他们父亲已经死了的消息吧。

"想必木岛医生您也十分清楚，我的丈夫自杀了。他生前嘱咐过我，所以事情发生后，我立刻就联系了您。"

说得就像跟我和北川还有她事先商量好的一样。我一时哑然，不知道该说些什么好了。

"那，北川夫人！你知道自己的丈夫想要自杀，为什么没有阻止他？"

我不禁一脸严肃地问。但郁江还是一如既往，像能乐面具一样面无表情。

"我事先并不知道。"

她不为所动。

"想必木岛医生也有所耳闻，我丈夫生前除了医生的本职工作，也把钱投在了别的事情上。特别是近些年来，他总跟一些来路不明的人打交道，还一起开了公司……"

郁江接着说："虽说他自己当公司的法人代表，为了公司营业也一直在忙东忙西，但是最终悉数落败，资金也周转不开了。他到处借钱，足足借了有六亿日元之多。"

唉，北川平时就是这样。甚至他都已经把诊所和地皮拿去拍卖了。郁江之前就说过好多次，她丈夫破产真的只是时间的问题。

上面这些事，我之前也有听说过。但是，北川最近买了人身保险这件事，我还是当晚才知道的。事发前两个月，北川分别买了两家保险公司各五千万日元保额的保险，合计一亿日元的保额。估计北川在走投无路的状况下，还想着要给妻儿留下够他们以后生活的钱吧。

听郁江说，北川之前有段时间也买过两亿日元保额的人身保险。因为资金周转不开，后来全都解约了。这次又买了新的人身保险，看来北川是打定主意要去死了啊。

当然，买了人身保险之后马上自杀的，是得不到保险赔偿金的。这种情况也符合保险公司的免责事由，按照当时的规定，购买保险之后一年以内自杀的行为都包含在免责事由之内。现在规定得更加严格了，好像两年还是三年之内，被保险人自杀的情况，保险公司都不用给赔偿金。不过也是，这些年来，以获取赔偿金为目的而自杀的人，确实也真的不少……

郁江想拜托我的，也正与此有关。她想让我把北川的死因从"自杀"改成"病死"。

"我丈夫说过自己万一哪天遭遇不测，那一亿日元的赔偿金就用来当作孩子们日后的教育费。他想让秀一郎当医生，又想着两个女儿出嫁之前也需要花不少钱。他说只要把孩子考虑妥当就行了，说我有护士的资格证，以后再差也能混口饭吃……"

"我问过他不会是想要寻短见吧，他回答我说'怎么可能会'……但是他说过，要是自己有什么不测的话，让我一定不要叫救护车，也不要去医院，更不能通知孩子们。他说就算自己的样子再奇怪，也要让我叫木岛老师来。还说让我按照木岛老师说的做，木岛老师会妥善处理一切的……"

听了郁江的这些话，我已经吓得怔住了。

我真的没有被北川拜托过什么事。而且，他买了一亿日元的人身保险这件事，我以前根本听都没听说过。

不过，唉，我还是可以理解他的心情的。要是他生前真来找我，想让我帮他干这种犯法的事情，在死因上做手脚的话，估计他也知道我的直性子，痛快答应他的可能性也不大。而且提前知道了他打算自杀，我也不可能装作视而不见的……这大概也是北川生前没有想"强行突破"我的原因吧。

北川死的时候，只有四十一岁。我复读了两年才考进医学部，他一次就考上了……真的，北川走得太早了。

秀一郎那年四月才刚满十岁，还在读小学四年级。亚矢名在上二年级，由纪名则还在读幼儿园的大班。

这么可爱的三个孩子，在这么小的时候就遭遇家中变故，连自家房子都被别人拿去了，真是可怜。北川至少还为孩子的未来考虑过，稍微留下了一些钱。我以前一直以为北川只为自己而活，果然，他也是为人父母的人。

不过，我还是有几处想不通的地方。我有些担心假如北川病死了，他的家人真的能拿到那一亿日元的话，北川在外面欠了那么多债，最后这些钱都会被债权人拿去了吧。如果遗属不想背负死者的债务，那就必须要放弃继承权。但是如果放弃了继承的话，也就无法得到保险赔偿金了。

话虽如此，其实他们早就研究过了。听郁江说，在保险合同里的"受益人"一栏里，填"继承人"还是"被继承人"，结果大不相同。

如果受益人写的是"被继承人"的话，赔偿金本来应该是死者的权利——也就是说，赔偿金成了可以继承的遗产。所以，如果继承人从保险公司里领取了赔偿金，那么就可以认为他是承认了自动继承，之后也就不能放弃继承了。与之相对应的，如果受益人写的是"继承人"的话，从最初开始，获得赔偿金的权利，就只属于作为法定继承第一顺位继承人的妻子和孩子，不算在继承财产之内。

因此，继承人只要放弃了继承，在得到赔偿金之后，不偿还被继承人生前的债务也没关系。

是不是没想到竟会有这种好事？欠了一屁股债的人一死了之，却留下了一大笔保险赔偿金。这笔巨款，债权人很可能一分钱也拿不到，而放弃继承的遗属们，却能拿着它快乐生活。不管怎么想，都觉得太不合理了。

罢了，毕竟法律就是这么规定的。我向我们医院的律师打听过，确实还真是这么一回事。但是，听了这些内容，我越发相信北川的自杀是提前计划好了的。他应该知道我不管怎么样，只要郁江求我，最后我还是会同意的。

但是，这只是我的个人猜测而已。一下子花两三亿日元，买三四家保险公司的人身保险，出事之后保险公司也难免会怀疑他的死因。要是这样的话，可就不好办了。所以，他选择更加容易拿到手的一亿日元的人身保险，也是为了保险起见吧。

因此，我先让郁江把那天晚上北川自杀前的状况告诉了我。把"自杀"改成"病死"听着很简单，但是如果不知道详细状况的话，想改也很难。

郁江告诉我，那天北川和平常一样，从早上就开始了诊察。那时的北川诊所，我前面也提到过，只有医生北川一人，护士一人，还有一人是来打工的事务员。因为北川之前有过和年轻护士好上了的前科，所以后来在郁江的强烈要求下，护士必须是年满五十周岁以上的大妈才能做了。事务员则是在晚间授课专门学校上学的男性。

门诊时间是从早上九点到中午十二点，休息两小时之后，再从下午两点到傍晚六点结束。等护士和事务员都回家了，北川还经常会一直待在诊室里不出来。

郁江和三个孩子平时会在晚上六点半左右吃晚饭，但是听说北川很少和家人一起吃饭。平时他们不是吃汉堡肉就是咖喱饭，这些小孩子吃的东西好像不合北川的口味。门诊结束之后，北川经常一个人出去，晚上很晚才回来。去酒吧什么的自不待言，但是他也不都是为了玩才出去的，还有找人商量开公司和合作的事情。

午饭他倒是在家里吃，不过也不和家人一起吃。郁江每次都特地把他还有其他三名员工的饭做好了，再送到诊所去。还有三个孩子的饭要做，郁江每天也是挺不容易的。

北川平时就是这样，所以他自杀的那天，即便是回家换了件衣服又回到诊室，郁江也没觉得有什么异常。郁江想着他一会儿肯定是要去外面，才回来换衣服的吧。

但是，过了晚上九点，北川还没有从诊室出来。诊所和自家的房子在同一个院子里，两栋建筑之间有一条短短的走廊，电话是相通的。不过，郁江讨厌在电话里听到丈夫不耐烦的语气。她采取了窥视的办法，才发现丈夫倒在了诊室里。

和我一样，郁江也在当下立刻判断出北川是注射氯化钾自杀。她在隐约之中应该能想到会发生这种事吧。明知自己的丈夫有自杀的想法，还放任他在诊室里待到晚上九点……

总之，郁江记得丈夫以前交代给她的话，没叫警察，也没叫救护车，没有动现场的任何东西。她先是回到了家里，装作像是什么都没发生的一样，把孩子们赶到卧室哄他们去睡了。

说到那三个孩子，两个女儿岁数尚小，妈妈哄着睡觉不一会儿就睡着了。但是，秀一郎当时已经是四年级的大孩子了，回到卧室之后睡不着的话，出来看看的可能性也会有的吧？他能不能理解母亲在隐瞒父亲的真实死因，这也是个疑问。毕竟作为一个十岁的孩子，他应该能看出父亲死亡前后的异样吧。我对秀一郎有些担心。

孩子其实远比大人想象的要敏锐得多。事实上，和郁江在诊室说话的时候，我听到走廊里有东西掉下来的声音。有一瞬间，我想到秀一郎是不是还没睡着，不会是跑来诊所找他妈妈了吧？我跟郁江说了，她说秀一郎睡觉的习惯很好，睡着了绝对不会中途醒来。

郁江说，她打算等到第二天早上，告诉孩子们爸爸昨天晚上突然病死了。这是他们家的家事，我不方便插嘴，就没再多说什么。

最后，我还是同意写了"病死"的诊断书。这毕竟是北川生前最后的愿望。虽然郁江有护士资格证，以后也能混口饭吃，但是让我眼看着他们一家住的房子就这样没了，实在也于心不忍。

问题是，怎么来写这个诊断书？病死的具体内容要写什么好？死亡证明倒是不用担心，因为在政府机关那里，只要他们见到了正规医生开具的死亡诊断书，也不会再多问什么了。不管是"自杀"，还是"事故"，抑或是"病死"，在户籍证明上都不会被明确记载。

但是，保险公司可不是这样。是"自杀"还是"病死"？"病死"具体是什么病？被保险人是否违反了告知义务？保险公司的人都会对这些问题很上心的。因此，他们会仔细查看死亡诊断书上的内容，对有疑点的地方进行彻底调查。直到解开疑惑之前，保险金的支付都是停滞状态。

我觉得，把北川的死因写成"脑动脉瘤破裂造成蛛网膜下腔出血"，是比较妥当的处理方式。脑动脉里有没有肿瘤，只靠普通的体检是无法得知其病变的。而且，即便是做了脑CT，也有可能查不出来。这样一来，就不用怕被说成是违反告知义务了。

脑动脉瘤在破裂之前，通常都不会有任何征兆。破裂之后立即失去意识，甚至死亡的事例也有很多。得了这种病，看起来一直很健康的一个人突然死了的话，一点儿都不用觉得大惊小怪。

不过，说归说，不经过检查的话，也无法出具蛛网膜下腔出血的诊断书。而且，再说得稍微细一点儿，在我来到北川诊所的时候，北川已经死了——这可真的有些难办了。

倒下的丈夫还有微弱的呼吸，但是妻子发现后却没有立刻叫救护车。这确实是个大问题。比起这一点，更重要的是，除了在诊察病人的过程中病人突然死亡，或者是病人在最后一次接受医生诊察之后二十四小时内，因被确诊的病而死亡的这两种情况，医生都必须开具"尸检证明"，而不是"死亡诊断书"。而且，如果是"非正常死亡"的话，根据《医师法》的规定，医生有向警方报告的义务。

"非正常死亡"的定义，顾名思义，就是指"正常死亡之外"的死。总而言之，得病接受诊疗之后，由于被确诊的病因死亡的，就是"正常死亡"。其他的，则都属于"非正常死亡"的范畴。

如果被认为是"非正常死亡"，尸体则必须接受司法解剖或者行政解剖。所以，我必须避免这种情况发生才行。除了自杀和事故死亡，像由于"蛛网膜下腔出血"这类的突然死亡的情形，也包括在"非正常死亡"之内。所以，无论如何都得把北川的死亡时间往后延，或者把他的发病时间往前推……如此看来，只能制造出"我提前给他看过病"的情况了。

郁江不愧是专业护士，马上就理解了我的意思。但是，她却反对把北川的遗体搬运到这里——木岛医院来。

木岛医院有很多护士和工作人员，想骗过他们的眼睛几乎是不可能的。而且，即便跟他们说明事情的原委寻求配合的话，风险也太大了。郁江指出了这个方案的缺点，当然，我也明白。

最后，我们决定不动北川的遗体，只在材料上写"在木岛医院治疗期间死亡"。

为了能这样写，我必须把自己医院的事务长拉拢过来。时任事务长的是一名已经在木岛医院干了三十年的男性，他很值得信赖，不需要担心他泄密。

不如说，殡仪馆那边倒是个问题。一般来说，从医院领取死亡诊断书之后，不是由遗属向政府机关提出注销户籍申请的手续，而是殡仪馆的工作人员来负责办理的。如此一来，可能会被殡仪馆的人问到，为何在木岛医院死去的患者的遗体，会出现在北川诊所？

但是，这件事最后还是靠着事务长，和他平时经常走动的那家殡仪馆给妥善处理了。幸好把北川写成了是在木岛医院死的。死亡诊断书和户籍注销申请，没有经由殡仪馆就办好了。即使殡仪馆怀疑北川的死因，但毕竟我们医院是它的老客户，它也就睁一只眼闭一只眼过去了。这也是能办妥这件事的原因之一。

既然决定了，我们便先把北川的遗体放好在诊室的床上，二人合力脱掉他的衣服之后，郁江给遗体穿了她从家里拿来的浴衣 *。尸体还没有完全僵硬，因此我们没费太大力气。我们把桌子上的注射器和氯化钾也给收拾了。

在接到郁江的通知之后，北川诊所的护士和事务员就立刻赶了过来。郁江还说想等第二天早上再通知北川的姐姐等一众亲戚。

在我的医院的事务长和殡仪馆工作人员来之前，我一直都陪着郁江。等他们来换我的班后，我才离开的。之后的事情我就不得而知了。

北川的葬礼，没有像别人那样租借场地举行守夜和告别仪式，仅

---

* 浴衣（ゆかた），日本夏季传统服饰。——译者注

由家里人和亲戚私下送葬。

在当地也算小有名气的行街医生去世了，居然都不公开办葬礼，不知当地居民会怎么想。可能是因为欠了那么多钱之后不光彩地死了，也可能是北川的姐姐想到自己的丈夫曾做过北川的保证人，自己在公开葬礼上露面会有麻烦。所以，即使是私下送葬，亲戚们也都没有抱怨什么。

不过，有一点我还是挺在意的。郁江提醒我，如果我被北川姐夫问些什么的话，绝对不能告诉他真正的死因是自杀，而且也绝对不能说北川买了一亿日元的人身保险。郁江一直在防着北川姐夫来跟她分这笔保险赔偿金。

我不知道最后是怎么样了，不过要是北川姐夫被债权人们像剥核桃那样一层一层地追债，他肯定不会沉默的吧。所以，我也犹豫了一下……不过，结果是我接受了郁江的请求。想着她还有三个孩子要养活，我觉得郁江也是迫不得已才这么做的吧。

保险金？那两家保险公司也没发现可疑之处，直接把保险金支付了。不过我也做好了他们会来调查的心理准备。

居然这么轻而易举就得到了保险金，我也理解为什么有那么多人铤而走险骗保了。保险公司平时总在想方设法"为难"那些认真缴费的人，没想到遇到这么严重的事情，它却像个大箩筐一样给漏掉。我总算能想通保险公司的这种存在了。

得到了保险金的同时，北川诊所也停业了。雇佣临时医生费用太高，况且北川诊所的名字也已经被挂在了拍卖的清单上，北川诊所已无路可走。况且，拿到保险金这件事，郁江也在极力瞒着债权人们。就是可怜了北川诊所的工作人员，他们辞退金都没能拿全。

那之后又过了不到半年，北川诊所的土地就被买走了。郁江和三个孩子也从诊所隔壁的自家房搬到了别的地方去住。现在，那块地上早已经被建起高楼了。

我知道的已经全告诉你了。之后的事情我是真的不知道。郁江没跟原来的邻居说，也没跟我打声招呼，就消失不见了。他们搬去哪里了呢？后来过得怎么样？我一点儿都不知道，也没调查过。直到那天我接到了一通电话。

让我帮她干了这种事情之后就消失不见，最初我是很生气的。不过，慢慢地，我开始觉得对我来说也挺好的。把做的亏心事趁早忘掉，心里也会更舒坦一些吧。大学和医生协会的同行，一开始还总说这件事。过了这么多年，现在早已经没有人提了。

而且，不论现在郁江在做什么，我不认为她还会去翻这笔陈年旧账……所以，榊原，这次委托你调查的人是秀一郎吧？

唉，算了，你不想说也没事儿。但是，那天晚上，秀一郎应该是听到我和郁江的对话了。即便是没听到具体内容，他也应该能察觉到妈妈在掩盖父亲的真实死因。而且现在他长大了，肯定很想知道当年的真相吧。

用不着去找侦探，秀一郎直接来这里找我的话，我会把真相都告诉他的。

你说什么？"不是郁江杀的北川吗？"这，这说的是哪门子的话！

为了保险金杀人？太荒谬了吧！

你小子说话也太不谨慎了吧？这又不是小说的剧情。所以我说啊，你们这种侦探真是不怕给别人添麻烦。杀夫什么的，这种事情怎么可能会在现实中发生啊！

我说你啊，对写了"死亡诊断书"的我这样说话，不会觉得很失礼吗？

是自己注射的，还是被别人强行注射的，看一下注射的痕迹就能立刻明白了。北川他也是医生啊，他能任凭别人给他注射氯化钾，还一动不动的？再说了，现场也没有打斗过的痕迹。

什么？有可能是事先被灌了安眠药？

这……不对，当时好像没有做血液检查……但是，你当我是傻子吗？绝对不可能是你说的那样。

这只是你的凭空臆测吧！不，简直就是信口开河。

我虽然不知道是谁说的名言，开玩笑可是要掌握分寸。因为夫妻关系不好，妻子就能把丈夫杀了？

两人慢慢地都冷静了下来。

你可别胡说八道了！我从郁江那里拿钱了？你有什么证据这么说……

什么？我给菲律宾酒吧的奥罗拉的一千万日元分手费是从哪里来的？你说有证据，你到底是从哪里听来的？

　　那个酒吧，很久之前就关了。奥罗拉也应该早就回菲律宾了。啊，不会是秀一郎那小子干的好事吧……

　　你，你到底有什么目的？

　　滚！快滚！再不出去我可要叫警察了……走，你赶紧给我走啊！

主妇 相泽喜代子的话

哎哟，榊原聪先生，你是侦探呀！

侦探，就是那种接受私人委托的人吧？你说你是私人侦探，我感觉自己像是在看电视剧或是读小说似的……哦，原来是这样啊。干你们这个工作的人还挺多的呀。我没找过侦探，你们是不是和商业征信所的人干的工作挺类似的？

真的吗？你们什么都能调查？但是，不依靠征信所，自己当私人侦探的话，平时会不会经常遇到危险啊？我跟你说啊，那些宅男打起架来可是不要命的，还有，要是碰上黑社会的人……在日本还好，有枪的人毕竟还是少数，但是如果委托你们去追查杀人的话，也太可怕了吧。

唉？我说的不对啊。但是，你一个私人侦探，为啥要调查那场大火啊？

个人兴趣？别开玩笑了，你肯定是接到谁的委托了吧？我猜，不会是郁江让你来的吧……我可不知道她有什么目的。

要不是为了那件事，为什么你现在又来问我的话？还特地从东京那么远的地方跑来茨城县滨南市找我，你也不嫌远……都已经是十多年前的事了。虽然我和菱沼他们家是亲戚，但是也没那么熟，我真的不了解那件事。

那场大火啊，当时，报社和电视台可没少报道。孩子的爸妈都被烧死了，上小学一年级的那孩子却奇迹般地活了下来。

我知道这件事的时候，真的感到很震惊。火势蔓延得非常快，附近的人发现之后立刻报了火警，但是消防车赶来的时候，已经晚了。只能说是他们运气不好吧，而且冬季的空气又很干燥。

不过，要是火灾的原因是有人蓄意纵火，或者火是从别的地方烧过来的话，也就算了。结果偏偏是他们自己用火不小心，也怪不得别人了。孩子得救已经是不幸中的万幸了。那夫妇二人是我们这里出了名的酒鬼，我以前还担心他们喝坏了身子。没想到他们居然是因为喝醉了引起的火灾，真是太出乎意料了。

嗯，是的。在那场火灾中死去的菱沼健一和美惠子，是我的妹夫和妹妹。

我家里一共有三个孩子。我是老大，我下面还有一个弟弟和一个妹妹。没想到他们都比我去世得早……现在只剩我一个了。

我的旧姓是铃木，老家在鸟滨市，不过现在被滨南市给合并了。我的父亲是渔夫，最小的弟弟叫诚，他身体不是很好，没有信心继承父亲的渔业，所以中学一毕业就在当地的水产品加工公司工作了。公司不大，主要是做各种鱼干的加工和批发。

诚的工作还算挺体面的。后来，他爱上了公司里一个比他岁数大的女的，不顾爸妈反对，才刚二十岁就结婚了。诚的独生女正是郁江。

诚小时候就不爱说话，看起来很老实。只要平时能有酒喝就很高兴，他是一个挺单纯而且认真的人。但是，他的老婆和江却喜欢花里胡哨，而且骨子里带着轻浮劲儿，真是想不到诚竟然被她给迷住了。父母还有我的意见，他从来都不听……老婆让他干什么，他就干什么。

和江花钱大手大脚，诚的工资根本不够她用的。和江后来开始在酒吧打工，和那里的男客人好上了……最后，她抛下也就四五岁的郁江，跟那个男人跑了。

"郁江的母亲死得早"什么的，根本就是骗人的！和江这些年来一直活得好好的。跟了那个男的之后，她好像还时不时到诚那里去，根本就不像是得了绝症快要死的人。

但是啊，虽说时不时来一趟，她可不是因为担心女儿郁江才过来的，好像是来找什么东西的。总之，那个女的心眼可多得很。

诚真的是亲手把郁江带大的，到死他都是单身一人。他可真是个傻小子，到最后都等着和江回心转意再回来找他。和江跑了之后，除了扫地、洗衣服，诚每天早晚都要给郁江做饭。不在家的时候，他就先买好一大堆食材，然后拜托我和妹妹美惠子去帮他给郁江做饭。他真的是一切为了郁江着想。

郁江慢慢长大之后，开始帮着做家务，诚的负担也少了一些。郁江中学毕业后想当护士，诚又接着供她去读护士的专门学校。真不知道诚这一辈子到底在为了谁而活啊……郁江要是能稍微体谅一下他爸爸就好了。郁江果然还是像她妈啊，对别的男人都很热情，但是对把她养大的父亲却总是一副爱答不理的样子。

诚是个老好人，最后竟然连一句抱怨的话都没有。我看了真是气不打一处来，替他觉得太不值了。

是的，郁江后来拿到了护士资格证，去了东京。她要是真的想陪父亲，鸟滨市也有医院，在这里工作不就行了？

郁江去东京的私人医院当了护士，和医院的富二代好上了，按现在的话来说，就是"奉子成婚"。成了医生的妻子之后，她生下了秀一郎，那年她才二十二岁。她长得也不算好看，不过估计是她妈遗传给她的绝技，勾引男人是真的有一手。

嫁给有钱人，一跃成为院长夫人之后，估计是怕别人知道自己父亲是个卖鱼的会被人瞧不起吧，所以哪怕是让做爷爷的见孙子高兴高兴的事，她都很少做。她也基本上没带着孩子回来过。

看着真让人可怜。诚一个人寂寞，整天喝酒买醉，最后把肝给喝坏了……不过，铃木一家子人基本上都很能喝酒。我父亲就是因为肝病死的。唉，是啊，得了肝硬化死的。

诚病倒的时候，按理说郁江这个做女儿的，应该带他去医院看看病吧，况且她还嫁给了一个医生。但是，郁江却说他们医院没有床位，等着住院的病人还多着呢，要是给她爸行了方便，别的病人就该找她抱怨了。她这简直就是歪理，反正她死活就不说要照顾父亲。

诚也察觉到了女儿的想法，跟别人说是他自己不愿意去东京看病……送诚走完最后一程的人是我，他一直住在这里的市民医院。

在诚去世的前一天晚上，主治医生问他有没有想见的人，诚说想见女儿。医生给郁江打了电话，你猜郁江怎么说？

她问了问诚的情况，然后说："老头子根本就没事儿，像他那样的状况，再撑个一两周的病人多着呢。医生就是爱大惊小怪，把病人的病情故意往严重了说。而且，我姑姑那么挑剔的人在陪着他呢，肯定没问题的……"说得好像她跟这件事一点儿关系都没有。

结果，第二天凌晨四点刚过，诚就咽气了。郁江过来的时候都快中午了……没见她哭一声。而且，她也没带孩子来送爷爷一程。这种事你能相信吗？至少也应该让秀一郎过来一下吧……

但是，郁江还觉得自己挺在理的。她说要是孩子来了被她爸传染上肝炎病毒怎么办，就这么被她给糊弄过去了，可能她真的是医学方面的专家吧。不过我后来想，让孩子别拿手碰遗体不就传染不上了吗？而且诚得的是肝硬化，就是喝酒喝多了导致的，得这种病的人会传染肝炎病毒吗？

不止这样，还有让亲戚们更傻眼的事。大家聚在一起和殡仪馆的人商量葬礼事宜的时候，郁江却说不用办葬礼也没事。

她居然说"根本不用守夜和告别仪式，一把火烧了不就行了吗？

也不用叫和尚来。'头七'啊'七七'什么的也用不着办"。郁江打算从火葬场取了她爸的骨灰之后，直接拿去墓地埋了。她还理直气壮地说："你们不知道，现在东京的人都这么干。"

但是，这里不是东京，是茨城县。诚又不是孤儿，他是我们铃木家的长子，女儿还嫁给了医生。何况我们铃木家在菩提寺里还有祖坟，守夜和告别仪式都不办，也太说不过去了吧？而且，诚工作的公司在他生病期间，一直按休病假给他算的，关心他的人也很多。郁江这么做事，还有脸见老家的人吗？

我丈夫非常生气，郁江则看起来有些沮丧。虽然葬礼让殡仪公司的人还有和尚赚得盆满钵满的，但是对遗属来说，算是图个面子上好看，一般只要是能办得起的人家，肯定会办的。"法号有没有，对于死人来说也没什么关系。要是谁觉得有关系的话，那就自己给他起一个好了……""我已经不是你们铃木家的人了，我嫁给了北川，我是北川家的人，和铃木家的菩提已经没关系了。铃木家的祖坟受不受得到佛祖的庇护，跟我一点儿没关系都没有。"我后来特意又问了她，她大概是这么回答我的。

不，她是不会大声说话的那种人。而且，她说话的时候基本上面无表情，说一不二，执拗得不得了。

我们还是服软了。我虽然嫁到了相泽家，但是最后没办法，只得由我担任丧主，出席葬礼。虽然我觉得这样做对不起我丈夫，但是我弟弟的葬礼却连个读经的都没有，等以后到了那边的世界，我真的没脸见父亲。

最终，郁江和孙辈的三个孩子都没有出席葬礼，北川家的人一个也没来。现在想来，郁江嫁得门不当户不对，家庭出身比人家男方差太多了，在家里难道不会处处被压着抬不起头来吗？我猜她也一定是不愿意在葬礼上，给她丈夫和医院的人介绍她家亲戚吧。

没有，和江也没来出席葬礼。话说回来，我一开始并不认识她。即使她跟诚以前结过婚，但是诚生病的时候，她根本就没来照顾过。这样的人我怎么可能让她坐在葬礼的亲族座位上呢？

认识的一个护士偷偷告诉我，诚住院的时候，和江好像来看过他一次。我猜她大概是在意诚的财产吧。知道了诚没有留下什么遗产，她才又赶紧跑去别的地方了吧。

虽说是在乡下，铃木家以前也算是有自家耕地的大户人家。诚结婚以后，和江用她的三寸不烂之舌，把铃木家的地全给贱卖了。说什么想住在离诚上班的公司近一点儿的地方，在街上租了一个小房子住着。最后，诚死的时候就什么都没有留下了。唉，我可怜的傻弟弟。

实在是不好意思，在说关键的地方之前，我没忍住，一兴奋说了这么多关于郁江和她爸的事情……

嗯，我说得明白一点，郁江是魔鬼。郁江看起来老实，估计是受和江的影响吧，她的坏心眼儿跟她妈妈相比，可是有过之而无不及的。看看郁江对她的孩子干的那些事就明白了。就算丈夫欠债早死，郁江把还没上小学的女儿送给别人，这也太不像话了吧？但凡她还有一点儿做母亲的责任心，肯定干不出这种事。

嗯，是的。郁江的婆家世代在东京经营医院，郁江后来成了那里的院长夫人。

不，我没有去过，那家医院好像在东京还挺有名气的。但是我后来听说，郁江的丈夫是一个玩心很大的人，郁江因为丈夫在外面跟其他女人的关系，可没少吃苦头。

十年前……不，应该有十三年了。嗯，是的，没错。蛛网膜下腔出血。以前这种病叫"脑溢血"，是吧？

之前还一直活蹦乱跳的，她丈夫在医院诊疗的时候，突然间就倒下了。接到通知后，郁江赶紧跑过去，但是发现丈夫已经没有意识了。才四十一岁，正值壮年就这么死了，这个病真是可怕啊。

但是啊，更让我吃惊的是，我原本以为北川家会很有钱，没想到他们家的经济状况，在当时可是已经到了火烧眉毛的地步。后来我听说，他那个医院一直赔钱，徘徊在破产的边缘……近些年，有不少医院的经营状况都很不好啊……她丈夫死前欠下那么多的债，郁江也没办法了吧。

郁江是个好面子的人，之前一直没让人看到她的真面目，果真也是能忍啊。

一家之主突然离世，房子也被拍卖给了别人，面对这种惨状，饥一顿饱一顿也很正常吧？如果是工薪族家庭的主妇，以防万一，买一份人身保险，私房钱攒个五百万日元或者一千万日元也是有可能的吧？

听郁江说，医院的资金流转快要不行的时候，丈夫让她把家里的存款全部都取了出来，给药局结了账，给员工发了工资。这样一来，也没有多余的钱来交保险费了。怎么说呢，她丈夫确实有令人敬佩的地方啊。

不过，就像我之前一直说的那样，把自己的孩子扔给别人家，这样做妥当吗？郁江她是有护士资格证的人吧？要是她真的有责任意识的话，应该可以好好抚养三个孩子的吧？总而言之，我觉得郁江没有母爱，她也并不在乎亲情。

我之前也说过了，在火灾中丧生的菱沼美惠子，是小我七岁的妹妹。因为是最小的孩子的缘故吧，她从小就爱撒娇。虽然在学校的学习成绩不是很好，但是她很可爱，特别招人喜欢。

相过亲之后，她嫁到了江岛郡的一户农家，现在那里已经属于滨南市了。但是不知道为什么，她一直没有生孩子。

丈夫健一和美惠子同岁，不怎么爱说话，看起来有些不太好相处。但实际上，健一非常勤奋，对美惠子也很好。所以，即使没生孩子，夫妇二人的生活也没有因此受到什么负面影响。

美惠子在郁江的丈夫去世半年后，突然提出想要收养郁江的小女儿。我听了之后，吓得半天没说出话来。

为什么？当时美惠子已经五十四岁了，她照顾自己都不是很方便，郁江的小女儿由纪名才六岁。虽然不是婴儿，但是美惠子从来没带过孩子，在那么大的岁数突然成为一个小学生的妈妈，这简直是不可能的吧。

仔细问了她之后，我才知道了原因。原来，那天郁江带着三个孩子突然跑到了美惠子的家，说自己的丈夫留下巨额债务死掉了，住的房子也被别人拿走了，现金也一分钱都没有了。她说自己以后想一边做护士的工作一边养孩子，老大和老二上了小学还好带，但是她实在是照顾不了小女儿由纪名了。郁江哭着求美惠子夫妇收留由纪名。

美惠子夫妇是农民，与住在城里的东京人相比，他们住的地方要宽敞得多，而且吃的食物也更丰富。就算是再亲的亲戚，面对突然带着孩子上门请求收留这种事，美惠子也不可能一下子就答应的吧。话说郁江，她之后去东京找工作的时候，把三个孩子都放在美惠子家里，不闻不问的……美惠子夫妇很喜欢小孩子，在郁江去东京找工作的两个星期里，每天早晚都给三个孩子做饭，照顾他们的起居。

两周后，郁江总算是找到了一份提供住宿的工作。但是，她却说房间太小了，没办法把三个孩子全部接过去。实际上，她好不容易才要到两个人都难以挤下的房间，要是放弃的话，条件只会更差。她说自己也不知道什么时候能把老大和老二接走。这简直就是在威胁美惠子夫妇啊。

虽然我以前也跟她认真说过，不过美惠子从以前开始就是一个实诚的人……被那么说了，她也不好意思推托。没办法一下子收下三个孩子，美惠子最后同意收养了由纪名。

我接到电话坐飞机赶过去时，郁江已经带着两个孩子回东京了，没赶上见他们一面。虽然可怜的由纪名就这样被丢下，不过美惠子夫妇待她像亲生的孩子一般，三人过上了幸福的生活。

我说过他们夫妇二人，"别看现在还觉得挺好的，等由纪名成人的时候，你们都七十岁了。到那时，由纪名要是有喜欢的男孩子，不打招呼就往外面跑，你们怎么办？要是她到时候比郁江还能花言巧语呢？"不过他们却笑着说没关系，说那也挺好的。看他们没有怨言，我也就没什么好说的了。

说实话，如果非要从郁江的三个孩子里收养一个的话，还是选由纪名好了。由纪名本身就岁数还小，很可爱，也是三个孩子里最朴实的。

长子秀一郎虽说像他爸一样脑子很好使，但是看起来很拘谨，也很柔弱。秀一郎是郁江唯一的儿子，特别受郁江的宠爱，不过男孩子该有的那种活泼劲儿，从他身上实在是看不出来。

长女亚矢名是个乖巧伶俐的姑娘。在美惠子家的时候，岁数还小的她稳稳重重，做得有模有样，如同大人一般。但是啊，我总觉得她的性格特别像郁江，所以不怎么喜欢她。

决定收留由纪名之后，一直以来都没有孩子的美惠子夫妇，对小孩子的热情一下子就涌了出来。把从岁数上来说本应该是孙女的由纪名当作女儿来养，每天又是给她做饭，又是给她洗澡的，照顾得特别好。

兄妹三人里只有自己被母亲抛弃，由纪名看起来是受到了很大的打击。一开始我跟她打招呼，她连头都不抬。就像是从别人家抱来的猫一样，特别认生。

但是，过了有两三个月吧，她就和美惠子特别亲了。美惠子出门买东西或去美容院的时候，由纪名都会"妈妈，妈妈"地喊着，紧紧地跟在她的后面。可怜的孩子，估计是以前郁江夫妇根本就没疼过她吧。

健一也是个很朴实的人，又是开车带由纪名出去玩，又是给由纪名买自行车，总之是对她疼爱有加。有可能是不太记得亲生父亲了，由纪名总是很自然地就对健一撒起娇来。

在由纪名上小学之前，美惠子夫妇去政府办理了正式的领养手续。入学的时候，美惠子夫妇又是去百货店给由纪名买学习用的桌椅，又是带着由纪名去照相馆拍全家福，特别热闹。

到了上小学的年龄，由纪名这个小姑娘已经彻底变成了当地人，交了好多新朋友。家里有由纪名和没有由纪名的时候，气氛也特别不一样。只要是能走到的地方，家里几乎到处都能看到由纪名的书、衣服和玩具，美惠子家里一下子变得特别有家的感觉。

郁江倒也不是一点儿都不联系他们。她时不时也会带着两个孩子过去玩。这对郁江来说，已经算是不错的表现了。

那场火灾，是在由纪名上小学一年级的冬天发生的，我记得是新年之后的一月四日。由纪名和美惠子夫妇正式成为收养关系，还不满一年。他们二人爱喝酒，那天晚上好像也喝来着。

到底喝了什么？我也不知道……不过，冬天的话，通常喝烧酒兑热水吧。他们酒品不坏，不过一旦开始喝了，就要把整瓶全喝完才停下来，不醉不休。

那天虽然天气很好，不过风特别大，很冷。听消防员说，那天晚上十点刚过，看到菱沼家着火的邻居打电话报了火警。

报火警的人，是同为农民的邻居中村。中村家的房子处在下风口，当时他正在看电视，突然闻到了一股烧焦的味道。出门一看，中村发现不远处的菱沼家房子的上空，被火光照得一片通红。

和城里的街道不同，在乡下，即使是邻居也隔着相当远的距离。中村出门之后，在离菱沼家房子约一百米的地方，看到了由纪名穿着睡衣抱着小猫，直愣愣地站在马路边。中村丈夫吓了一跳，赶忙问她爸妈在哪里。由纪名的眼睛哭得通红，只见她啜泣着抬起下巴指了指烧着的房子。中村知道已经没办法救人了。

啊，你说那只小猫？当时由纪名抱的那只小猫，是几天前在院子里迷路的大概一个月前刚出生的三毛猫。由纪名得到了美惠子的准许，刚刚才开始饲养它没几天。火灾发生时，由纪名一定是和小猫一起钻进了被窝在睡觉，然后抱着它逃出来的。

担心她晚上着凉感冒，中村先把由纪名带到了自己家里。中村太太说，不管是谁问什么，由纪名一直低着头，一句话也不说。

所以，真相不得而知。不过我想，大概是由纪名睡在门口的房间，听见"啪啪"的火烧声，闻到了烧焦的味道后醒了过来。睡眼惺忪的由纪名赶忙起身，看到客厅变成了一片火海。小学一年级的学生，还是应该知道着火了的。她用钥匙打开家门，然后冲了出去。

由纪名在外面使劲喊爸爸妈妈，里面没有人回应。火势慢慢变大，她只好离家越来越远。但是她没有逃跑，还是留在了家附近的位置。被带去中村家的时候，由纪名满脸炭灰，头发也被烧焦了。

由纪名几点睡觉的？几点来着……大概应该是晚上八点前后吧。毕竟美惠子夫妇总是那会儿吃完晚饭，然后开始在客厅里喝酒。

消防员说，起火地点是客厅，健一和美惠子倒在了那里。他们二人坐在电暖桌前喝醉之后，应该是谁想要站起来的时候，一不小心用脚绊倒了煤油炉。正好地上还有没燃尽的烟灰，洒出来的煤油就被点燃了。

要是两个人没有都喝醉，能救一下对方的话，也不至于都葬身火海……尸体被烧得面目全非，连亲属也没有被允许看一眼。唉，不过由纪名得救了，还是要感谢老天爷。

虽然由纪名没有直接看到"爸爸妈妈"被烧死的惨状，但是随着时间越来越久，她心里的创伤也越来越大。火灾之后，由纪名有一段时间变得不爱说话，精神恍惚。接到通知后，亲妈郁江赶了过来，但由纪名也还是像贝壳一样紧闭双唇，一句话也不说。在那之前，我跟她打招呼，她总是对我笑。事后何止不笑啊，就连学校的小朋友担心她，来家里看她的时候，她也不看同学一眼……我真的害怕她精神出问题。

关于那场火灾，由纪名到最后还是只字未提。当然，消防员和老师也没有说。看来不只是孩子，大人也不愿意再次回想当时的惨状。现在，好像有心理咨询师能帮助人们缓解心里的伤痛吧……唉，那时的由纪名实在是太可怜了。

不过，最让我无法接受的，还是那之后的事情。由纪名已经正式成为菱沼家的养女，"父母"去世之后，由纪名当然应该继承菱沼家的财产，这是谁都明白的事情。但是，前提应该是由纪名还继续留在菱沼家，对吧？

当然，菱沼家的房子被火烧没了，由纪名还小，也没办法独立生活。但是，只要用保险金的钱把房子重新盖好就行，菱沼家的亲戚也住得不远，把她照顾大不就行了吗？

可是实际上，由纪名被带去了东京，之后就再也没回来过了。当然，她是被郁江带走的。现在菱沼家连个影子也看不到了，菱沼家的财产事实上也全被郁江占为己有了。唉，天下竟有这种蠢事……

健一和美惠子没有什么存款，但是毕竟是农民，他们有祖辈传下来的土地。健一是菱沼家唯一的男孩，也就是长男。他的两个姐姐也都嫁给了农民。二十岁刚过，健一的父亲就去世了。他一个人继承了那一大片土地。

嗯，是的。他的姐姐们放弃了继承权。但前提是健一作为菱沼家的独苗，继承家业。不过，要是菱沼家在健一这一代就终结，代代相传的土地也被卖掉的话，可就要另当别论了吧？

　　健一被火烧死，当然会有一笔保险赔偿金。我从别人那里听说，建筑物的火灾保险和人身保险金合在一起的话，最少也得有五千万日元。有了这笔赔偿金，不仅能重新盖起房子，由纪名成人之前的开销也都够用了。

　　我想过，让健一的外甥收养由纪名不就好了吗？健一的外甥叫大辅，他是健一的二姐的孩子，家住得离菱沼家非常近。火灾之后，大辅收留了由纪名一段时间。大辅的爸爸叫木元，当时他的精神还很好。木元家全员务农，所以也能帮着照顾一下菱沼家的地。大辅夫妇有两个儿子，大儿子上初中一年级，小儿子和由纪名在同一所小学上学。我觉得这不是刚刚好嘛……跟他们说了这事之后，他们也很有兴致。

　　不过啊，我根本没有想到的是，像扔垃圾一样把亲生女儿扔给美惠子夫妇的郁江，实际上一直死死地盯着菱沼家的财产。

　　那是火灾发生后的第十天。健一和美惠子的葬礼结束之后，终于能喘口气了。一直沉默不语的由纪名好像也开始和大辅的孩子们有一句没一句地回起话来。听说由纪名又开始说话了，我的心里也踏实了不少。毕竟一直不去学校上学的话，对她也不好。大辅给我家里打了电话，说是郁江突然来了。

　　郁江那个女人，火灾发生不久之后就收到了消息，但是又借口说天色太晚自己赶不过来。到了第二天早上才开车过来。有车的话，要是她真的着急，分明当天夜里就能赶过来的吧。稍有不慎的话，由纪名那天晚上也可能就被烧死了。那个女人简直不是个东西。

郁江自己有车，我还是第一次听说。说是自己赚的钱供不起三个孩子，到底是骗人的吧。而且，虽然她第二天早上赶过来了，又说自己工作不能停，下午还得上班，没待多久就返回东京去了。守夜的时候她又出现了一下，不过没来参加告别仪式。

唉，郁江可是连自己父母的葬礼都不愿意办的人啊。我没有感到吃惊，不过在菱沼的亲戚面前，我还是觉得抬不起头……乡下和城里不一样，特别喜欢在这些事上说闲话。

你能猜到郁江找大辅是干什么吗？她说东京的家里已经收拾好了，这次来是接由纪名回东京的。说着，郁江就要打包由纪名的行李。她还说，过几天就让律师帮着办理由纪名的抚养手续。我真是对这种人无话可说……对于火灾之后一直照顾由纪名的大辅，郁江一句感谢也没有，只甩下一句"今天来就是接她走的"。郁江这种人不管怎么说，都实在太过分了……

我知道后简直惊呆了。我告诉大辅，立刻让郁江给我打个电话。郁江却说这事和伯母没有任何关系，没必要和我多说什么。到最后我也没接到郁江的电话。不管是谁问由纪名，她也只是低着头不说话……由纪名太害怕她妈妈了，根本不敢说不想去东京。

郁江最后强行拖着由纪名上了车，带她回东京去了。大辅夫妇胆子小，对方又是孩子的亲生母亲，也实在是没办法阻止……

火灾之后，由纪名一直抱着小猫小咪不撒手。由纪名那天晚上只穿了一件睡衣就慌忙跑了出来，后来还是感冒了。她感冒还没痊愈，又是打喷嚏又是流鼻涕的。郁江也根本不管这些，拉着孩子就走。

还不只是这样。郁江看到由纪名抱着的小咪，呵斥她养猫，让她把猫放在乡下这边。看由纪名死活不放下小咪，郁江强行从由纪名怀里把猫揪了出来。站立之地三米开外是一处悬崖，郁江眼都没眨一下，气冲冲地就把猫扔下了悬崖。由纪名虽然还是一声不吭，但是气得脸色铁青、浑身发抖。郁江这干的简直不是人能干出来的事……

啊，你说小咪？小咪平安无事。猫身子轻，没有被摔死。之后大辅的儿子去崖下找猫，看到草丛里有东西在动，一拨开发现原来是小咪，就赶忙把它抱回了家。在大辅家里被养了大约一年，小咪突然就消失不见了，再也没有回来过。

但是，又过了两三个月之后……大辅夫妇接到了郁江从东京打来的电话。平时沉稳的大辅夫妇也突然情绪激动，挂了电话就跑到我这里来了。

他们说的话，把我吓了一大跳。郁江在电话里开口就说，"家庭法院已经正式裁决解除由纪名与美惠子夫妇的收养关系了。"

"由于由纪名和美惠子夫妇的收养关系被法院裁决解除，她与亲生父母之间的关系已经恢复，所以从现在起，她的名字是北川由纪名，不是菱沼由纪名。我还想告诉你们的是，她和菱沼家的亲戚以及菩提寺都已经没有关系了。由纪名继承的菱沼家的财产，今后由作为她的抚养人的我全权管理，菱沼家的任何人都无权插手。如果菱沼家的亲戚想从我这里把地买走，只要出个好价钱，我还是好商量的。"郁江郑重其事地告知大辅。

从把由纪名强行带到东京那时起，郁江就已经在打着自己的小算盘了。事情能发展到这种地步，说真的，我是一点儿也没有想到。

郁江还跟大辅说，"要是你们不相信我说的话，自己到法院确认去。要是还有什么不满意的话，就去找律师跟我打官司吧！"大辅夫妇被郁江说得好像他们是为了菱沼家的那一亩三分地才照顾由纪名这么久，非但没有收到一句感谢，还被冷嘲热讽……说着说着，大辅妻子后悔不已，不禁哭了起来。

事虽已至此，我在发火之前，对郁江说的话产生了疑问。难道不是吗？健一和美惠子夫妇已经死了，我不知道为什么非要让孩子和死去的人解除收养关系。还有，一边说着要让由纪名和菱沼家脱离关系，另一边却又说由纪名继承了菱沼家的财产，这难道不是很矛盾吗……郁江不会在说疯话吧。

当时，滨南市政府每个月都会举办免费的法律咨询服务，我特地跑过去问了律师。律师告诉我说：

"养父母去世后收养关系的解除，法律是有明文规定的。养父母去世之后，养子女与其之间的收养关系可以被解除，与其近亲属之间的权利义务关系也可以随之终止。而且，孩子可以回到亲生父母那里去，养子继承的养父母的财产也可以继续保留。"

"这算是什么规定！养子就像茶壶里塞元宵一样，只进不出，把好事全都给占了。不管怎么想，都想不通啊！"听了我的话，律师也无奈地摇了摇头，说他也觉得这条法律很不合理，不过既然法律这样规定了，也实在是没有别的办法了……总之，我知道了郁江说的那些话是有法律依据的。由纪名继承的菱沼家的财产，在由纪名成人之前，郁江都可以按自己的意思处理了。唉，这种事情，到哪儿去说理去……

律师还告诉我，即使是有抚养权的人，也不能随意处理孩子的财产供自己所用。所以，菱沼家的财产，不是归郁江所有的。不过，我觉得这也就是说说而已，怎么处理那些财产终归还是郁江来决定吧……

我之后就再也没见过由纪名了。由纪名现在应该有十七八岁了吧？应该没变成她妈那样吧？要是还跟以前一样天真朴实，那可就太好了……

要是那时郁江没有频繁出现，我觉得，由纪名以后嫁给大辅家的儿子也挺好的。真是遗憾啊……

我后来去过一次东京。到了东京之后，想着好久没见到由纪名了，我便给郁江工作的医院打了电话。但是，电话那边却说他们那里不管是以前还是现在，都没有一个叫作郁江的护士……

也是，我去东京的时候，由纪名都离开菱沼家一年半了，也难怪找不到她。你说郁江工作的医院叫什么？嗯，好像是叫"东京都新宿区木岛医院"吧？

我觉得郁江应该是对我们撒谎了。她应该没在医院当护士吧？不知道她那时在做什么工作。不过我想，当过医院院长夫人的人，不太可能再去做回一个小护士。

郁江没告诉我她的新住址。大概是害怕我们过去找她，她会暴露些什么吧。郁江肯定有新的男人了。她能骗得过美惠子，但绝对骗不了我的双眼。

和郁江最后一次见面，是在她把由纪名接走半年之后的某天。那时，大辅要买菱沼家的地。本来这事和我没什么关系，大辅拜托我到场，我才过去见他们的。

郁江一开始语气很强硬。不过，农业用地可不像私人宅基地那样想卖给谁就卖给谁，根据法律规定，买受人必须是农民，而且还要获得农业委员会的许可才行。大辅的父亲木元在当地很有威望，农业委员会的人也得让他几分。郁江不知道这些，天真地一开始就用她的老套路。

我最后见到郁江的时候，看她穿得像模像样的，估计已经拿到保险赔偿金了吧。不管怎么看，都不觉得她像个护士。郁江到底是想赶紧拿到钱，最后看在木元的面子上，以合理的价格成交了。郁江没有能敲上木元家一笔。要是由纪名不是健一的养女的话，本来那块地是要归健一的姐姐们继承的。这也是理所应当的。

大概，郁江有了保险赔偿金和这次卖地赚的钱，以后的生活就衣食无忧了吧。以前，她还想着要把女儿卖到花街去……自己当年就是被母亲狠心抛弃，也难怪她能做出这些事情，心里还没有一点儿罪恶感。

现在，要是由纪名能来找我，我肯定热烈欢迎呀。由纪名又没有做错什么……是郁江不让她去给美惠子夫妇扫墓的。但是，已经二十岁成人的秀一郎，要是有心的话，从东京过来给诚扫一下墓，他总该能做到吧？不过他也一直没有来过。我也没盼着他能来。

鬼畜的孩子也是鬼畜啊……上梁不正下梁歪，妈妈是那样的人，孩子也不行啊。

榊，榊原先生，我没记错你的名字吧？如果是郁江拜托的你，那麻烦你帮我转告给她，我绝对不会原谅她。

那个女人，绝对是披着人皮的鬼。

潮南警察局刑警支队 清水彻之的话

啊，真是服了你了。榊原先生，你说你还特地跑过来找我，这让我怎么好意思啊……我跌跌撞撞干了这么多年警察，也多亏在刚工作的时候能认识你榊原，要没你，我顶多也就干个两三年就辞了。

当时听说你突然辞掉警察工作，我真的被吓到了。不过，真不愧是榊原啊，竟成了孤胆侦探，实在是干得漂亮，别人根本学不来你这套。我要是离开了警察组织，肯定就吃不消了。

嗯，北川亚矢名的案子，当时确实是我负责的，不过最后没有立案，因为够不上刑事案件。而且被害者的母亲也闹到我们这里，说什么也坚决不让立案。

不过啊，现在和榊原你当时在的时候不一样了。现在，消息传得特别快，一有什么风吹草动，各种媒体就呼啸而来，大写特写，生怕消息传不开。上面的领导也一直紧绷着那根弦儿呢。实际上，我们警局在以前就发生过资料泄露的事情。事到如今，你又要调查两年前的案件，这要是被上面知道了，后果不堪设想。

案件资料实在是没办法让你看，不过，只要是我知道，都可以告诉给你……还请你多多见谅啊。作为赔礼，榊原，你的委托人是谁，调查的目的是什么，我一概不过问。你觉得怎么样?

　　北川亚矢名从自家阳台坠楼死亡，发生在前年的三月底。北川亚矢名当时十八岁，她那时刚从都立三羽高中毕业，已经决定要去就读成英大学的理工学部了。

　　成英大学的校区在大和原市，北川亚矢名从四月开始，就要搬去学生公寓。从身体状况和平时的行为习惯来看，她和别的学生没什么两样。

　　嗯，是的。之后还要再跟你细说，她的家人可一点儿也不普通。

　　案发现场，是足立区潮南町四丁目的"西潮南高地"公寓的五层五〇一房间。这个公寓是三十五年前建成的五层小楼，五〇一房间的房东是一位叫小野田佐和的七十岁的孤寡老人。小野田的职业说是不动产中介，其实是她的名下有好几套供出租的公寓，交给了中介公司打理而已，她本身只不过是一个家庭主妇罢了。

　　这个房子是小野田去世的丈夫，之前以出租为目的买下的。它的承租人——北川亚矢名的母亲北川郁江，是这个公寓的第四代承租人。第三代的承租人因为拖欠房租，被解除了房屋租赁合同。听说那是个很奇怪的人，他违反租借的规定，在屋子里养了三条狗，弄得整栋楼里都有恶臭。因为房间被弄得太脏了，小野田在半年里都没有找到下家。

　　房间的总面积大约有六十五平方米，是个小三居。朝西，起居室和一个九平方米的西式房间对着阳台，正门口的两侧分别有一个六平方米和九平方米的日式房间。除此之外，还有一间厨房和洗手间。北川一家一共四口人，分别是母亲郁江、二十岁的长男秀一郎、长女亚矢名和十六岁的次女由纪名。案发一周之前，他们才刚搬到"西潮南高地"公寓。

　　北川郁江的丈夫已经去世了，之前是新宿区的街道医生。郁江一开始是做护士的，丈夫死了之后也就没有再接着干了，靠着亡夫的保险赔偿金生活。听起来好像是个显赫的家庭，事实上却好像不是这样。除了死去的长女，长子和次女是名副其实的家里蹲。

　　先说次女由纪名。从小学生时期开始，她就一直不去学校上学。我在坠楼事件之后见过她一次，她坐在靠近门口的房间里低着头，问她什么都不回话。应该不是智力上有什么问题，对象不同的话，她有时也会好好回话的。看起来，她像是小时候受过很大的心理创伤，一直没有恢复过来。

　　父亲去世之后，兄妹三人里年纪最小的由纪名，被送给别人收养了。收养人好像是她妈妈的亲戚——一对没有生孩子的夫妇。收养由纪名的那对夫妇非常坏，听郁江说，由纪名受到了养父母很严重的精神和肉体上的虐待。简直是太过分了，应该狠狠处罚他们才是，不过养父母已经死了，听说虐待的事实也是那之后才浮出水面的。

　　养父母死后，由纪名的收养关系被解除，她回到了亲生母亲的身边。但是，受过伤害的心灵不是那么容易就能平复的，她到现在都克服不了内心的恐惧，害怕见陌生人，只是对几个特定的人，能够稍微说几句话。亚矢名则在家里教她学习，照顾她的生活。

长男秀一郎，一直到初中毕业为止，都还有去学校上学。不过，上了都立高中之后，他就开始不去学校了，最终不得不退了学。我在案发之后见过他，想问他一些话。就我的观察来看，他的症状应该远比由纪名还要严重。跟他说话的时候，感觉他总是像丢了魂儿似的，没有表情，眼神也很空洞。他每天不工作也不学习，成天就在家里游手好闲。

最开始的时候，秀一郎还不是完全不出家门，他有时晚上会去便利店买吃的，有时也会去外面转一转。从这一点来看，他应该是受到过什么精神创伤吧。他的脑部器官没有任何异常，有可能他就是一个啃老族吧。

然后是他们的妈妈郁江。这个人古怪反常，是个非常难缠的偏执狂。她特别溺爱独子秀一郎。案发之后见到她，她也是一个劲儿地"小秀，小秀"地喊着。她的儿子，总之像是有恋母癖的症状。他一定是从小就被母亲施了"魔咒"，被控制得死紧，到最后连自己的魂儿都没了。

说到底，死去的长女亚矢名是兄妹三人里唯一一个正常的。听她妈妈说，亚矢名脑子聪明，是个"文体全才"。不论是学习还是体育运动，都积极参加……不过，父母说的话也不能都当真。亚矢名从港区立御山田小学毕业后，直升御山田中学，后来考入了名校都立三羽高中。听说她已经获得了重点大学的推荐入学名额，因此也不用复习考试。对了，她准备新年之后去驾校学车。

北川一家人为什么要搬到"西潮南高地"？之前他们住的是港区的高级公寓，虽然也是三室一厅，但是远比这里要宽敞，居住环境也要好得多……不过房租似乎也要贵很多。

实际上，"西潮南高地"年久失修，物业管理也几乎形同虚设，很多房间是闲置的。在我们管辖的片区，那一带也算是相当阴森的地方了。总之，我觉得他们一定是没钱了，才会搬到这个房租便宜的地方来住吧。

在案发现场的阳台，不知道为什么，扶手和护栏连接处的螺丝没有了。案发当晚，失去平衡的受害者在抓住扶手的那一刻，阳台的栏杆瞬间散了架。受害者也随之坠落，重重地摔在了水泥路面，当场死亡。

案件的发生时间吗？刚过半夜三点没多久。再过不久亚矢名就要搬去学生公寓了，但是她暂时还住在家里九平方米的日式房间。虽然她习惯早早地就把床被铺好，不过可是个实打实的夜猫子，睡觉的话，总要到半夜三四点了。

事发当时，秀一郎也还醒着，在客厅一边喝啤酒，一边玩电脑。秀一郎看起来就像是个不折不扣的夜猫子，过着黑白颠倒的生活。不知道由纪名是睡着了还是醒着，但是她当时不在客厅。那天，由纪名好像也是在自己六平方米的小屋里待着，一直没有出来。

秀一郎说，从母亲大约十一点半回房休息之后，亚矢名一直在客厅一边看着电视，一边把罐装啤酒和果味酒兑着喝。她穿的是毛衣和牛仔裤，没怎么和秀一郎说话，两人在客厅里各干各的。秀一郎说，他知道亚矢名在半夜三点左右晃悠着去了阳台，但是没看到她是怎么掉下去的。

啊，你说酒是吧？亚矢名当然还是未成年人，不过她好像平时就经常在家里喝酒。这也不算是不良少年吧，现在抽烟喝酒的年轻人简直多得像山一样。亚矢名再过不久就要上大学了啊……唉，也不是说非得兄妹一起喝酒交流感情才行，但是，妈妈和哥哥其实根本就没有对她上过心吧。

据秀一郎交代，那天晚上，亚矢名把啤酒兑着果味酒，最少也喝了有四五罐。实际上，从被害者的血液中酒精浓度来看，她当时明显已经处于醉酒状态了。

如果秀一郎的证言为真的话，那么，从阳台发出惨叫开始，到楼下传来物体撞击地面的声音为止，大约是亚矢名去到阳台之后过了一分钟左右。秀一郎说，他慌忙地冲向阳台，看到阳台护栏的一部分损坏了。当他颤抖着身子向下看时，发现亚矢名躺在楼下的水泥地上。街灯虽然很昏暗，但是亚矢名穿的白毛衣能被很明显地认出来。

睡在客厅隔壁的母亲，比起亚矢名的动静，她是被秀一郎的叫喊声惊醒的。她的屋子直接连着阳台，知道女儿从阳台坠落之后，她回到屋内用手机打了报警电话。

是的，你没有听错，她打的是报警电话，不是急救电话。

关于这一点，驱车赶来的警察也问她了。她回答说，从五层楼高的公寓掉下去，肯定没救了，她在上面看到女儿歪着脖子，知道女儿已经死了。实际上也确实是这样。与其说郁江是冷静，不如说她不像个做妈妈的……以前，她做过护士，估计是见惯了交通事故之类的死伤者吧。

但是，这位母亲表现得非同寻常之处在于，从打报警电话，到女儿的遗体被运走，她一直声称自己的女儿是被人害死的。

她说的被人杀害，可不是指被谁从阳台上推下去了。她认为是房东忽略了阳台护栏的损坏，亚矢名才死了的。她怒气冲冲地说，要我们把房东抓起来，还要以杀人罪起诉她。

她哭红了双眼，还不时抽泣着："你们当下要紧的是仔细调查，留证据，拍照片，离我的女儿远点儿！"不过，能看出来她对阳台的扶手很是在意。又说，"要是等到了第二天房东过来动些手脚的话，证据很有可能就没有了。"

至于阳台的扶手，我之前也说过，因为扶手和栏杆处的螺丝缺失，体重施加到扶手上时，栏杆在一瞬间就散架了。不用说，这肯定是人祸。但是，作为刑事案件，该追究谁的责任，这可是一个不小的难题。

从案件发生当初，她妈妈郁江就一直说是房东杀死了自己的女儿。杀人罪暂且不谈，以"过失致死罪"和"业务上过失致死罪"被追究刑事责任的，倒还真有不少先例。但是，像忘记拧紧栏杆的螺丝，这种因施工的过失需要追究施工方责任的，则要另当别论了。当然，必须得拿出证据来才行。如果嫌疑人是房东的话，该依据什么法律条文呢？

确实，作为房屋出租人的房东，有给承租人提供安全可靠的住宅的义务。比如说，房东在明知房屋施工过程中有偷工减料的行为，在知道房屋存在安全隐患的前提下，仍出租给别人的，被追究刑事责任也没什么好辩驳的。不过，如果房东不知道的情况呢？民事纠纷的话，出租房屋的设备存在安全隐患造成承租人损失的，法律规定房东有损害赔偿的义务。但是，民事案件和刑事案件是不一样的。

就算是房东，也并不能完全掌握出租房屋的情况吧，一般来说，都会相信施工方的。而且从肉眼上来看，根本发现不了螺丝有明显的危险隐患。房东忽略了阳台扶手螺丝的缺失情况，把房屋出租给别人的，应不应该追究刑法中规定的过失责任，这在司法实务上是要打上一个大问号的。

而且说到底，在那起案件中，螺丝是什么时候、怎么没的根本没人知道。说得更清楚一些的话，要有证据能够证明，在房屋租赁合同生效之前，螺丝就已经掉落了的，才能追究房东的责任。北川一家虽然才搬来"西潮南高地"不到一个礼拜，但是螺丝在这一周之内里掉落的可能性，也不能说就是绝对没有的。

是的。之前的承租人走了之后，房东小野田和不动产公司的老板来确认情况。由于房间被之前的租客弄得乱七八糟的，他们一起做了大扫除，把内部重新装修了一遍，还换了新的日式隔窗门。但是，因为阳台护栏看起来不像是有什么问题，他们就没有特地去做强度测试。

当然，那个护栏本来就已经很老旧了。在案发之后的搜查中，不论是阳台还是楼下的地面上，都没有发现固定扶手的螺丝。所以，事实上，栏杆的螺丝很有可能是在案发之前就没有了的。

嗯，案发现场的阳台护栏，除了损坏的部分之外，都完好无损。我们也调查了"西潮南高地"的其他房间，都没有发现阳台护栏螺丝缺失的情况。

在民事诉讼中，因为实际的损害已经产生，法官会推定阳台的扶手事先存在缺陷。但是，在刑事诉讼中，检方是要承担百分之百的举证责任。因此，我们劝北川郁江放弃刑事诉讼，提起民事诉讼。但是，无论我们怎么说，郁江都是坚持要我们逮捕和起诉房东。我们说什么她都听不进去。提出控告书之后她还不放心，连着好多天跑来我们警察局。

本来我们把她赶走也没什么问题，但是，你也应该知道，近些年来警察组织被曝光了不少不光彩的事情。一有什么风吹草动，媒体就全都争先恐后地报道。"被害者家属的诉求，警察竟然置之不理"这样的新闻标题要是出来了的话……所以，尽管她三番五次的很烦人，我们也不敢怠慢。

郁江还特地去到房东小野田佐和的住处，每天晚上都在她楼下反复喊着"我女儿是被你杀的，还我女儿"，以示抗议。被郁江认为是加害者的小野田后来实在是受不了了，到警察局向我们哭诉求助。

即使是被害者，如果一天打少则几十通，多则上百通骚扰电话威胁别人，或者像右翼团体的激进分子那样，拿着扩音器在别人家门口大喊大叫的行为，确实是违法行为。但是，像郁江这种每天只打两三次电话，晚上去别人家门前喊叫泄恨的，确实不好处置。我觉得，郁江这个女人像是很有经验一样，她想通过持久战把房东的精神搞垮。

最后，北川撤回了对房东的诉讼请求，与小野田私下和解了。

和解的内容吗？榊原你应该知道的，警察对民事案件是不介入的。我不清楚他们谈了些什么条件。不过，房东小野田似乎让步了非常多，几乎是任由郁江漫天要价。

普通的交通事故，如果像这个案子里的受害者一样，是刚过十八岁准备上大学的孩子的话，赔偿标准大概是死亡抚慰金两千万到两千四百万日元、损害赔偿金四千万日元，加在一起的话要超过六千万日元了。当然，除此之外，还要再算上丧葬费，考虑加害人是否存在过失的前提……话虽如此，小野田最终支付给郁江的赔偿金好像超过了一亿日元。

作为警察，我建议被害者和加害者的律师坐下来谈谈。不过，郁江却回我说，她没钱请律师。小野田虽然是个有钱人，但是，郁江威胁她"要是你敢找律师和我打官司，那我也和你干到底，咱们之间绝对没有和解的可能性，我陪你告到最高法院去！从今往后的这后半辈子，我都要背着我女儿的怨灵，到死都不会放过你。你做好觉悟吧"。被郁江这样恐吓，小野田也害怕了。

每天都被受害者的母亲用这样的话威胁苛责，任谁都会精神崩溃。特别是像小野田佐和这样的独居老人，她被逼得已经神经衰弱了。如果能用钱来解决的话，她肯定希望能尽早从这种被折磨的苦痛中解脱出来。除了这个"西潮南高地"，她还有两三间出租公寓，把那些公寓卖了之后，总算凑够了给郁江的赔偿金。

由于被郁江严重警告，小野田到最后都没有聘请律师。不过，自己一个人的话，她觉得还是心里不踏实，所以后来去和不动产中介的老板商量了一下。老板告诉她必须要让郁江把放弃诉讼作为对等的条件，否则就不同意和解。和解顺利结束之后，小野田总算能睡一个安稳觉了。那晚，她忍不住哭了。作为警察，看到这个麻烦的案子终于告一段落，我觉得松了一口气。但是作为个人来说，我总觉得这个案子有蹊跷，越想越觉得不对劲儿。

是的。和解的时候，为了能使己方占上风，很多当事人都会用"起诉"或者"不起诉"作为谈判的条件。对于警察来说，虽然有民事案件不介入的原则性规定，但是如果案件有涉及刑事的内容，那么警察就必须受理起诉。即使是民事案件中那些厚着脸皮三番五次否认、反悔的人，也肯定不愿意接受警察的审讯。因此，受害方要是想尽快逼迫加害方达成和解的话，越快提起刑事诉讼效果越好。

所以，我也不是想否定把起诉作为条件，用在和解谈判中的这种做法。在这个案件中，我觉得我们警察完全是被那个女人给利用了。要是房东请了律师，按照流程走民事诉讼的话，肯定不会赔那么多钱给那个女人。我话说得难听点，那个女人就是用起诉作为幌子，在强行夺取房东的钱财吧。

不过，我也不是不能理解郁江的心情。毕竟在三个孩子里，死去的长女是唯一可靠的，剩下的那两个都是不折不扣的啃老族。她对未来的恐惧也是理所当然的吧。

即便不是那样，父母也会觉得死去的孩子是最好的。以前，我办过一起交通肇事案，被害者的父母二人都异口同声地说，被撞死的孩子是自己这几个孩子里最优秀的。如果可以的话，甚至想用自己其他的孩子来替他去死。我听到这话时真的惊呆了。手心手背都是肉，那几个孩子要是听到了自己爸妈这么说，该多伤心啊。

郁江不愧是郁江，虽然没说想让由纪名替亚矢名去死，不过还是直夸说亚矢名是个成绩优秀又孝顺的好孩子。还一直说"那个孩子死了，我以后可怎么办啊"。

北川亚矢名的葬礼？他们家没有办守夜和公开的告别仪式，家里人私底下办的非公开葬礼。虽说叫"家族葬礼"，但是我不知道北川亚矢名的弟弟和妹妹是否参加了。说的也是，在举行葬礼的时间节点，和解还没有达成，他们家里应该也没钱办那种声势浩大的仪式吧。不管怎么说，人没了就是没了。

　　自杀的可能性？啊……榊原，你是不是从刚才就一直在想着这个了？

　　不，自杀是百分之百不可能的。关于这一点，我们警方人员的意见也早就达成了一致了。因为，她是头部撞地身亡的。如果是自杀的话，人站在高处时内心会有恐惧，双脚先着地的才是大多数。

　　事件发生之前，一直和亚矢名待在客厅的秀一郎的证言也提到，不管怎么想，亚矢名根本就没有自杀的动机。当然，她也没有写遗书……毕竟，亚矢名即将要从氛围凝重的家庭中解放出来，开始自己的新生活。亚矢名难道不是应该对以后的生活充满向往才对吗？而且，她住的九平方米的日式房间里，堆着一大摞还没拆封的纸箱，不论怎么看，那些纸箱都像是为了搬家打包用的。

　　要是她想自杀的话，那么直接越过阳台护栏，跳下去不就行了吗？那个阳台护栏的高度，可是谁都能轻松越过去的。扶手栏杆处的螺丝不见了，应该只有一种可能，那就是她一个趔趄没站稳的时候，急着用手使劲去抓栏杆，结果把螺丝已经松动的栏杆和扶手给拽了下来。亚矢名当时喝醉了，在阳台上没站稳的可能性很高。

　　不过啊，榊原，你没有看到过案发现场，所以也不怪你在这里瞎猜了。那里也根本不可能是我们这位可怜的少女会去选择的自杀之地。那个问题阳台，地面黑乎乎的非常脏，扶手的油漆也都起皮脱落了不少。而且，她掉下去的地方是一条散发着尿骚味的阴暗小路。就算是真的走投无路的人，也不会选择在那种地方了结自己生命的。何况亚矢名根本就不是这样的绝望，更不可能会选在那里自杀。

但是，案发当时被响声惊醒的人，还是有的。也许是"西潮南高地"太破旧了的原因吧，空着的房间非常多。五〇一号房和它隔壁的五〇二号房，以及正下方的四〇一号房，在当时都没有人住。再下一层的三〇一号房，住的不是租客，而是"西潮南高地"的所有者，一对七十多岁的老夫妇。他们听到了一声巨响和时长很短的惨叫声。这和秀一郎的证言完全吻合。要是真的做好了自杀的准备，跳下去的时候应该不会惨叫吧？

夫妇二人听到声音后，立刻跑到阳台去看，发现是一位女性坠楼了。实际上，那对夫妇打了急救电话，叫了救护车来。

我觉得应该还有其他人也听到声音了。不过亚矢名坠楼之后，秀一郎和郁江马上就开始大喊大叫，巡逻车和救护车也来了，总之现场周边非常混乱。最后，住在楼里的大多数住户都被吵醒，聚到外面来了。郁江一家刚搬来"西潮南高地"不到一个礼拜，大部分住户根本不知道有这么一家人住在这里。

我第一次去到现场，是案发后的第十天。那时候，"西潮南高地"的住户们都恢复了平静的生活，亚矢名坠落地点的那条路也已经允许行人通行了。

啊？什么！你说是谋杀吗？真是语不惊人死不休啊。榊原，你到底在想些什么？

谋杀的话，犯人那就是家里人了吧？家人之外的人，想在那个场合杀她不太可能。你想说是郁江杀的吗？还是秀一郎？当然，也有可能是二人合谋吧……嗯，但是啊，果然，我还是觉得不可能。

因为，根本就不存在作案动机啊！当时亚矢名马上就要去上大学了啊。对于一个都快要离开家里的女儿来说，家人有什么理由必须要杀她？要是有的话，也只能是钱了吧。但是，就算是再怎么缺钱，亲妈会做到杀死自己的女儿才罢休的地步吗？况且为了养两个只会"家里蹲"的孩子，杀死唯一正经的好好上学的孩子，这叫什么事？

还是说，榊原，你通过调查，有发现什么谋杀的疑点吗？比如说亚矢名的行为举止和品行有问题？或者是兄弟姐妹之间确实存在矛盾？……不过也是，这一家子人真的太奇怪了。不管发生些什么，都是有可能的。要是你真的发现了什么，一定要告诉我啊。本来，那起坠楼案件的搜查也早在多少年前就结束了。

北川一家，在案发后不久就搬离了"西潮南高地"。虽然达成了和解，但毕竟郁江和房东闹得那么不愉快，也没办法再继续住下去了吧。即使跟这个没关系，要是郁江他们还住在原来的房间，一到阳台就想起坠楼的亚矢名，肯定心里也承受不住吧。

至于搬到哪里去了，我不太清楚。不过肯定不在我们辖区了。嗯，是的，他们应该搬离足立区了。但是，榊原，你肯定也知道这个吧？

没，没有进行司法解剖。就算不解剖，也能明白死因是"坠落死"。全身受到地面的强烈撞击，几乎是在一瞬间就死亡了的。法医当然有检验尸体，尸检结果发现，亚矢名血液中酒精浓度很高，能判断出案发时她处于醉酒状态。

不过，尸体上没有发现可疑的伤痕和异常状态。如果是谋杀，亚矢名在喝醉的情况下被家人突然从阳台推下的话，身上没有留下防御损伤也不足为奇。然后，为了把谋杀伪装成意外事故，是他们家里的谁提前把阳台护栏的螺丝拿走了呢？如果真是这样的话，这简直是完美犯罪了。但是，郁江没有给亚矢名买人身保险啊。如果是出于金钱目的，绝对应该会提前给亚矢名买好人身保险吧？

就算真的是那样，榊原，我感觉，和以前当警察时代的榊原相比，你当了私人侦探以后的想法真的大不一样了啊。要是放在以前，如果我说了像你今天说的这些话，你肯定会大发雷霆，然后回我说："你这臭小子，又不是拍电视剧，你身为一个刑警，知道自己在说什么傻话吗？"难道不是吗？

不过，也没关系。咱们已经提前约定好了，榊原，你在为谁进行调查，我一概不过问的。好了，从现在开始，我要讲的话，就不再是以潮南警察局警察的身份，而是以我清水彻之的个人身份来说了，你可要听好。对了，应该不用我提醒吧，还请你不要录音。

说实话，女儿惨死，作为亲生母亲的郁江好像并没有特别难过。

我对此也感到了一些违和感。不过，说句关公门前耍大刀的话，我干了警察这个工作之后，发现像她那样古怪的受害者家属其实也并不稀奇。

杀人和伤害致死自不必说，交通事故和工伤也经常有。被害者，特别是失去亲人的遗属，都会把矛头指向加害者或者是公司和行政机关。总之，他们会一个劲儿地针对能看到的具体的对象，下意识地让自己从悲伤和后悔的情绪中逃脱出来。愤怒也好，悲伤也好，憎恨也好，人的负能量的破坏性是万万不可小觑的。至于北川郁江，从她把小野田佐和当作正面交锋的敌人，不厌其烦地对其进行攻击的这种行为来看，我觉得她有可能也是在逃避现实。

要是女儿没有喝得大醉，即使阳台护栏的扶手坏了，大概也不至于坠楼身亡吧？在不知不觉中放任亚矢名饮酒，我不知道郁江对自己的行为是否有感到过内疚？

不过，让我感到更加吃惊的，是郁江和长子秀一郎的关系。他们二人真的只是母子关系吗？

我第一次去"西潮南高地"，是在北川郁江提出对小野田佐和涉嫌杀害北川亚矢名的控告之后。和前几次在警察局见到的郁江相比，那天的郁江，给我的感觉完全不一样。不是的，正式的搜查命令不是由上面的领导下达的。因为收到了诉状，所以我想去现场看一下，于是就一个人去了他们家。

该怎么说呢，在家里的郁江，给人的感觉是，她好像总在掩饰着些什么。一般人是不会这样做的吧？明明事件是好几天前发生的，她还特意哭红了双眼，时不时抽泣。和之前她一人来警察局时的僵硬的表情完全不同，家里的郁江妩媚妖艳、风情万种，简直就像换了一个人似的。我被她的这种反差着实吓到了。

她大概是四五十岁吧？一张很普通的脸，被涂上了雪白的妆容。她的衣着打扮很干净整洁，和那个破旧的公寓真是格格不入。

她以前好像是医生的夫人，在走投无路之前过着相当奢侈的生活呢。虽然是破旧的公寓，但是她家里的家具，没有一件是便宜货。所以，我才会在意她的穿着打扮。我感觉她身上散发的女人味是对内的。不是针对包括我在内的外人，而是对她的家里人，她的儿子……

亚矢名已经去世了，无从查证。但是，至少能看出她对由纪名的态度和对秀一郎的态度截然不同。举个例子来说……嗯，真的是那样。

比如说，我在客厅里问秀一郎事故发生前的状况，郁江就直勾勾地站在秀一郎的正后方，也不顾我这个外人在场，把手搭在秀一郎的肩膀上，一边抚摸着他的头发，一边歪着脑袋看着他的侧脸。

"小秀，要是回答不上来的话，不回答也没关系哦。"

"小秀你没有做错任何事，不用担心哦。"

"没事的，妈妈会一直在你身边的。亚矢名虽然死了，但是和小秀一点儿关系都没有，小秀不用自责的。"

总之，差不多就是这种语气。

我觉得，她是不是误以为我们认为她儿子犯了罪，在进行刑事审讯呢。

普通的男孩子，如果有这么一个烦人的妈，肯定早就从家里跑了，或者早就已经大吵大闹了吧？但是，秀一郎有严重的恋母情结。他身上的骨头感觉像是被她妈拔掉了一样，整个人如烂泥一般，看不出他有任何一丝反抗的意愿。

后来谈到秀一郎为什么不去上学，郁江的脸色马上就变了。

"这孩子不去上学，和亚矢名的死有关系吗？他在学校受到同学的欺凌，要不是我及时发现、伸出援手的话，他很有可能在学校就被杀害了啊。现在他好不容易才从精神创伤中走出来一点儿。这次亚矢名发生这种事，他也很担心。要是他再出什么意外的话，你们警察负得起这个责任吗？"

他妈妈的这番话，就像是从旁边射来的机关枪连弹一样，在给儿子打掩护。

但是，在当下，她的儿子面无表情，目光呆滞，没有做出任何反应。也不知道他是否有在听妈妈和警察的对话。总之，成天窝在家里的秀一郎，看起来就跟霜打的茄子没什么两样，一点儿精气神都没有。

我问一句，秀一郎答一句，从他的话里，我也没有发现任何可疑的地方。案发那晚，秀一郎也喝罐装啤酒来着，但是没有喝醉，所以清晰地记得当时发生的事情。但是，他说话的方式却一点儿感情都没有，简直就像在背台词一样。

现在回想起来，我对他们家狭小的客厅里物品的摆放，仍记忆犹新：客厅角落里放着一张桌子，桌子上面是一台电脑，电脑旁边则是堆成山的游戏软件。我问秀一郎那天晚上他在做什么，秀一郎的目光移到了电脑上。看来他对于游戏或者是自己感兴趣的事情，也是有干劲的啊。

从上高中开始，亚矢名就经常在家里喝酒，这一点郁江也承认。秀一郎接着说："不去学校的日子里，亚矢名总是熬到很晚才睡，因此案发当晚她的行为，并没有什么好奇怪的。亚矢名在去阳台之前，一直在客厅里看电视，好像看的是 CS 电视台吧，不过具体是什么节目我就不知道了，本来我对电视就不怎么感兴趣。"

他对妹妹的死是怀着一种怎样的心情呢？说实话，我一点儿都看不出来。但是，我的直觉告诉我，他并没有希望亚矢名死。秀一郎果然是有心病啊，这都要拜他那位母亲所赐。

我觉得，有必要去问问由纪名。

案发当晚，由纪名待在靠近家门口的自己的房间里；郁江则说自己在卧室睡得很沉什么都不知道。要想证明秀一郎的证言为真的话，只好再问一问由纪名了。

我说想去问由纪名，郁江则回复我道："可以是可以，不过，那孩子脑子有病，你问她也是白问。"

说着，她带我去了由纪名的房间。

"由纪名！警察叔叔要问你话，我开门了啊！"

郁江在由纪名房间外大声喊叫，我一开始都没敢进去，下意识地往客厅又退了两步。

虽然两个孩子都是"家里蹲"，但是郁江对秀一郎的态度明显是要好太多了。

由纪名的房间只有六平方米，但是堆满了各种物品。只有房间的正中间刚刚好空出了一块儿能放得下被褥的地方。光是看那堆成小山包一样的行李，我都能想象得到北川一家在搬来"西潮南高地"之前，过的是多么奢侈的生活。

但是，令我感到佩服的并不是这些。而是由纪名房间的角落里，有两个特别大的书柜。书柜里面装满了小中高的各科教科书、精装版和袖珍版的文学名著、杂志和漫画，种类繁多，排列紧密。看来，郁江说亚矢名在家里教不去上学的妹妹读书，似乎还真的确有其事。

由纪名比我想象的要健康许多。虽然我只见过死去的亚矢名，但是毕竟由纪名和她是亲姐妹，总有种说不出来但就是觉得很像的地方。只见，由纪名低着头，抱着膝盖蹲坐在房间的中央。我想进去之后做自我介绍，但是看她根本就没有要抬头的意思。

哎呀，先别急，我知道你想问我什么。明明没抬起头，为什么我觉得她和亚矢名很像，是吧？你是不是想问我这个？等一会儿，我稍后就说。

不论我问什么，由纪名始终都是一声不吭。知道姐姐亚矢名的死，平时又受到姐姐的百般照顾，可想而知，姐姐的死对她来说是多么大的打击啊。我很是担心她，她真的是什么反应都没有。

我听说，她平时心情不好的时候，就那样一直蹲坐在房间里，也不出来吃饭。看来就是从姐姐去世之后落下的病根吧……不知道是不是女孩子都是这样，她在自己屋子里穿的不是睡衣或者居家服，而是出门时才会穿的那种正式服装，头发也有好好打理过。

而且，也许是不需要打扮得那么漂亮的原因吧？亚矢名的九平方米的小房间里摆着印象中普通女孩都会有的漂亮衣柜和化妆台，但是由纪名的房间只能说像个储藏室一样，唯一像女孩子的东西，就是书柜上面的小猫毛绒玩偶。那个小猫玩偶看起来有些脏了，而且磨损也比较严重，恐怕是由纪名从小就特别喜爱的一个玩具吧。

只有我一个劲儿地在说，由纪名根本什么话都没回我。正当我想着我想要结束的时候……

突然，从客厅传来了"啊"的一声惨叫。

"小秀！你在干什么！"郁江高声喊道。

我急忙从由纪名的房间跑出来，发现郁江和秀一郎去到了客厅前面的阳台上。只见秀一郎双手抓住阳台扶手，身体向前倾。郁江则在身后使劲地抱着他的腰。

案发现场阳台的护栏破损处还未被修复，只是放了一块儿板子挡住了而已。秀一郎的行为其实是很危险的。为什么秀一郎要到阳台把身子探出护栏呢？我猜，他大概是想要看亚矢名坠楼落点的情况吧。

那个护栏很低的。我觉得郁江是怕秀一郎从那里掉下去吧。秀一郎身高一米七左右？不是那种身高马大的男孩。

不过，现在想想，莫非，郁江是怕秀一郎真的会跳下去？被警察询问之后受了刺激，一激动，也想要跟着死去的妹妹"一起走"……

啊，真的太复杂了啊。这简直就像是电视剧的剧情一样。都怪你，榊原，我现在也开始瞎想，到处怀疑了。

我接着往下说。

"怎么啦，怎么啦？！"我大叫着急忙从由纪名的房间跑到阳台。还没站定，郁江和秀一郎两个人就像是商量好了的一样，同时把目光移向了我。

郁江的动作看起来有些让人觉得害臊。她抽出绕在秀一郎腰间的双臂，嘴里嘟囔着："小秀在做危险的事，我是真的被吓着了。"

秀一郎没有看他妈妈，也没有看我。我不知道他在想些什么，我在当下看到的秀一郎的眼神，非要用语言描述的话，那就是"虚无"二字了。

我怎么都忘不掉的，在听到妈妈惨叫之后，由纪名突然就把头抬起来了。我当时听到叫声后立刻就从屋子里跑出来了，因此，只有一瞬间看到了她的脸。她眼尾长长的眼睛里流露出的不是"无力"与"无动于衷"，而是与之截然相反的，强烈的"愤怒"与"憎恶"。

所以，在我看来，由纪名和秀一郎很不一样，我觉得她总有一天可以从这种与外界隔绝的生活状态中逃脱出来。书柜里整齐放着的那些书，可不像只是个摆设。

我就明说了啊，比起由纪名，我认为秀一郎才是真正的"重症患者"的理由还有一个。这话我以前不管是跟上司还是跟其他人都没说过。"阳台惊魂"之后，秀一郎直接通过玻璃拉窗从阳台回到了卧室。我在那时看到了很奇怪的一幕：

卧室在客厅隔壁，虽然直接朝向阳台，但是隔着厚厚的蕾丝花边窗帘，从阳台外面是看不清里面的状况的。我当时看了一眼卧室，发现这是一个大约九平方米的西式房间，也是他们家里最好的房间。

精美的橱窗、带镜台的化妆桌，墙上的衣架上挂着女士服装。很明显，这是郁江的卧室。狭窄的空间里放了一张大大的双人床。虽然只看了一眼，但是床头并排放着的两个枕头实在是太明显了。床上乱堆着的内衣，我想恐怕是秀一郎的吧。

母亲慌张地在后面追着他，秀一郎一进卧室，直接就把自己往床上一扔，躺下了。看到这一幕，我不禁感到浑身一冷。

亚矢名睡在九平方米的日式小屋，那间六平方米的小屋自不必说，就是由纪名的了。仔细想想的话，就知道郁江和秀一郎是在共用一间卧室。都是过了二十岁的小伙子了，还和妈妈睡在一张床上，真是让人难以想象啊。

不管怎么样，这可是亲生儿子啊。我虽然很不愿意相信他们之间是男女关系，但是秀一郎的精神失常，很明显和母亲是脱不了干系的。不过，至于这和亚矢名坠楼身亡之间有什么联系，我还不清楚。

假如母亲和孩子真的是那种奇怪的关系，大概也不是从住进"西潮南高地"那时才开始的吧。搬来这里之后，突然间家里就发生了不可调和的矛盾？这种可能性也太小了。

我大概知道的就是这些。这种程度的内容，不知道对你有没有用？

啊，是吗？那可就太好了，我心里也踏实了。

话说，没想到侦探的工作竟然这么有意思啊！不过确实，这个案子可真是越挖越有料，你也是这么想的吧？

警察这个职业啊，说到底干的就像是衙役的活儿，没有那么多自主行动的空间。有没有发现可疑的死者？被害者家人有没有找上门来？只要不是那种太过明显的被害案件，我们才懒得去管呢。家里人认定了是意外事故，我们才不会费力去想什么有没有谋杀的可能性……一般来说的话，就是这么个情况。不过，果然，这个案子不像是那么简单的意外坠楼事故啊……

好的，如果我这里有了什么新情报的话，肯定立刻向你汇报。

那，改天再联系。有什么能帮上忙的地方，随时找我，我等着你。

第二章

儿童公园之一

三月下旬的某个工作日，下午两点。新宿区东三丁目儿童公园，没什么人。

虽然叫作"公园"，要是来十个孩子的话，这里就能人满为患了，只是一块空地上长着杂草、安放了几个儿童游乐器械而已。榊原悠闲地坐在公园的长椅上。

在这里和北川由纪名见面，今天已经是第二次了。坐落于安静的居民区一角的这个公园，没什么人来，而且也只有两张长椅。虽然靠里的那张长椅上已经有两个人坐下了，但是靠外一些的这张椅子上，只要是两个人并排坐下，就不用担心会有其他的人再来了。

在保守秘密比命都重要的侦探行业，没有什么是比和委托人的谈话被偷听更糟糕的了。对于没有事务所的榊原来说，找到安全的碰头地点是很重要的。如果是委托人自己家里或者是侦探事务所的话，当然没问题。但是，对象是像由纪名这样的住在公寓里的年轻姑娘的话，肯定是不可能去她家里的。高级酒店的客房也是个好地方，但是对于没有工作的由纪名来说价格太贵，她负担不起。所以，关于会见地点，要注意选择和她年龄身份相吻合的才行。

北川由纪名，十八岁，无业……从小学低年级开始长期不去学校，待在家里不出门，成了个"家里蹲"……但是，在前年，因为家人意外相继离世，北川由纪名被儿童收养所收养。自那以来，环境的变化给了她积极的影响，她的精神疾患有了明显的好转，她通过以前在家里读的那些书，学完了义务教育阶段的所有课程。现在，她自己租了公寓，开始了自立的生活。

榊原也觉得，现在由纪名的精神状态完全没有任何问题。不如说，她有着超越年龄的老成沉稳，也很努力。至少，能看出来她一点儿也不笨。她的打扮虽然有点儿土，但是只要仔细看她那眼尾长长的眼睛和雪白的肌肤，就会发现，她其实很有古典美人的气质。

但是，这个岁数的女孩在榊原眼里就像是小孩子一样。不过，又让人觉得她有几分大人的气色。总之，很难判断由纪名的本质到底是什么样的。

榊原以前也有妻子，还有个女儿。

当时榊原还在当警察，整天工作繁忙，没有时间和精力照顾家里，但至少他并没有轻视家庭的想法。他也很想去多陪陪家人。妻子对经常不回家的丈夫怨声载道，受不了他经常不在家，要求他平时必须也得服务家庭才行。不知道是从什么时候开始，榊原也对这样要求他的妻子产生了厌恶感。不过等他回过神来，却发现妻子带着女儿已经离家出走了。因为有人接受了他的妻子和刚上小学的女儿，所以妻子没向榊原要一分钱的抚养费。她只是要求榊原在离婚请求书上签字并按上手印。这样一来，在女儿成人之前，榊原也就无权请求见到女儿了。

榊原并没有反对。"来者不拒，去者不追"是他的一贯作风。和女儿就此分别当然很痛苦，但是榊原也知道他照顾不了女儿。因此，他也早就做好了准备，如果能有新爸爸来疼她爱她的话，自己就退出。

虽然嘴上没有说，那时的榊原在心里想：离婚可是千载难逢的好机会，自己可以重新开始人生了。

对于榊原来说，他非常尊敬刑警的这份工作。但是，他受不了警察组织。不如说，他在第一次有了自己是刑警的切身感受的同时，也得出了不论是警察也好，抑或是其他组织，他都无法在里面生存下去的结论。从属于组织，让他感受到的只有痛苦。他虽然清楚地认识到了这一点，但还是知道要和其他人一样去找工作，知道结婚也是一件有意义的事情。

在离婚的同时辞职了的榊原，说得好听一点儿，他成了"一匹孤傲的狼"；说得简单一点的话，他自主创业，成了一名私人侦探。他没当过公司职员，也没有什么商业头脑。但是，对于"只要是认定了的目标，就一定要成功达到"的这种执念，他有着不输给任何人的自信。

即使是在组织里生存不下去了，榊原独自招揽人脉的能力却不赖。他性格外向，头脑灵活，和谁都能聊得来，再加上他还有着与生俱来的强烈的正义感。榊原身材偏瘦，但是肌肉发达。总而言之，用"风度翻翻"来形容他是再合适不过的了。托上天的福，四十八岁的榊原，还能做一份让他不愁饭吃的工作。

榊原的女儿今年二十一岁。虽然跟着妻子改嫁之后姓氏也变了，但是榊原通过调查得知，女儿现在就读于圣凛女子大学。

因为女儿已经成年，榊原可以请求和她见面，再也不用躲在远处偷瞄了。如果知道女儿现在过着安稳幸福的日子，他就很满足了。榊原对于能接受他妻子和女儿的那个男人，现在还抱有感激之情。

向榊原介绍北川由纪名的，是他的表妹远藤理惠子。理惠子平时做着保育的工作。

榊原接到理惠子的电话，大约是在两个半月之前。虽然小时候经常在一起玩，但是长大以后，除了冠婚丧祭的场合，他们二人基本上没见过面。所以，榊原想着她肯定是有什么事情需要帮忙，才特意打电话过来的。果不其然，理惠子想和榊原聊聊他们儿童收养所里的一个孩子。

理惠子出现在大川酒店的休息室里，她迈着轻快的脚步走到了榊原的桌边。刚坐到沙发上，理惠子没有过多寒暄，开始直奔主题。她从以前开始就是这样的直性子，心里藏不住事儿。

"问你啊，你知道'宣告失踪'这个制度吗？就是，如果有谁失踪不见了，过了一定的期限之后，可以申请认定这个人在法律上死亡的那个规定。"

榊原当然知道。

比如说因为灾害等事由，某人陷入了失踪或者是生死不明状态，如果只能通过客观标准来判断他的死亡，继而持续为其保留户籍的话，对其家人今后的生活则会造成相当的不便：例如家人不能处置他的财产，有丈夫或者妻子身份的人也不能再婚。因此，民法规定，某人生死不明状态持续一定期限之后，相关家人或亲属可以到法院申请宣告其失踪。这样一来，法律就会将其视为已经死亡。

至于失踪期限，普通的失踪下落不明要满七年。如果是上战场或是遭受重大灾害等死亡可能性非常高的情况，作为特殊失踪期限，只需经过一年的期限便可认定。

榊原在工作中，经常会接到与失踪相关的委托。不顾子女、因公司欠债逃跑而下落不明的人并不罕见，所以，儿童收养所的工作人员也与这个制度有着几分联系。

对了，要先点喝的才行。端着一杯白水的服务员立在理惠子身旁。

大概，是想让榊原帮她找人吧？

"嗯。是个叫北川由纪名的小姑娘。虽然她现在已经离开收养所，自己出去住了。她是在前年住进我们这里的。实际上，这个事比起失踪，更应该说成是事故。"

理惠子接着说："某天晚上，她妈妈开车兜风的时候，车撞在了港口的码头，掉进了海里。虽然他们从车里逃了出来，但是她妈妈和哥哥似乎是被海浪冲走了，之后就下落不明……"

"只有那个孩子得救了？"榊原问。

"不，由纪名不在车上。她好像一直有精神问题，整天待在房间里不出门……她家里的事情很复杂呢。"理惠子皱了皱眉，"不过啊，来我们这里的孩子，多多少少都是有家庭问题的。"

"那，她还有别的家人吗？"

"没有了。本来，她有一个马上要上大学的姐姐。但是，就在这起事件发生的半年前，她的姐姐从公寓坠楼身亡了。"

"啊，真是可怜啊！"榊原感叹道。

"是吧！她好像还有个姑姑。不过很多年都不联系了，姑姑也不愿收留她。所以，她就被送到我们这儿来了。"

"亲生父亲在她五岁的时候死了，之后她被送到亲戚家里做养女，但是养父母没过多久就因为家里发生火灾，被烧死了。后来，她又回到了亲妈那里。不知道发生了什么事让她成了'家里蹲'，从那以后，她就再也没出过门了。直到前年，她在十七岁的时候来到了我们这里。还有，听说她小学都没上完。"

"太过分了啊，她妈没带她去看医生吗？"榊原问。

"当然没有，要是在早期就接受治疗的话，应该能治好吧。不过，她下落不明的哥哥，也是从高中时代就开始在家里宅着，成天游手好闲，不去上学了。我感觉包括她妈妈的品行在内，她的家庭环境很有问题。"理惠子面带严肃地说。

"我不敢断定是不是和母亲一起住了之后才变成那样的，但是啊，来到我们这里之后，小由纪名的身心健康都有所恢复，也愿意对我们敞开心扉。所以，我觉得元凶很可能就是她的妈妈吧。"

"这样啊……话说，行政管理机关可真是怠慢啊。本该接受义务教育的孩子，这么多年就这样待在家里，他们居然就没发现。"

榊原随口一说。只见理惠子的脸上略带怒容。

说错了，说错话了。忘了个一干二净，理惠子也是行政管理机关的一员。

在现行法律制度中，父母健在，学校和儿童福利机构想要介入儿童的生活，是非常困难的。理惠子对工作极其认真，有着比别人多一倍的责任心。明明每天都在那么努力地工作，只要有什么关于儿童的问题，他们行政机关的人总是最先受到非难。这实在让她一点儿也不觉得开心。

"然后呢，妈妈和哥哥下落不明之后，又有什么进展吗？"

榊原赶忙把话题移回来。

"警方海空两路同时搜寻，但是并没有发现二人的尸体。应该是那晚的浪潮太大了的缘故吧，两人一下子就不知道被海浪带到哪里去了。不过那已经是前年的事了。一年的特殊失踪期限过了之后，由纪名到法院申请了宣告失踪。所以，现在她可以正式继承她妈妈的财产了。"

"母亲的资产？她妈妈是企业家吗？"

"倒也算不上是什么企业家……但是啊，虽说是乡下，她妈妈在沼井崎有一栋独门独院的别墅，存款还剩一亿日元。也算得上是有钱人了。"

"是啊。"榊原张着嘴点了点头。

"宣告失踪之后，由纪名就可以处理那些财产了。而且现在她已经年满十八岁，到了自立的年龄。这下也不用担心经济上的问题了。"

"但是，尽管儿童收养所规定超过十八岁的孩子就不能再被收留，把一个小学都没上完的孩子就这样放到社会上，未免有些过分了吧？毕竟这么多年来她都没出过家门，即便再有钱，恐怕也很难适应社会生活了吧。"

"我说的是一般情况。但是啊，我们小由纪名的情况可是比较特殊的。她死去的姐姐在生前一直很照顾她，用自己的教科书在家里教她学习。"

不只是学习，从最低限度的生活自理到世间的常识和流行事物，姐姐一个人承担了妈妈和老师的角色，全都教给了她。而且，小由纪名也不是对社会一点儿都不关心。她在自己的屋子里也经常看电视、读书。

"啊，竟有这种事啊。"榊原有些吃惊。

"所以啊，就像我刚才说的，她患上精神疾病，她的妈妈才是问题所在吧。受到母亲的精神虐待和身体束缚……我想着只要她妈妈不在了，她也就会一下子解脱出来。在我们这里的一年里，她真的是有了天翻地覆的变化。"

"原来如此。"榊原点头。

这些事情已经说得很清楚了。单是这些事的话，理惠子也用不着找榊原。差不多是回到正题的时候了。

"嗯，你要找我做什么？"

"就是这个事啊。她妈妈和哥哥在事故中死了，不是吗？理所当然，由纪名理应获得保险赔偿金吧。"

"是不是保险公司不给赔？"榊原问道。

"是啊。"理惠子使劲地点了一下头。

"掉到海里的车是归她妈妈所有的。当然，她妈妈给车子买了全险，还买了人身损害保险。本来一个人是五千万日元，两个人的话，按理说能够拿到一亿日元的赔偿金。但是，因为尸体没有被找到，保险公司怀疑这是以骗保为目的的伪装事故。"

"啊，这样的话，保险公司也不是不占理儿。"榊原说。

"确实，事故最后就是那么个结果。后来，保险公司的人好像也展开了调查，过了一年也还是没能找到那两个人的行踪。法院通过了宣告失踪的申请，但是保险公司还是找各种借口，说她妈妈和哥哥以自杀为目的，故意让车坠落在海里的可能性很大。"

"小由纪名相信那件事绝对是事故。但是，就凭她一个人的力量，想要对抗保险公司也太难了吧？"

"自杀？那两人为什么要自杀？"榊原有些不解。

"这是因为啊……"

好像还真有什么缘故。

榊原挺了挺腰，向前微倾身子，做好了认真听讲的准备。

北川郁江的白色小货车，从神奈川县沼井崎市西沼井港的码头坠落之后，被发现时已是秋高气爽的九月下旬。

小货车沉在了距离码头不到十米远的海底。司机和同乘者似乎是在车落水之后立刻打破车窗逃了出来，因为没有在车里发现尸体。发现小货车的时间是凌晨五点刚过，不过据推测，事故应该是在半夜发生的，没有找到任何目击者。

警察找到位于沼井崎市山边町的郁江家时，二女由纪名在家。据她声称，事故发生前一天的晚上十点左右，郁江带着长子秀一郎开车出去了，然后两个人就没有再回来过。郁江和秀一郎似乎在那段时间里，每晚都要开车出去兜风，一般几个小时之内就回来了。由纪名平时不怎么和妈妈还有哥哥说话，当然也没有跟着一起去，也没有问他们去的是哪里。到了早上仍不见二人踪影，由纪名似乎一点儿也不担心。

位于沼井崎市山边町的北川家，坐落在一片树林之中，距离东京市区两个小时车程。案发现场的港口，到他们家的车程大约是二十分钟。一栋古朴的木造平房和一个兼用于储物的车库被建在了这一块约有五百平方米的私有土地上……

长女亚矢名意外坠楼身亡之后，郁江逃离了喧嚣的都市，选择了自然风光秀丽的大自然。她似乎试着想要换个环境，让两个"家里蹲"的孩子，特别是秀一郎能尽快好转起来。也有可能是她受够了高层公寓。她买了这个二手住宅，养了一只德国牧羊犬当作看家狗。一百八十度大转变的郁江，开始了回归大自然的新生活。

新生活或多或少对秀一郎产生了一些影响。警察听邻居说，虽然白天秀一郎还是和以前一样闭门不出，但是晚上他会出来沿着山里的小路遛狗。

被他家起名字叫"戈恩"的这条狗，在事故发生的五天前，不知道为什么突然间病死了。这条狗不是郁江在宠物商店买的。它好像是不知道哪个行政机关还是动物爱护团体的人捡来的被人遗弃的小狗。郁江直接过去把它取回了家。郁江作为护士，怀疑狗是因肠扭转而死的。到最后她也没有带着狗去看动物医生，只是让专门处理宠物的殡仪公司拿去给烧了。

与此相对，远离东京之后，由纪名的生活并没有发生什么大的变化。她整日里一多半的时间都在屋子里自习，连屋外的小院子她似乎都没有去过。

郁江没有工作，仅靠着存款过日子。亚矢名坠楼之后，她得到了一大笔赔偿金，生活一下子又变得宽裕起来。她平时不怎么外出，也很少和街坊邻里或者小卖店的人说话。不过她倒是买了一个很大的冰箱和冷冻柜，时不时会开车去东京买食物和生活用品回来。

现在郁江生死未卜，他们母子二人深夜开车兜风的目的和详情都不得而知。但是，如果她是想通过晚上开车兜风的方式，让整天不出家门的儿子能或多或少地到户外活动一下呢？这也不难想到吧。

郁江和秀一郎的尸体最终还是没有被找到。他们在陆地上生还的可能性就更不用说了。当然，海上保安厅的巡视船和直升机也参与了搜寻。海上保安厅的人当然知道西沼井海岸一带的浪潮非常急，他们认为二人应该是被海浪卷走了。

即使他们真的从车里顺利逃了出来，考虑到当晚海边的恶劣条件，得救的可能性也很小吧……出身渔民世家的郁江擅长游泳自不必说，但是秀一郎很有可能是个旱鸭子。如果是这样的话，一心想要救不会游泳的儿子，郁江最后就很可能和儿子一起淹死在海里了。

问题是，郁江为什么开出了让车能越过二十厘米高的挡车器的速度呢？现场并没有发现任何刹车的痕迹。虽然可能会是情急之下把刹车和油门搞混了，不过这一点也正好被保险公司一口咬定，他们觉得这是当事人企图自杀或者伪装事故骗保的证据之一。

除此之外，保险公司怀疑他们是自杀的理由还有一个，郁江谋划和儿子一起自杀的动机是有事实依据的。保险公司的保险金赔偿审核人，有着在多年的工作经验中锻炼出来的独特第六感与敏锐的嗅觉。郁江作为一个寡妇，基本上不和任何亲戚往来，三个孩子中的两个都有重度的自闭倾向且无好转征兆，唯一正常而且优秀的长女因为意外事故身亡，她身边也没有任何可以依靠的人，疼爱有加的小狗也在几天前死了。然后，最重要的是，郁江对长男秀一郎倾注了异乎寻常般的情感……在以上要素的综合作用下，郁江最终走上了强迫儿子与其一起自杀的不归路。

不过，强迫自杀的说法是有疑问的。如果做好了自杀的准备，车子坠海后，秀一郎暂且不说，郁江打开车窗逃出来的行为就很让人费解了。汽车掉到海里，一般情况下几分钟就会沉底的。被水没过之后，如果窗户是之前就已经破了的话，还能逃出来。但是，那时想要再打开电动车窗玻璃逃跑，是根本不可能的。

另一方面，与积极的自杀行为相矛盾的事实也的确存在。在事故发生前的深夜十一时许，这辆车停在了西沼井港附近的西沼井车站前的甜甜圈店门口。在打捞上来的车里，也确实发现了十个装的甜甜圈礼盒还有购物小票。

据店员交代，来买东西的人是一位年龄不详、戴着眼镜化着浓妆的女士。除了甜甜圈，她还买了两杯带走的热咖啡。盒子里还剩下七个甜甜圈，从咖啡纸杯没有被发现来看，郁江和秀一郎应该是在车外一边喝着热咖啡，一边吃了三个甜甜圈。由纪名说，他们一家都很喜欢吃甜甜圈，要是她妈妈和哥哥真的想要马上就自杀的话，不太可能一下子买十个甜甜圈。

至于伪装成事故骗取保险金这一说法，事故都过去了一年，还是没有他们二人的目击情报，既然没有证据证明他们还活在世上，从常识上来看，这两个人也就可以被视作自然灭亡了。事到如今拒绝支付保险赔偿金的行为，已经没有正当理由了。让人觉得此事疑云重重的，归根到底，还是因为这是一起尸体没有被发现的事故。

　　事故之后，只剩下自己的由纪名被儿童收养所接纳了。

　　虽然查到了户籍关系上与她最近的是她的姑姑，亡父北川秀彦的姐姐井上百合子。取得联络之后，别说是领养了，就是连见上由纪名一面，她姑姑也不愿意。郁江在丈夫死后，和北川家的亲戚没有联系过，甚至好像还说过从今以后断绝来往的话。由纪名的记忆里也几乎没有这个姑姑，而且郁江是独生子女，没有兄弟姐妹。如此一来，由纪名就成了可怜的无依无靠的孤儿了。

　　幸运的是，当时由纪名才十七岁，满足进入儿童收养所的年龄条件。十七岁的话，一般情况下，是要在儿童收养所的高中上学的。但是由纪名别说中学了，就连小学都没有毕业。收养所的人一开始不知道该怎么办才好，于是便选了老资历的保育员理惠子来负责管理由纪名。

　　出人意料的是，由纪名根本不是大家想象的那样智力低下或者知识不足。没过多久，大家就认识到由纪名其实是一个身心健全的孩子。虽然长年闭门不出，但是她在家里不但接受了义务教育阶段的所有课程，还通过看电视、阅读新闻和杂志来了解社会。这样一来，由纪名的"家里蹲"更像是遭到她妈妈虐待的结果。或者不让她出门的禁令，本身就是她妈妈对她的虐待手段……理惠子的直觉是这样的。

被问起下落不明的妈妈和哥哥，由纪名面无表情，一滴眼泪也没有流。来到收养所之后，平时她和大家正常聊天，但是一旦话题涉及妈妈，她便立刻默不作声。从她离开收养所搬出去住之后，这一点也未曾改变过。

最终由纪名没有去学校，开始了在收养所的生活。最初她需要工作人员的陪同，后来已经恢复到可以自己出去买东西、看电影的程度。但是，由于没有学校生活的经验，由纪名很不擅长和同年龄的孩子们交流。收养所里举办的游戏和主题活动，她都不爱参加。这个问题到最后也没有被解决。

郁江和秀一郎被宣告失踪以后，由纪名具备了经济独立的条件，由纪名也年满十八岁了。儿童收养机构的入所条件是未满十八岁的儿童，根据情况可以延长至二十岁。因此，由纪名选择在这个时候离开儿童收养所，不仅是因为周围的人认为她有自立的能力，也跟她自己想要开始独立生活的强烈意愿有关。

由纪名在她小时候住过的东京都新宿区租了一间公寓。除了养女时期住过的茨城县滨南市，那里是她唯一熟悉的地方了。

虽然还没有决定接下来是去找工作还是去上学，不过也不用着急，毕竟首先学着适应一个人的生活才是关键。她似乎不怎么喜欢之前住过的沼井崎市的那栋带院子的小别墅。即便不是这样，由纪名没有车，在那里一个人生活也会非常不便。她想着等哪天就把它卖了，不过，把木质房子就这样空着是很危险的，所以就决定先拆了房子，把地皮空了出来。

"在我看来,她回归社会的第一步走得相当不错呢。衣食住都没有问题啊。"

理惠子担心由纪名,好像时不时地会过去看看她。

"但是,和保险公司的交涉就要另说了。我们这里没有可以跟保险公司对抗的材料和证据。所以,才想着要借助小聪你的力量呀。如果委托费用能等到保险金赔偿之后再交的话,那真的就太谢谢你了。"

从母亲那里继承的存款,由纪名每个月都是取出固定的金额来充当生活费。

能不能拿到一亿日元,的确是个大问题。理惠子着急上火的心情也可以理解。

"好的,我知道了。费用的事情怎么样都行,我无所谓的。不过,要是做的话,务必请让我用自己的方式来做。"

榊原接受了请求。

回想起三个星期之前,那是第一次和由纪名在这个公园见面。

听完理惠子的话,让榊原决心要查明北川母子坠车事件的,是出于对由纪名的同情。榊原从她身上也看到了多年不见的自己的女儿的影子。榊原是刑警出身,想到由纪名和北川家接连发生的一系列不幸事件,他的直觉告诉他这之中必有蹊跷,值得一探究竟。

"一定还另有隐情……"

作为职业侦探，在没有被人委托的前提下，暗中调查他人的秘密、揭露隐藏的犯罪事实，是得不到任何好处的。榊原也深知这一点。但是，与其说这样做是出于侦探的好奇心，不如说是刑警的本能在指引着他。榊原也控制不住自己。

正式接手调查之后，榊原要求越过理惠子，直接和由纪名对话。原因是如果有第三者在场的话，问答的效率会降低，当事人的情绪也会不稳定，进而会有歪曲事实的可能。

榊原问由纪名知不知道哪里可以避人耳目，由纪名指定了这个儿童公园。这里离她住的公寓只用步行两三分钟，而且她也经常来。由纪名虽然已经适应一个人的生活了，不过她似乎和附近的人还不是很熟，估计也还没有交到新的朋友吧。

穿着白色厚毛衣和紧身牛仔裤出现的由纪名，就像躲在公园角落里的小猫一样，眼神里透露着戒备心和好奇心。

看起来是不被任何人束缚、过着自由生活的流浪小野猫，其实是血统高贵、清新脱俗、聪明伶俐、灵巧敏捷的阿比尼西亚猫。

"我妈妈和哥哥是不可能自杀的。"

简单打完招呼后，由纪名便单刀直入主题。

她看起来一点儿都不像是还没有适应社会生活的人，语言表达和表情也没有丝毫的含糊和犹豫。

"不用怀疑，那件事一定是事故。我是知道的，她能杀别人，但是要她去自杀的话，是绝对不可能的。"

她凝视着脸颊上泛出紧张感的榊原，满足地微微点了下头。

然后，她认真地望着榊原的眼睛。

"我的家是鬼畜之家。"

由纪名的话，足以让人感到惊愕不已。

委托人 北川由纪名的话

　　我的父亲在我五岁的时候就死了，对外宣称他是死于蛛网膜下腔出血，但是事实上不是这样的，他是被我妈妈杀死的。

　　虽然这么说，但并非我亲眼所见。我当时还很小，什么都不懂，也没有看到爸爸的遗容。因为当时并没有办葬礼……但是现在的我，真的知道当时发生了什么。

　　妈妈是一个什么样的人？为什么妈妈和哥哥会驾车坠海？如果不从爸爸的死说起的话，就很难理解了。

　　我的爸爸北川秀彦是一名医生。北川诊所的创立，可以追溯到我的祖父了。祖父当年是一位行街医生，我的爸爸后来子承父业，在新宿区东二丁目的自家住宅开起了诊所。直到父亲去世为止，我们一家五口都住在这里。五口之家的成员除了父母和我，还有我的哥哥秀一郎、姐姐亚矢名。以前，我爸爸的父母，也就是我的祖父母，听说他们也住在这里，不过等到我开始记事的时候，他们二人已经去世了。

　　我的妈妈以前是北川诊所的护士。和北川家的精英阶层出身相比，妈妈的娘家就显得要差很多了。所以，祖母当时特别反对他们二人的婚事。记得在我小的时候，妈妈经常对我说："我又被你奶奶欺负了，她简直就是个夜叉。""夜叉"好像是鬼的意思吧？

一开始的时候，祖母对我妈妈说，如果想要和我爸爸结婚的话，就搬到诊所附近的公寓去住好了，上班还方便。她说自己不愿意和不干不净的儿媳妇共用一个浴室……对于祖父母来说，我妈妈恐怕就是一个身份低微的用人吧。

最后，在祖父的劝说下，祖母勉强同意二人结婚。但是，对于妈妈来说，如同地狱一般的新婚生活才刚刚开始。当时，北川诊所的实权还掌握在祖父母的手里，我妈妈无权自由支配钱财。每天买完东西回到家之后，就像是警察审讯小偷一样，祖母规定我妈妈要把精确到以个位数为单位的账目如实汇报给她。自从嫁到北川家之后，我妈妈的工资也被停了，当然，零花钱什么的也一分钱都拿不到。哪里还让买新衣服，就连内衣，祖母也都是把自己穿剩下的给她穿，还假惺惺地说："要是没衣服穿了，就穿这些吧。"

我想，祖母一定是在等着她坚持不住之后离家出走吧。自己的丈夫也不替自己说两句话，像我妈妈这样能忍的女人，天底下应该再也找不出另一个了吧。但是，说实话，我不知道她说的是真是假，因为我不敢相信我妈妈说的话……至于我的姐姐亚矢名，她也不知道祖父母是什么样的人，更不知道他们最后是因何而死的。

如果"夜叉"指的是鬼的话，那么对于我来说，毫无疑问，我妈妈也正是"夜叉"。

在我们兄妹三人看来,死去的父亲是很可怕的人。我虽然对父亲没有留下什么太深的印象,不过他生气怒吼的声音,我现在依旧能清晰记得。孩子们嬉闹的时候,他大声呵斥的声音就像要穿透整个屋子似的。

我们只要一不听话,父亲二话不说,就用他的"铁拳"直接砸我们的脑袋两侧。父亲个子很高,我们几个小孩子只要被他碰一下,就会被弹得很远,而且他下手一点儿都不留情。

兄妹三人里,最容易被他发火的是秀一郎。我记得,即使秀一郎没有惹他生气,他也经常会面带怒气地念叨着:"啊?又是那个臭小子……"可能,他很讨厌我哥哥吧。但是,如果我哥哥能稍微再认真学习一些,再活泼开朗一点的话,我认为父亲的态度上可能就会有所转变吧。

哥哥是个爱哭鬼,明明是个男孩子,却一点儿魄力都没有。相反,比哥哥岁数小的姐姐一直都很可靠。每次爸爸要打哥哥的时候,妈妈一定都会跑出来阻止。哥哥一直是妈妈的最爱,妈妈因为太护着秀一郎,甚至还被爸爸打过。

有一次,在爸爸要打哥哥的时候,妈妈急忙抱住哥哥,一不小心两人一起从玄关摔了出去。爸爸不解气,拿着长柄伞使劲地戳着趴在地上的妈妈,怒吼道:"你就这么看重秀一郎?就因为他是儿子吗?

你儿子就这么打不得吗？"看着血从妈妈的脖子流出来，我担心得不得了。爸爸这是要把妈妈往死里打吗……最后，还是姐姐一把抱住了爸爸，他才停了下来。

姐姐很受爸爸喜爱。因为她很聪明……所以，爸爸平时很少呵斥姐姐。但是，这也并不代表爸爸对姐姐疼爱有加。爸爸当初想让成绩优异的姐姐当医生，继承北川家的祖业。烂泥扶不上墙的哥哥、反应迟钝的小女儿我，根本就入不了他的法眼。看到哥哥的成绩单，爸爸说："这么笨的孩子怎么可能是我生的？"看到姐姐的成绩单，则是："这孩子说不定以后能考上医学部。"

我那时虽然还小，倒也挨过几次爸爸的打。每次爸爸在家的时候，我都很紧张，尽量表现得乖一些。但是，毕竟是小孩子，看到有趣的电视节目时，还是会忍不住咯咯地笑出声来，会拿着玩具在客厅瞎胡闹。爸爸一开始看上去心情还不赖，可是，一旦不留神闹过头了的话，他的脸上立刻就像要冒出火来一样……然后，我就会被他狠狠地教训一顿。

爸爸在的时候，我们几个就像是刚出生的小鹿一样，一边心里感到害怕，一边还得观察他的情绪，生怕惹他生气。知道爸爸去世的那天，我们把电视开了一整天，在家里大喊大叫，又蹦又跳。不过，我不知道哥哥和姐姐当时是怎么想的。我那时傻傻地以为，从今往后就可以过上无忧无虑的愉快生活了。

爸爸对妈妈也很暴力。在我的记忆里，他们就没有好好坐在一起商量过事情。爸爸在世的时候，妈妈一直是一位很温顺的女性。就像以前日本老电影里出现的女性一样，与其说二人是夫妇，不如说妈妈更像是把丈夫当作自己的主人，全心全意地侍奉。因为二人分别是医生和护士，妈妈看起来更像是在伺候他了。

妈妈的长相也很古典。至于她是不是美人，我不清楚。不过，以小孩子的眼光来看，她或多或少有些阴郁。到最后，我也没见过她大笑过一次。

我记得爸爸经常打骂妈妈，都是因为一些琐碎小事而已。妈妈被打被骂的时候，也一直保持沉默。她为什么不还手呢？为什么不反抗呢？现在想起来，我都还觉得她的做法很不可思议。

我一直认为自己还是个小孩子，真正可怜的是默默忍受这一切的妈妈。那时，我还完全没有意识到和妈妈结婚的爸爸，其实才是可怜的。

爸爸死的那天发生的事情，说实话，我记不太清楚了。

姐姐说，那天傍晚，爸爸和往常一样结束了一天的诊察，回到家里换了一身衣服，喝了一杯咖啡之后，就又回诊所去了。

爸爸从没和我们一起在家里吃过晚饭。每天晚上他都要出门，回来时我们通常都已经睡着了。不只是晚饭，他连早饭和午饭也是和我们分开吃的。即便是这样，我们对父亲的这个习惯也没有任何疑问与不满。所以，我也不记得那天晚上是否发生了什么特别的事情。

把"那件事情"告诉给我的，是姐姐亚矢名。当然，那时我还很小，听姐姐讲起那件事，已经是事发之后很多年了。

只有那天，大约是晚上刚过七点，妈妈让姐姐去诊所看了一下爸爸的情况。平时爸爸有事找我们，比如说要送某样东西到诊所，妈妈有时候不会亲自去，而是让姐姐替她跑腿。姐姐那时已经是小学二年级的学生了，跑腿什么的完全可以胜任，而且爸爸也喜欢她。在门诊时间之外，爸爸也经常待在诊室。但是，妈妈在没有什么事情的情况下，却让姐姐去诊所跑腿，这在以前是我没有见过的。

妈妈的指示不太寻常，姐姐也感到了奇怪。

"去诊所帮我看一下你爸爸在干什么。要是他睡着了，就把他摇醒。要是他还没醒，你就赶快回家里来。"

妈妈对姐姐如是说。

姐姐到诊所之后，发现爸爸在诊察患者用的小床上平躺着睡着了。姐姐记着妈妈的指示，试图把爸爸摇醒。但是过了一会儿，还是不见爸爸有任何像要醒来的样子。

在接到姐姐的汇报之后，妈妈缓缓地咧开了嘴角。她环视了一下周围。

"亚矢名，跟着妈妈过来！小秀，妈妈没回来之前，你要在这里乖乖等着哦。帮我注意一下，别让由纪名跟着到诊所这边来。"

妈妈手里拿着不知道是什么时候准备好的纸箱，大步流星地向诊所走去。

妈妈带姐姐一起去是有理由的，她想让自己的女儿当她杀死丈夫的帮凶。因为姐姐很可靠，和胆小的哥哥相比，明显她更能起到作用。

进到诊所之后，瞥了一眼在小床上熟睡的爸爸，妈妈把带来的纸箱放到了爸爸双脚的正下方。她打开纸箱，从里面拿出了注射器和药剂。

给注射器注满药剂之后，妈妈缓缓地跪在父亲的身旁，用左臂支撑在父亲的左手腕下方，静静地开始向爸爸的静脉注射药物。妈妈看起来很小心，但是没有丝毫的犹豫不决。

姐姐站在一旁，默默注视着妈妈的举动。就算不用问，姐姐也知道妈妈在做什么。

姐姐和我不一样，她从小时候开始，就是一个很机敏的人。她知道那时即使去阻止妈妈的话，也是没有用的。

爸爸的表情看起来很难受。待他的呼吸完全停止之后，妈妈和姐姐合力把他从小床上挪了下来，将他的尸体摆成坐姿状，安放在地板上。让他看起来就好像是自然地从椅子上滑落下来一样。尸体软塌塌的很不好挪动，而且它远比想象的要沉得多。

爸爸不胖但是个头很高，妈妈个子不高，凭她一个人的力量想要移动爸爸的尸体，这几乎是不可能的。但是我知道，她让姐姐当她的帮凶的原因，可不只是这个。

妈妈有点害怕姐姐。所以，她想让姐姐成为她的共犯。

"亚矢名啊，你刚才和妈妈一起杀死了你爸爸呢。把这件事当作是只有咱们两个人知道的秘密吧，好吗？"

从诊所回家的途中，妈妈把手放在姐姐的肩上，悄声说道。

爸爸的死因，官方说法是病死，一种叫作"蛛网膜下腔出血"的脑病。

我是在第二天早上起床之后，才得知了爸爸的死讯。姐姐告诉我说，爸爸去世的当晚，诊所来了好几位病人，爸爸一直忙到了半夜。

"爸爸在昨天晚上突然生病去世了。这几天家里会来很多人，妈妈也会很忙。你们要好好听话。"

听了妈妈的这番话，我完全搞不清楚到底发生了什么事情。

确实，爸爸不在家里。但是就在昨天，我还见到了啊。如同大树把根伸向四面八方一样，作为家中顶梁柱的爸爸，即使不在家也会影响着我们。他突然就这样没了，我一时根本无法相信。那时的我，还理解不了"死"是怎么一回事。

那一瞬间，哥哥和姐姐的反应我也不记得了。哥哥暂且不说，姐姐很明白发生了什么……

"因为爸爸去世了啊。"

殡葬公司的人来了之后，妈妈就去了诊所那边。哥哥高兴地打开了客厅的电视。

哥哥和姐姐都很开心。他们二人被妈妈告知今天不去学校也没关系。这下再也不用注意电视的音量大小了。幼儿园那天也放假，我高兴得就像是过节一样。但是，对于懵懂的我来说，真正的受难也从那天开始了。

关于爸爸去世的真相，姐姐是前不久才告诉我的。

嗯，是的……应该是姐姐去世的半年前吧。

"爸爸的死因才不是什么蛛网膜下腔出血，他是被妈妈杀死的。"

对我来说，这并不是什么让人感到很意外的事情。因为，我知道妈妈是一个能淡定地做出这种事情的人。

杀死爸爸之后，妈妈先是让姐姐和哥哥去睡觉，然后偷偷把木岛医生叫来了诊所。

木岛医生是爸爸的朋友，新宿区木岛医院的院长。虽然我不知道他现在怎么样……他好像来过我们家很多次，我应该是见过他的，不过不记得了。据姐姐讲，他和爸爸截然相反，是一位特别热情的叔叔。

妈妈为什么要叫木岛医生来呢？当然是为了要把他拉下水，让他当自己的共犯。

那天晚上，姐姐被赶回房间睡觉之后，没有睡着，一直在偷偷观察楼下的情况。姐姐有着远超乎她的年龄的成熟与稳重。刚从杀人现场回来，精神亢奋，她睡不着也是正常的……

那时，姐姐和我一起睡在二层的小卧室。除此之外，二层还有爸爸的书房和卧室。爸爸平时在那里睡觉。妈妈和秀一郎睡在一层的十二平方米的日式房间。爸爸和妈妈，在我开始记事的时候，就已经是分开睡的状态了。

姐姐说，夜深以后，她听到妈妈在一楼打电话的声音。然后过了没多久，又听到有车停到诊所附近的声音，好像是谁来了。

姐姐说不知道有人半夜到诊所来干什么，她实在是没忍住，出去了……

姐姐是个胆子很大的人。她平时对我很温柔，但是在胆量上，她还是很像妈妈。

"那时，我和妈妈一起杀死了爸爸。这样说就可以了吧。"

我问她如果被警察抓去了怎么办，姐姐平静地回答了我。

姐姐从小卧室出来，悄悄下了楼。确认妈妈不在一楼之后，她穿过走廊，轻轻地向诊所走去。

诊所的走廊亮着灯，爸爸尸体所在的那间诊室的门虽然是闭着的，但是可以听见里面有人在说话。姐姐一下子就听出来了，说话的人是妈妈和木岛医生。

"不过，夫人。既然事已至此，咱们就打开天窗说亮话。事实上，这么做的话，还有个很麻烦的问题。"

"夫人您可能已经注意到了，北川他最近一直去菲律宾人在新宿开的酒吧……那里面有个叫奥罗拉的女人可跟北川的关系不一般呢，而且她已经怀上了北川的孩子。奥罗拉无论如何也想生下这个孩子，北川不愿意，于是拜托我帮忙。后来谈好的条件是给她一千万日元的分手费。这不，那个女人在我认识的妇产科医生那里，刚做了堕胎手术。"

"我又不是不知道北川的经济状况，说老实话，连我都觉得不安。我问北川给那个女人一千万日元真的没关系吗？北川说他一定想办法凑够。虽说北川已经死了，但是那个女人可没有要放弃一千万的意思。如果只是她一个人的话，不搭理她也没事。但是，谁知道那个酒吧的老板，居然是黑社会的人。要是不给那个女人一千万的话，后果不堪设想啊。"

木岛医生说了那些话。

妈妈提高了嗓门，笑着回道：

"木岛医生！别磨磨唧唧的了！你有话就直接说啊。要一千万是吧？只要人身保险赔偿金下来了，我马上就打钱给你……木岛医生，你和那位奥罗拉小姐的事情，我在调查我丈夫行踪的时候，也顺便了解了一下，你的事情我清楚得很。奥罗拉小姐很可爱吧？"

"请允许我支付一千万。当然，对您的夫人我也会保密的。这样一来，我和木岛医生你之间就两清了吧？"

即使对面站着的是大医院的院长，妈妈也显得游刃有余。

两人好像达成了协议。想着他们是不是要从诊室出来了，姐姐赶紧跑回了家。

但是，在通往走廊的玄关处，姐姐一不小心碰翻了放在地板上的空的铁水桶。"哐当"的响声传遍了整个诊所。姐姐说她当时紧张得差点儿闭过气去。

"那时我没多想，赶紧撒腿就跑了。不过仔细想想，我给他们俩送了个顺水人情，其实也未必不是一件好事。"

姐姐这样说。

关于父亲的葬礼，我是一点儿都不记得了。何止是不记得了，我都不知道爸爸的葬礼到底办了没有。爸爸好像在外面欠了很多钱，我家的诊所和房子都被拍卖了。就算那个时候爸爸没死，诊所也肯定没办法再继续开了。

爸爸死后大约过了半年，我们举家搬去了茨城县滨南市，借住在菱沼夫妇家里。菱沼美惠子是我妈妈的姑姑。

滨南市虽然叫作"市"，但其实已经是很偏僻的乡下了，真的是什么都没有。菱沼夫妇在那里以务农为生。他们没有孩子，二人相依为命。当时他们虽然只有五十多岁，但已经看起来很苍老了。

房子虽然是平房，但是非常宽敞，在里屋根本听不见门口的人说话。在乡下，不是有钱人也能住得起大房子。这一点，住在东京的人一定想象不出来。

妈妈没有兄弟姐妹。妈妈的父亲，也就是我的外公，在我还是个婴儿的时候，就去世了。外婆在妈妈小的时候就病死了，所以我也不知道我的外祖父母长什么样子。我好像有一个姑姑，也就是我爸爸的姐姐。不知道因为什么，她好像和我妈妈的关系很差，已经很多年没有联系过了。

妈妈不与任何亲戚打交道。尽管如此，为了把我这个包袱甩掉，她还是执意搬到了亲戚菱沼家去住。我后来成了菱沼家的养女。

因为自家房子被拍卖，妈妈想着先带三个孩子去菱沼家借住一段时间，她当然不想一直住在那种穷乡僻壤。过了一段时间之后，她在东京都的港区找好了高层公寓，就又搬走了。不过，她对菱沼叔叔和阿姨说的是她要搬去医院的宿舍……

之后我才知道，她新找到的房子是一个装修得很好的三室一厅。虽然比起以前在新宿的家小了一点，但是客厅很宽敞，也有阳台，四个人住完全够用了。

即便如此，妈妈也没有把我带走。

"健一叔叔和美惠子阿姨，都很喜欢由纪名，希望你能留下来给他们做女儿。"

在回东京的那天早上，妈妈催促哥哥和姐姐收拾东西时不经意间说的那些话，我无论如何也忘不掉。

平时，妈妈不是那种对孩子有耐心的人。虽然不会像爸爸那样大发雷霆，但是只要是她说过一次话，至少是对我来说，她根本不会再讲第二遍。妈妈说让我留在这里，我也没有别的办法，我那时才六岁。既然事已至此，我知道再哭再闹也是白费力气。

妈妈为什么要让我给菱沼家当孩子，我那时还不明白。不过，三个孩子里要是只扔下一个的话，我知道那必定会是我。因为妈妈很喜欢哥哥，姐姐又聪明学习又好。我被抛弃也是理所当然的。

妈妈带着哥哥和姐姐走了，只留下我一人。

自从那之后，菱沼夫妇就成了我的"爸爸妈妈"。

妈妈和"爸爸妈妈"之间发生了什么样的对话，我不是特别清楚。不过，"爸爸妈妈"从来没有在我面前表现过任何的不高兴。我时不时会觉得，把辉夜姬*养大成人的老爷爷老奶奶大概也就像他们一样吧。"爸爸妈妈"都把我当成是手心里的宝。

不知不觉中，我发现自己已经非常喜欢"妈妈"了。在我之前的人生里，包括我的亲妈在内，就没有人这样疼爱过我。

"妈妈"是农民，当然很会做饭。她蒸出来的米饭白嘴吃都好吃。我的房间在靠近玄关的角落，每天晚上睡觉前，"妈妈"都会替我铺好床被。早上起床后，也是妈妈把我的被褥叠好塞进壁柜里。每当我洗漱完毕走到客厅，就能看到热腾腾的早饭已经被端上了桌。

家的四周都是田地。但是开车的话，用不了多久，就到达一个有着很大停车场的购物中心。那附近还有一条能买到好多好吃的东西的商店街。"妈妈"在那儿给我买的零食，全是我没有见过的。也有可能是因为太便宜了吧，东京没有卖的。我一下子就对那些零食着了迷。

---

* 辉夜姬（かぐやひめ），日本古典文学作品《竹取物语》中的女主角。故事中，老爷爷在山上伐竹时看到了在竹子里的辉夜姬，于是把她带回家里和妻子一起抚养。——译者注

不管是我在家里看什么电视节目，还是怎么疯跑疯闹，都没有人对我发火，我觉得自己就像个小公主一样。成了菱沼夫妇的养女，我应该觉得很幸福吧……不过，我其实一直在想，还是希望能回到自己真正的家里去。东京已经没有我的家了，我的家人也没有了。只是，我自己不愿意承认而已。

在菱沼家的生活，也不是一点儿不愉快的事情都没有。与北川家爸妈的尖酸刻薄和善于营造紧张氛围不同，菱沼家的"爸爸妈妈"性情温和，但是会毫无预警地表现出他们文化素质不高的一面。

在北川家，我没有见过任何一个大人，在看低俗的搞笑节目时，会笑到失控。

"爸爸妈妈"特别喜欢喝酒。他们几乎每天都会在晚饭后喝酒。他们只要在客厅一边看电视一边开始喝酒之后，就会暂时先把我抛在一旁了。到了晚上八点，"妈妈"会哄我睡觉。所以，那之后的事情我就不知道了。但是，有时候半夜我起来上厕所的时候，会顺便到客厅看一眼。经常看到他们二人趴在摆着酒杯和下酒菜的暖炉上酣睡的情景。

客厅里满是食物，还混着酒精的臭味……看着睡得正香的"爸爸"嘴角吊着口水，我更加觉得"恶心"了。

可能我会被人说是太任性了吧。但是，即使当时还小，我已经觉得对他们无法心生敬意。我死去的爸爸也喜欢喝酒，但是他从来没有在孩子面前喝醉睡着过。我并不喜欢我爸爸，不过我知道他不是一个邋遢的人。和养父相比，我才感受到了爸爸的知性。

　　新的一年转眼间就来到了四月，我成为滨南市日野原小学一年级的学生。

　　在东京的时候，我在家附近的私立幼儿园上过学。来到滨南市已经有五个多月了，别说是幼儿园了，家附近就连一个能陪我玩的小孩子都没有。也许，一开始的时候，"爸爸妈妈"还没商量好是否真的要收养我。赶在我上学之前，他们把收养手续办妥了。这样一来，正式成为小学一年级学生的我，名字也由北川由纪名变成了菱沼由纪名。

　　家到学校的距离，徒步要走四十多分钟。对于我这种从小在城里长大而且没出过远门的人来说，真的是很痛苦。不过，因为能在学校认识很多同龄的小朋友，我便也没多抱怨什么，反而每天都很憧憬着去上学。学校的楼是新建成的，很漂亮。天气不好的时候，"爸爸"还会开车接送我上学。

　　"爸爸"是一年级学生的家长中岁数最大的。虽然我知道自己的亲生爸爸又高又瘦，但是我并没有认为，现在的"爸爸"的样子有什么好让我觉得丢脸的。我给老年夫妇当了养女的事，很快就传遍了整个年级，不过大家并没有因此而欺负我，反而是对我刮目相看，觉得菱沼夫妇能收我做养女，是因为我很有两下子。

　　"你们知道吗，小由纪名的爸爸是东京那边医院的院长呢。她从小身体不好，因为家里想给她换个环境好一点儿的地方，她才被送到咱们这里来的。"

关于我的流言是这样被大家传播的。

流言的出处我无从知晓。在我成了菱沼家的养女之后，我妈妈时不时会开着洗得干干净净的车过来。她不是来过夜的，跟我的养父母说些什么之后，她就又走了。虽然她也带哥哥来过，不过在大多数时候，都只有她和穿着漂亮连衣裙的姐姐两个人来。比起爸爸在世的时候，妈妈的打扮变得更加时尚亮丽了。

妈妈才不是担心我，她是来侦察菱沼家的情况的。而且，她知道我的养父母是不会拒绝亲戚来访的那种人。

爸爸去世之后，妈妈看起来像是没有再做护士的工作了。正如姐姐告诉我的那样，妈妈是靠着保险赔偿金在过日子。

和姐姐见面很开心。我渐渐地适应了乡下的生活，没有像刚来的时候那么羡慕生活在东京的哥哥和姐姐了。

"爸爸"在不喝酒的时候，人特别好。我想要什么东西，即使"妈妈"不同意，他也一定会买给我。看着几乎每晚都喝得烂醉的二人，我也慢慢习惯了眼前的这一幕……

默默在地里务农的"爸爸"，和我死去的爸爸相比，完全是两种不同类型的人，他让人觉得特别可靠。

看起来一切都平静美好的农村生活，终于在某一天被打破了。

那是在我刚上一年级半年之后的九月发生的事。

　　那个时候，我已经完全融入菱沼家的生活了。好像是觉得我可以一个人在家看门了，到了彼岸会*的日子，"妈妈"决定去相泽阿姨家住两天。

　　相泽阿姨是"妈妈"的姐姐，也是我亲妈的姑姑。她也住在滨南市，我和她见过好几次，不过她好像很讨厌我妈妈。在我看来，她是个一板一眼的人，样子也有点儿凶。

　　因为是时隔多年才和相泽阿姨一起去泡温泉，"妈妈"在出发之前就已经很兴奋了。

　　"妈妈"准备好了我和"爸爸"这几天吃的饭，放在了冰箱里，还告诉我们哪天吃什么。她还将我们要换洗的内衣从抽屉里找了出来，放在了房间的一角。好像还是不太放心的样子，她一直在屋子里来回走个不停。

　　"我们能行的，妈，你就别操心了。"

　　我说完之后，"妈妈"的表情看起来很开心又像是有一些不满意。

　　我想，她一定是想让我说"求你别走了。你走了，我们可怎么办啊"这种话吧。不过我已经不是三岁的小孩子了。没有生过孩子的"妈妈"，好像对此并不是很了解。

　　"妈妈"出门之后，"爸爸"百无聊赖地在客厅看着电视。我对前些天他们买给我的自行车很感兴趣，中午过后就一直在外面骑

　　* 彼岸（ひがん），一种佛教习俗，以春分和秋分为中间点，持续七天。日本人会在这段时间去扫墓，为已故亲友祈福。——译者注

车，完全没注意到"爸爸"那天从中午就开始喝啤酒了。

傍晚时分，天色渐暗，我急急忙忙往家里跑。没想到"爸爸"正好就在电视机前，我吓得怔住了，因为他平时就一直提醒我，说天黑了就不能在外面玩了。我想这次肯定逃不过要挨一顿骂了。

但是，看到我回来之后，"爸爸"缓缓起身，然后去准备晚饭了。说是准备晚饭，其实就是把装着"妈妈"做好的寿司卷的盘子上的保鲜膜揭开，再把放在冰箱里的炸鸡块和炖菜用微波炉加热一下而已。爸爸当然是喝啤酒，我的饮料则是妈妈做好的冰镇麦茶。

闻着弥漫在客厅里的汗味和啤酒味，我的心情开始变差。喝醉了的"爸爸"开始说胡话，动作也变得迟缓。早知道是这样的话，果然还是应该阻止"妈妈"出去才对的。我开始后悔了。

我跟"爸爸"看着电视吃完了饭。"爸爸"收拾完碗筷后，又帮我烧好了洗澡水。我洗了个澡之后早早就睡去了。第二天，我又是从早上就开始骑车，爸爸中午带着我去商店街吃了拉面。

午后，睡得昏昏沉沉的我，一睁开眼，只见盖着的被子不知道是什么时候被掀去了。一只又湿又热的大手，伸进了我的睡衣，放在了我的肚子上……

第二天，"爸爸"如约带我去吃了拉面。

我和"爸爸"都没有再说前一天晚上的事情。没喝酒的"爸爸"总是爱低着头，不怎么说话。就算他在内心深处感到了愧疚，我也不知道他在想什么，猜不透他的心情。

跟还是小孩子的我相比，"爸爸"的个头当然算是大的。但其实他也就跟"妈妈"差不多一样高。看着"爸爸"弓着背吃拉面的样子，我也感受到了他的衰老和落寞。

傍晚，"妈妈"拿着许多土特产回来了。就像是什么都没发生过一样。回到日常生活之后，我就像是看到了明明觉得很有趣但却怎么也回想不起来的梦一样，醒来后，只剩下模糊的记忆和灼心般的焦虑。

从那以后，"妈妈"几乎就再也没离开过家。"爸爸"也很少从中午就开始喝酒了。"爸爸"对我的态度也没有什么变化。现在想来，我才意识到"爸爸"看我的眼神，一直就不是那么老实。

只剩记忆片断的日常生活，在那一年的年底，又出现了可疑的因素。

那天，因为要去参加初中同学聚会，"妈妈"有半天的时间没在家，回来的时候已经是晚上了。她出门前给我和"爸爸"准备好了晚饭。

那天，下午从学校回来的我，看到"爸爸"大白天的就在客厅里待着，我觉得自己的预感应该是中了。"爸爸"还没喝醉，他一边看着电视一边喝着啤酒。

我闯进了他的视线之后，"爸爸"放下酒杯，站了起来。

"不喝点什么吗？"

"爸爸"说着就去了厨房，没等我回话，他就从冰箱里拿出了盒装果汁。

倒在玻璃杯里的，正是我最喜欢喝的桃子汁。妈妈平时总买给我的橙子汁，说实话，我并不是那么喜欢橙子汁。接过杯子和吸管的我，已经感受到了爸爸气息的热度与慌乱，简直就像是刮风的声音一样。

听见"爸爸"把门锁上了，我向后挪到了草席榻榻米上，继续用吸管喝着桃子汁。

"爸爸"和我都知道要发生什么事了。"爸爸"咚的一声坐在了我的边上，把我抱在了他的膝盖上。

"爸爸"这天并没有喝得那么醉，但是也像上次一样变得无法控制自己。我确信，这三个月以来，"爸爸"一定是时常想起那晚的事情。

我只是保持一动不动。他和我说，下次可等不了三个月这么久了。

傍晚时分，我去上厕所的时候，才意识到发生了我始料未及的事情。

我惊讶于和上次完全不一样的疼痛感。看到内裤里染上的之前从未见到过的茶色污渍，我惊呆了。这么说来，刚才是觉得有些疼。不过，怎么会严重到这种程度……

要是被"妈妈"发现了，可怎么办啊……我不禁想到了以后的事情。

运气不好，那天我穿的不是"妈妈"给我买了许多条的超市里的内裤，而是"妈妈"在我过生日时送我的三色内裤，蓝色、粉色和白色组成的布面上，印着可爱的小动物图案。

我急忙跑回了自己的屋子里，想先重新换上一条内裤，把这条三色内裤放在柜子的最里边。我没想过要和"爸爸"谈一谈，当时只想着怎么样才能瞒过"妈妈"。

又过了两天。

妈妈带着亚矢名来菱沼家了。妈妈这次来的目的是单纯地打个招呼，还是有什么事找菱沼夫妇，我不知道。不过，姐姐的到来可真是老天帮我的一个大忙。对我来说，姐姐是能让我放心地把自己所有事情都说出来的唯一信得过的人。

趁着妈妈在客厅和"妈妈"说话的间隙，我带着姐姐去了我的房间，拿出藏在抽屉的内裤给她看。

如果是姐姐的话，我坚信她肯定会为我做些什么的……

姐姐不愧是姐姐。我结结巴巴地把事情告诉给她，她连眉毛都不动一下，只是仔细地检查着内裤上的污渍。

"这个即使洗了也去不掉吧。但是，没关系的。再去找一条一样的不就行了吗。"

说着，姐姐把内裤装进了自己的手提袋里。

但是，事情最后的发展，完全和我当初的预料正相反。

那时，姐姐上小学三年级。虽然我觉得她像个大人一样，不过终究她也只是个小孩子。拿着那条问题内裤，她也不知道怎么办是好，最后告诉了妈妈。姐姐觉得，妈妈应该能为我做些什么。

对于妈妈来说，这件事给了她一个求之不得的机会。

现在想来，最初的时候，妈妈很可能是拿着带血的内裤作为证据，去敲诈我的养父了。妈妈是能冷静地干出那种事情的人。但是，她最终想到的是一个更好的办法。她一开始敲诈我的养父，是想探探他的底线。后来，妈妈没有直接再去勒索他，而是用了威胁我的办法。

妈妈和姐姐在年内没有再出现了。幸运的是，我的养母并没有发现那条内裤不见了。每次看到"妈妈"打开装着内衣的抽屉时，我都紧张得快要喘不过气来。我每天都在盼着姐姐能快些给我送来一条新的同款内裤。

妈妈来的时候，已经是新年的一月三日了。她说姐姐发烧了，没跟着来。

看到姐姐没来，我很是沮丧。养父有事去了附近的亲戚家里，养母为了做晚饭出去买菜了。看着站在对面的我，妈妈缓缓地张开了嘴。

"我听亚矢名说了。那天回去之后，她去找了好多家店，哪个店都没有在卖和那条一模一样的。你死了心吧。

"第一，想通过这种方式来骗你的养母，简直是大错特错。她总有一天会发现的。不管她平时再怎么温和，一旦发起火来，我可猜不到她能干出什么事。你要是被她杀了的话，我也救不了你。

"而且，就算没被你养母发现，我也不会原谅你养父那个狗东西的。我会去跟警察说的，让他保证不会再犯。如果是那样的话，不仅你养父会被带走，你也会被警察带走询问的。到时候你可要做好心理准备，你的脸会在电视和报纸上出现的。"

还是小孩子的我，很轻松地就被妈妈吓住了。

　　我明明不相信那么温柔的养母怎么可能会杀我，但是听了妈妈的话，我仿佛看到了凶神恶煞的养母正在向我走来一样。

　　在大量媒体记者的闪光灯的"洗礼"之下，我和养父一起被押进警车；同学朋友们在电视上看到了我的照片；邻居们对着菱沼家的房子指指点点、议论纷纷……这些，我都仿佛在一瞬间全看到了。

　　那天，妈妈没有带着姐姐来的理由，我现在知道了。姐姐在的话，事情很有可能就会发生变化了。但是，我一个人终究还是猜不透妈妈的葫芦里到底卖的是什么药。

　　"妈妈，求你了，千万别告诉警察！"

　　我用近乎带着哭腔的声音恳求妈妈。

　　最终，我除了听从妈妈的指示，别无他法。

　　新年伊始的前三天，大家一般都会熬夜。"今天还是三号，先不要动手的好。"我听从了妈妈的意见。第二天，一月四日的晚上，我实施了计划。

　　当然有过犹豫和不安。但是，要是我磨磨蹭蹭的话，又怕妈妈真的去告诉警察。对警察的恐惧，远胜过让我去实施计划的胆怯。妈妈手里握着的证据，对我来说是致命的。

　　妈妈的指示很简单。

　　养父母二人都很喜欢喝酒，吃过晚饭后，经常喝着酒就在客厅睡着了。他们的下酒菜基本上就是佃煮或者辣味腌墨鱼，他们经常出去一买就是好几大瓶。那天，他们配的下酒菜是海带佃煮。吃完晚饭，我在厨房看见了放在小碗里的黑乎乎的海带佃煮之后，偷偷地回到自己的房间，取出了藏在书包最下面的小纸袋。

"爸爸妈妈"把电视里放的综艺节目的声音调得很大，因此不用担心他们会发现我在厨房干些什么。

我按照妈妈说的，用筷子把小纸袋里的东西和佃煮搅拌在了一起。因为不想被他们看到我紧张到憋得通红的脸，我暂时躲进了洗手间。在洗手间里，我觉得时间过得很慢，慢得可怕。我扑通扑通的心跳声，感觉洗手间外面的人都能听到。为了能让自己冷静下来，我拼命在脑中一遍又一遍地回想妈妈告诉我的步骤。

幸运的是，养母并没有发现什么异常。她像往常一样让我洗澡，帮我铺好了床被。也有可能她是想赶紧把我哄睡着，他们二人好优哉游哉地喝酒吧。

钻进被窝的我，害怕自己真的会睡着，因此一直没关房间里的灯。因为妈妈命令我必须等到晚上十点才行。说实话，被紧张和兴奋充斥着的我，当时根本就睡不着……

确认闹钟的时针已经指向了十点，我走出了房间。按照妈妈的指示，如果"爸爸妈妈"之中有一人还有意识的话，我就要在洗手间里把他们叫醒，然后中止计划的执行。但是，也不知道算是幸运还是不幸，"爸爸妈妈"二人都烂醉如泥，而且已经睡着了。

不知道是什么时候开始，我期待"妈妈"能睁开眼睛，问我一句"啊，由纪名，怎么啦？"一旦真的要动手了，我还是害怕。

但是，妈妈给的药效果不好是不可能的。不管怎么说，她也曾是个护士。"爸爸妈妈"都像睡死过去一样，我摇了摇他们的身子，他们也没有一点儿要醒过来的意思。

"妈妈"趴在饭桌上，"爸爸"则在草席榻榻米上把自己的身体摆成一了"大"字。烟灰缸被随意地放在桌子上，里面装满了烟蒂，堆得像小山一样。在它旁边，放着一个正在亮着红彤彤火光的煤油炉。

"哎呀，没事儿的！因为你还是个不满十四岁的孩子啊。就算失败了，也不会让你去蹲监狱的……而且，有什么困难的话，妈妈一定会过来帮你的。"

妈妈的话围绕在我的耳边。

我不相信她会来帮我。如果辜负了妈妈对我的"期待"，会怎么样啊？光是想一想，我都觉得很可怕。

我鼓起勇气，拿了放在草席榻榻米上面的打火机，熄灭了煤油炉。因为，虽然只是很小的一台，但是要移动燃烧着的煤油炉，我还是觉得很恐惧，就先把它熄灭了。我调整呼吸，慢慢把煤油炉挪向"爸爸"的身边。然后，在距离他五十厘米左右的地方，我使出浑身的力气，推倒了煤油炉。确认煤油已经浸湿了草席榻榻米之后，我用打火机点了火。

火"啪"地一下子就烧起来了。我知道，自己必须赶快离开那里，没有多余的时间回头去看。我先是冲进自己的卧室，从被子里抱起睡着了的小猫小咪，快速奔向玄关打开门，之后就是头也不回地一个劲儿地猛跑。

小咪是两天前我在院子里发现的小猫。我拜托"妈妈"好久，她才同意我养它。我妈妈很讨厌猫，火灾事件之后，她来接我走的时候，看到我抱着小咪，她一脸不高兴。最后，小咪被她给扔了，小咪后来怎么样我完全不知道。

按照妈妈的指示点火，真的能把家烧着吗？我最初是半信半疑的。但是，我绝对更不愿意和"爸爸"一起被警察带走。

我自己到底在期望着什么？说实话，现在我也不知道。

远远望着被熊熊火光吞噬了的菱沼家，我不由自主地浑身发抖。在那一瞬间，我自己也吓坏了。

从那以后，我一直活在坚硬的壳子里。

火灾事件之后，周围的人帮我做解释，说我是因为受到了惊吓，才变得口齿不清的。被紧张和恐惧包围的我，不管是谁来跟我说话，我都默不作声。谁都会同情被突如其来的悲剧夺去了亲人的少女吧。多亏了这一点，火灾事件的具体情况也才没有被仔细追查。

妈妈想出的这个不合常理的阴险恶毒的招数，足够为我博得许多人的同情了。恐怕，这也是她算计当中的一环吧。

火灾的那晚，接到了联络电话的妈妈并没有赶来。我一下子觉得安心了不少。当然，周围的人可不这么觉得。在大家的口中，我成了悲情的女英雄，这一点我是真的没想到。因为我自认为，无论是被消防员、警察、老师、亲戚或是被谁问起，我一定都只会是受责难的那一方。

　　第二天早上，妈妈赶来了。让我颇感意外的是，即便是只有我跟她两个人的时候，她也绝口不提火灾的事情。对于忠实地完成任务的我，她既没有褒奖也没有慰劳。把那件事当作没有发生过吧……感知到妈妈发来的无声的消息，我确信这件事就这样顺利结束了。

　　尝到了一次甜头之后，我决定活在自己的世界，无视周围的任何事物，如同作茧自缚的蚕一样。保持沉默，是比什么都好用的防御方法。

　　关上了心里的卷帘门之后，我觉得无比自在。即使想要努力回到以前的自己，有过了这样的一次经历，想再回去已经是不可能的了。当时我的身上背着的沉重的包袱，远不是一个七岁的孩子应该承受的。不论我再怎么找借口，我杀死养父母的事实是无法改变的。现在想来，我虽然有意识地在控制自己的行为，但是在不知不觉中，我已经病得不轻了。

　　火灾之后过了一段时间，我回到了住在东京的妈妈那里。妈妈是怎样把手续办好的，我不太清楚，但是我的名字又从菱沼由纪名变回了北川由纪名，学校也转到了东京都港区的一所小学。不过，我一天都没有去过那所小学。因为我后来变成了所谓的"家里蹲"。

　　在最初的时候，妈妈好像怀疑"家里蹲"是我演给她看的。她还觉得是给我吃的药的药效太强了，我才变成那样的。但是，慢慢地，她好像也开始理解我是真的病了。或者说，对她来说，我这样的表现反而正中了她的下怀。

妈妈决定就这样放任我不管了。家里的那个九平方米的西式房间，就成了我的茧。

只有在这个茧里，我才能畅快呼吸。

唯一能让我打开心扉的人不是妈妈，也不是哥哥，而是我的姐姐亚矢名。

姐姐就像是我的母亲、老师和朋友。我不去学校了，她就在家里陪我学习，和我说话，教我读书。我想要的东西也是姐姐给了我。姐姐不在了之后，我立刻又变回了以前那个"废人"。

姐姐不仅脑子好使，还擅长运动。不论是在初中还是高中，她都名列前茅。此外，她还积极参加各种社团活动……我们兄妹三人里，只有姐姐是在过着正常的学校生活。姐姐是不会输给妈妈的内心强大的人。

我时不时就会想，如果姐姐还在世的话，我现在肯定也会是一个非常坚强的人了吧。姐姐一直都在守护着我。就连妈妈，也对姐姐刮目相看。

姐姐在知道我的小咪被妈妈扔了之后，给我买了一个小猫的毛绒玩具。妈妈特别讨厌猫，不过这次不是真猫了，实在是抱歉呀……

我跟姐姐说起小咪的事情时，火灾事件已经过去一段时间了，但是，姐姐还是认真地回应了我说的话。

没有，哥哥秀一郎从没对我的精神世界起到过什么积极的作用。不过，他倒也没欺负过我……哥哥这个人是很温柔，但是又有些过于软弱了。妈妈和姐姐不在家，我说我饿了的时候，他就会去便利店给我买零食和饭团。姐姐和我的电脑出什么问题了，他也会帮我们处理。哥哥很擅长修理各种器械。

但是，哥哥一次都没有走进过我的内心。现在想来，可能是因为哥哥自己身上也有一堆问题吧。哥哥和我完全不同的是，他在另一种意义上成了妈妈的牺牲品。

那是高一的夏天，哥哥开始不去学校了，整天在家里无所事事。我从菱沼家搬回来住的时候，哥哥是小学五年级的学生，除了感冒或者肚子不舒服了会在家里休息之外，他都还在正常上学。

是的，哥哥小学和初中上的都是家附近的公立学校。他好像有去考私立学校，但是最终应该是没有考上。关于哥哥的事情，妈妈对姐姐甚至都是保密的。

考高中的时候也是，他没考上想去的私立学校，最后还是去了公立高中。后来他不去学校的原因吗？这只有去问他本人才会知道吧。但是我觉得，和妈妈的关系使得他多年来都一直背着沉重的包袱，终于在某天到了临界点，他背不动了，才想着把自己封闭起来了吧。

和姐姐还有我不一样，哥哥从小就没有自己的房间。因为他小时候有轻度的哮喘，妈妈说是为了方便照顾他，就让他和自己一起睡，而且是睡在同一张双人床上……总之，不管是睡着的时候还是醒着的时候，妈妈都像是一条水蛭一样，缠在他的周围。

不，如果他从一开始就反抗妈妈的话，就不会发展成这个样子了。虽说妈妈控制他是事实，不过他也很依赖妈妈。最终，二人谁也离不开谁了。

朋友吗？到初中毕业为止，哥哥有个关系很好的朋友，那个人还经常来我们家里玩。听说他们以前上的也是同一所小学，对哥哥来说，那个人就是他唯一的朋友了。他叫什么名字？叫什么来着……我有点儿不记得了。

不过，就算跟他关系好，哥哥真的有把自己的苦恼说给他听吗？我对此表示怀疑。他跟哥哥的高中不是同一所，我觉得他们初中毕业之后就没有再联系了。毕竟哥哥从高一退学开始，就整天在家里待着，也不去接近任何人。

非要说的话，只有姐姐亚矢名和他有过交流吧。姐姐和他的心灵共通之处是……只有姐姐，才能让他愿意开口说话。对于姐姐的死，他也受到了相当大的打击。

那天之后，就再也没有人守护我了。

姐姐从公寓五层的阳台坠楼死了。时间是前年的三月。

她好像是喝醉了，半夜一个人到了阳台上去的。她应该没有注意到阳台护栏的螺丝是少了的。趴在栏杆的一瞬间，全身的重量都压在少了螺丝的栏杆上，栏杆顿时就散了架。她一下子失去平衡，掉到了楼下。

是的，对姐姐来说，这真的是一场意外。

姐姐的死，妈妈也根本没有料到，这一点是毫无疑问的。但是，护栏的螺丝缺损状况，绝对不是出乎妈妈意料的事情。为什么这样说？因为，故意拔去螺丝的那个人，本打算借机杀掉我的……那个人不是别人，正是我的妈妈。

发生坠楼事件的家，不是我们之前住的港区的房子，而是我们在事件之前刚搬过去不久的位于足立区的一个又小又旧的公寓楼。

爸爸死了之后，妈妈就再也没有工作过了。我们被从之前住的地方赶出来之后，虽然妈妈没有再挣钱，但是让我们能过着衣食无忧的生活的，除了爸爸的人身损害保险赔偿金，还有我从菱沼家里继承的财产。菱沼家的养父有一大片地，从那场火灾中获得的保险赔偿金也相当多。

但是，果然还是会有撑不住的那一天。我慢慢发现妈妈开始为家里的生计发愁。姐姐说自己决定了要去上大学之后，妈妈突然就说出了要搬家。

姐姐从区立初中毕业之后，考到了都立三羽高中。虽然都是都立高中，但是都立三羽高中是有名的重点学校，比哥哥上的那所高中要好得多。姐姐因为成绩优秀，被推荐去了私立成英大学理工学部。从四月开始，她就要搬去学生公寓了。妈妈说今后家里就剩我们三个人了，姐姐的学费又是一大笔钱，所以要搬去房租便宜的地方……

我一开始以为，如果是这样的话，搬走也是没有办法的事情。对于住在哪里我也没有执念和要求，反正姐姐以后也不跟我们一起住了。姐姐不在的世界，对我来说，哪里都是一样的。

但是，搬去新家之后，那里的状况真的是让我傻了眼。为了节约房租，搬到这样的地方来，我实在是接受不了。

搬家的那一天，我们才第一次到那里。对于那栋楼破旧不堪的外观，我们面面相觑，没有出声。进到楼里之后，我发现它非常脏，和之前住的公寓根本没法比。新家的玄关又暗又窄，打开房门的一瞬间，一股恶臭扑面而来。就算再怎么没钱，妈妈能同意搬到这个地方来，我最终无论如何都无法相信。

平时对妈妈没说过半句怨言的哥哥，也对这个房子的状况感到相当震惊。我记得，只有姐姐没有什么特别的表现，她应该想着反正自己以后也不用回这个家了吧。

不过，话说妈妈为什么非要搬来这个破旧不堪的公寓呢……在当时，我们兄妹三人都没有意识到她的目的是什么。

这栋公寓年久失修，空房有很多。我们的房东是一位独居的老太太。这些条件加在一起，对妈妈来说，简直是没有能比这再棒的了。要是阳台扶手损坏造成了坠楼事故，一定可以从房东那里要到钱……

尝到了杀死爸爸和菱沼夫妇的甜头的妈妈，这次杀掉我的话，不仅能拿到一大笔赔偿金，还能甩掉我这个大麻烦，不可谓不是一石二鸟之计。

事件的发生，是在我们搬到新家之后刚好第七天的深夜。

临近大学开学，姐姐每一天都心无旁骛地忙着整理和收拾东西，基本上都没怎么和我说过话。那天，姐姐从天黑时分开始喝酒。

姐姐很喜欢喝酒，上了高中之后，就经常喝罐装啤酒和果味酒。妈妈完全不喝酒，不过，她倒也没有注意或者是提醒过哥哥姐姐，让他们别喝酒。案发之前和姐姐二人在客厅里待着的哥哥说，那天晚上姐姐醉得不轻。

估计是想要吹吹风凉快一下，晃悠着从客厅走到阳台的姐姐，在完全不知道阳台护栏扶手少了螺丝的情况下，漫不经心地趴在了扶手上。忽然，扶手和栏杆同时垮塌，姐姐的身子也失去了平衡，从五楼坠落，狠狠地摔在了水泥地面上。如果她没有喝醉的话，我想这样的事是一定不会发生的……

听到哥哥的喊叫声之后，睡在房间里的我也醒了。我觉得很不可思议，就在那一瞬间，我出于本能，就觉得是不是姐姐出什么事了。我从房间出来之后，妈妈也正好从卧室来到了客厅。

我知道了事情的真相，也是在那个时候。

那一瞬间，我的目光和妈妈对上了。妈妈当时的表情，我到现在还记忆犹新。

"啊！搞砸了！"

她的表情，除了这个意思，看不出来还想表达什么。

"怎么会，掉下去的，怎么会是亚矢名！"

我没有听错，妈妈在自言自语。

妈妈并没有对"有人从阳台上掉下去"而感到惊讶。在准备把我从阳台上推下去之前，亚矢名却意外地从那里坠楼身亡。这让她感到震惊不已。

想必不知道是什么时候，妈妈偷偷把阳台护栏的螺丝给拔掉了吧。等着哥哥和姐姐睡着后，把我骗去阳台，再趁我不注意把我推下去。我估计她是这么计划的。

但是，那天晚上，哥哥和姐姐都在喝酒，没有要早早睡觉的意思……妈妈一定是心急如焚地在等待时机，她肯定没有睡着。为什么我这样断言？因为，我见过她刚睡醒的样子不知道有多少次了。

我哥哥吗？他还是老样子，什么也不干，什么也不去想。

但是，哥哥他肯定不讨厌姐姐，也应该不会想着要杀我吧。这一点我到现在也相信。但是，如果他真的事先知道妈妈在阳台的扶手上做了手脚的话，他也没有那个胆量去告发或者是说给谁听。因为，他就是妈妈的一个傀儡……

姐姐是当场死亡的。

急救队员和警察闻讯赶来，周围一片嘈杂。"我女儿是被房东杀死的！"妈妈歇斯底里的喊叫声传得很远。警察觉得妈妈是受到惊吓了，思维陷入了混乱。他们有好好安慰妈妈，但是没把她说的话太当回事。想杀掉女儿的不是别人，正是妈妈，只是杀的顺序错了。被杀掉的女儿，本应该是我才对。

不论发生了什么，妈妈都能做到随机应变。她是个天才的诈骗师。事情发生之后，她就立刻顺水推舟，利用姐姐是这个家里"唯一值得期待的、前途美好的"孩子的身份，开始大做文章。

她最初计划的是以阳台扶手有缺陷为由，问责房东，让房东赔偿。但是，由于死的是姐姐，妈妈感觉她应该可以要到比预想的还要多的赔偿金。我只是没用的"家里蹲"而已，姐姐可是有着一片光明的前途。

事件发生后，警方出动了好几名警察来调查现场。但是，案发现场至关重要的扶手损坏的原因却没有被仔细追查，最终草草结案了。

警察也想从我这里问出些什么。有一次，一位警察进了我的房间，但是我还是什么都没说。就算我想去告发，说杀死姐姐的是妈妈，但是我没有证据，警察也不会认真听我讲的。不仅如此，他们一定还会认我是个"精神不正常的"女孩。

你是不是想问我，有没有想过从家里逃出去？说的也是，有这种感觉也很正常。

能轻松地问出这样的话的人，一定不了解我妈妈。是不是有"被蛇盯上的青蛙"这种说法？我的处境就如同这句话一样。当时的我要想逃脱她的魔掌，简直是想都不敢想的事，根本就不可能。

姐姐死后不久，我们又搬家了。这次搬去的地方，不在东京，也不是公寓。我们搬到了位于神奈川县沼井崎市的树林里的一个孤零零的木屋。妈妈、哥哥还有我，我们三个人在这里过着几乎与世隔绝的生活。

为什么妈妈又突然想要搬离东京呢……"那个公寓实在是太破旧了""继续住下去的话，一想起亚矢名就会难受"，这些都是表面上的理由而已。真正的理由才不是这些。

对于母亲来说，她是有明确的理由要远离都市的。其一，住在有院子的地方，可以满足哥哥一直想养狗的愿望；其二，换个地方，再尝试一次杀死女儿。

我们的新家，比我想象的要老旧得多。

妈妈用从之前住的公寓的房东那里索取来的赔偿金，买了那个二手别墅。令人高兴的是，它很宽敞，而且那里空气也很好。听妈妈说要搬去乡下的房子时，我不禁想到了以前在菱沼家的那些沉甸甸的欢乐时光。不过，在我踏进房门的一瞬间，浓浓的湿气和呛人的霉臭味一下子就把我的好心情全部带走了。

但是，让我沮丧的不只是新家的环境。从今往后，我要过上没有姐姐在的生活了。一想到这一点，我就觉得非常痛苦。

当然，即便姐姐那时没有死，她之后也还是要自己搬到学生公寓去住，不能再陪我了。虽然不论是怎样的结果，我们最终都必须要分开。

姐姐一死，这世上已经没有任何人会再关心我了，我也因此而失去了活着的动力。说真的，我那时觉得，自己就算被妈妈杀了也没关系。

我妈妈是个直觉相当敏锐的人。我想，她应该察觉到了我内心的变化。

妈妈好像没怎么觉得新家很旧。对她来说，吃和穿才是最关心的事情。搬家的那天，她就买了一个特别大的冰箱和冰柜。为的是能装下她在东京的百货商场和超市里买的一大堆吃的。除此之外，妈妈也很喜欢精致的高级食材和老店的味道，会经常订购这些地方的食物。

搬家之后没几天，家里来了一位新朋友——狗。它好像是妈妈不知道从哪里要来的流浪狗，已经不是刚出生的小狗了，品种是德国牧羊犬。

给它起名叫戈恩的是我哥哥。我不怎么喜欢狗，而且院子里也有现成的狗窝。所以，我平时也不去照顾它，也没有跟它玩过。

戈恩来到我们家五个月之后就死了。前一天还活蹦乱跳的，第二天早上就在狗窝里变得冷冰冰的了。妈妈没有带它去看兽医，所以也不知道死因是什么。妈妈说，它大概是因为"肠扭转"死掉的……没有。我家里既没有它的遗骨，也没有它的墓。母亲打了个电话，殡仪公司的人就过来把它带走了。

对于戈恩的死，哥哥很难过。妈妈看上去并没有感到任何悲伤，这是真的。关于妈妈驾车坠海一事，还有人说她是因为爱犬之死受了刺激才自杀的。如果她真的是这么考虑的，就不会说那些疯言疯语了。

妈妈那天晚上，为什么执意要去一片漆黑的西沼井港码头呢？为什么会开出越过挡车器进而冲向大海的速度呢？听说保险公司那边一直揪着这两点不放。

把自杀伪装成事故的，即使死了，保险公司也不会赔偿。但是，如果本意是想杀人，却造成了事故的话，又该怎么处理呢？我想，保险公司一定想象不出来，妈妈这一系列举动的真正理由到底是什么。

在沼井崎市的生活走上正轨之后，每晚深夜，妈妈都会开车载哥哥出去兜风。哥哥不是自告奋勇地说想要出去兜风的，但是我觉得他好像也并不讨厌这件事。因为晚上坐在车里的话，外面的人也看不到他的脸。

没有，我一次也没有跟他们一起出去过。我不想去，而且我也不喜欢车。

关于晚上的兜风，妈妈和哥哥去了哪里，干了什么，我完全不知道，也不感兴趣……那天跟往常一样，所以我并不在意他们出去了，也没有确认他们后来回来了没有。第二天早上被警察叫醒之前，我一直都在睡觉。

嗯，因为家里没有装电话，我也没有手机……所以，到事故发生为止，我真的什么都没注意到，没发现有什么和平常不一样的。

但是，一听说妈妈和哥哥的车在漆黑的码头坠海了的时候，我立刻就懂了她是要去做什么了。

妈妈可不是漫无目的地把车开到那个码头的。那个时间段到那个地点去，她是有明确的目的和理由的。

我对于车一点儿都不了解，对于是不是经常有人会把刹车和油门踩错，我也不清楚。

但是，妈妈车速过快，在深夜时分从码头开车坠入大海这件事，毫无疑问，应该只是个事故而已。妈妈可不会想和哥哥一起去自杀。

为什么？为了有天能顺利把我杀掉，她那天也是去码头踩点的。

儿童公园之二

　　按照约定准时现身在儿童公园的由纪名，还是一如既往的素颜，穿的还是灰毛衣和牛仔裤……手上提着一个不知道是哪个店的纸袋子。她给人的感觉和以前"家里蹲"时期没什么区别，没有与她这个岁数的年轻人相符的那种对潮流的敏感。或者说，她骨子里就是个不那么追求花里胡哨的人吧。

　　由纪名刚坐在长椅上，一只猫就来到她的身边。那只猫就好像在专门等她一样，橘红色的猫胖乎乎的，还带着项圈，看起来不像是流浪猫。

　　猫一下子就跳上了长椅，坐在了由纪名身子的右侧。它仰着脖子望着由纪名，"喵"地叫了一声。从这只猫一点儿也不提防由纪名来看，我觉得他们可不像是刚认识的。猫对由纪名的态度，就像是宠物对主人一样。

　　在精心准备的撒娇之中，慢慢显露出自己的需求，简直就像是熟练的工匠才有的技能一样……那只猫，一直在等待由纪名从纸袋里取出猫粮。

"它跟你很熟呢。"

榊原向由纪名搭话道。

"嗯，我跟它关系很好，平时我也总是在这个时间来喂它。"

由纪名从纸袋里抓了一把猫粮，放在手心。一边喂猫一边回答。

突然，榊原想起来郁江以前把由纪名在菱沼家养的小猫给扔了。

看来，由纪名是真的很喜欢猫吧。

"这是谁家的猫？应该不是你养的吧？"

"不是的，我不知道它是谁家的猫。"

随便喂别人家的猫，真的好吗？榊原虽然心里有疑问，但是没说出口。

由纪名每天都会到公园来见小猫。后来，她还去宠物商店找猫粮和玩具去了。慢慢积累和经历着的这些小的事情，要是能对由纪名适应社会起到帮助的话，就再好不过了。

由纪名把吃完猫粮的小猫抱到了她的膝盖上，用眼神告诉榊原在她的身边坐下。那只猫看起来非常信赖由纪名，它把自己的头歪在由纪名的右胳膊上，眯上了眼睛，从喉咙里发出像低音引擎一样的"咕隆咕隆"的声音。是想被蹭脸颊，还是想被摸肚子？它好像把自己完全交给了由纪名处置一样。

榊原一边盯着由纪名在猫身上来回抚摸的手指，一边陷入了沉思。

"之前说的那个东西，找到了吗？"

榊原一边弯腰一边问。由纪名点了下头，从纸袋子里拿出了一个信封。

"就是它。"

榊原赶忙打开由纪名递给他的信封，确认了里面的内容——一份信用卡流水账单。收件人是北川郁江……上面记载着前年九月的信用卡消费信息。

"找了好久才找到的。还好之前没被我扔掉。

"看了这个流水账单就能明白，妈妈在东京的百货商场和超市买了好多东西。搬到沼井崎市之后，妈妈几乎没在当地买过东西。那只叫戈恩的狗死了以后，她紧接着就去买衣服和鞋子了。

"事故发生当天，你看，她还在京都的点心老店下过订单啊？不过订的这些点心后来怎么样了，我就不清楚了。"

"嗯，原来如此。"榊原答道。

"妈妈特别喜欢栗子羊羹或者最中＊这类的日式糕点。像她这样订了自己最喜欢的吃的，结果当天晚上就去自杀，你觉得可能吗？"

她说的确实有道理。

上一次见面时，由纪名说妈妈和哥哥的死绝对是事故。为了能说服保险公司，榊原让由纪名回去查找资料。比如说，在事故发生之前，是否有能够证明郁江对生活充满希望和留恋的证据材料？

由纪名皱着眉头，做沉思状。

＊ 最中（もなか），一种日式点心。常见的样子是糯米酥脆饼皮，红豆馅夹心。——译者注

"也不是没有。妈妈有攒积分卡的习惯，买东西也是用信用卡，事故发生前她应该买过不少东西。如果找的话，发行这些卡的银行应该可以提供消费证明的信息吧，这种东西有用吗？"

由纪名想到点子上了。

"有用，有用！虽说也得看买的是什么东西吧。不过，应该能用得上的。你回去找找看，下次见面的时候能带来给我看一下就再好不过了。"

所以，这次见面时，由纪名带来了这份信用卡流水账单。

原来如此。比起从掉在海里的车上找到的甜甜圈纸盒，这份账单更有说服力。

"确实，当天晚上打算去自杀的人，竟然订购了几天后才能送到的点心，这确实很奇怪。我觉得，这份账单是有必要拿去给保险公司的人看。但是，人有时候也无法预测自己接下来的行动。比如说，之前一直都很积极向上的人，突然发生的事件可能会让他精神崩溃，进而选择自杀。这种可能性也是不能被否定的。"

听了榊原的这番话，由纪名的脸上就像是写着大大的"不满"两个字似的。

"但是，让我找证明妈妈生前对生活充满希望的证据的，不就是榊原先生你吗？"

"是的。抱歉，是我不好……当然，找到这份账单也是很重要的。"

"不过，这次保险赔偿金的争论，如果只是停留在是自杀还是事故的问题上的话，保险公司是不会这么较劲的。因为，也没有证据能够证明他们是自杀。他们又不是背负了巨额债务，而且郁江和秀一郎都没有买人身损害保险这个事实，是完全可以证明他们并不是为了骗保而试图造事故的。"

"让保险公司感到困惑的是，这个事故的发生实在是很不自然，关键是到最后也没有打捞到二人的尸体。"

由纪名说："他们认为事故很不自然，是因为在说明这个事件的时候，并没有把我妈妈的真实意图考虑进去。妈妈其实是想用伪造事故的方法把我杀掉。别说是大海了，我就连游泳池都不会去的。她的计划一定是把不会游泳的我扔在海里，自己游着逃走……谁知道在踩点的过程中，一不小心马失前蹄，她先掉到海里淹死了。"

"由纪名，你说的我已经很明白了。不过，就算你说的是事实，这话也很难让别人相信。而且，证据什么的先放在一边，你的这个说法可是有个大问题的。如果郁江是以骗保为目的，那天晚上她又是在为了之后的犯罪计划进行预先演练，结果操作不当葬身大海。你觉得保险公司听了这些话，会痛痛快快地把保险赔偿金给你吗？"

由纪名用门牙咬了一下嘴唇。

这个不谙世事的小姑娘，好像觉得只要自己说出真相，世人就一定会相信她。

"还有啊，如果你妈妈真的是要杀你的话，为什么踩点的时候还要带上秀一郎呢？秀一郎又不恨你，对吧？如果让秀一郎知道了她的

136

计划，你妈妈也会感到很为难吧？"

"这个问题的答案很简单，因为这是妈妈的一贯做法，她总想找个人当自己的共犯。姐姐、我还有木岛医生，都是她的受害者。在她看来，把周围的人变成共犯的话，自己就可以得到保护了。"

"嗯，原来如此。也许你说得也有道理，但是如果真的这样做了的话，她最爱的儿子难道不会因此而鄙视和讨厌她吗？"

"我觉得不会的。"

由纪名一边说着，一边把身子向右一转，面朝着身旁的榊原。

就像是接收到了信号一样，小猫从由纪名的膝盖上一下子就跳了出去。落在对面的地上之后，小猫头也不回地慢悠悠地走了，就像是在表示它今天的活动结束了一样。哎呀，这个小东西可真是太现实了。

"哥哥没有跟妈妈抗衡的勇气和胆识。要是麻烦的我不在了，只留下可爱的哥哥跟她两个人一起生活的话，她肯定会很满意的。虽然妈妈总是想讨哥哥开心，不过，在哥哥的心中，妈妈其实是可有可无的。"

但是，真的是这样吗？

"为了慎重起见，我问一句。你难道没有怀疑过妈妈对秀一郎的爱吗？"

"是的，我没怀疑过。"

"有可能这话听起来很荒唐，你敢说你妈妈真的一点儿也不会想杀掉你哥哥吗？"

这个问题好像完全出乎了由纪名的预料。她把眼睛瞪得大大的。

我看到了一双清澈透亮的意志坚决的眼睛。

稍微想了一会儿之后，由纪名缓缓地开口了。

"榊原先生，你不知道那两个人平时是什么样子，问出这个问题也不过分……我再告诉你一个情况。我妈妈是在茨城县沿海地区的一户渔民家里出生的，从小就擅长游泳。在不需要救哥哥的情况下，可以说，她是绝对不可能在海里被淹死的。"

"哥哥不会游泳。他从小就讨厌水，连游泳池都不会去的。上初中的时候，一有游泳课他就逃课。因为我哥哥这样怕水，所以车刚一掉进海里的时候，他肯定就已经被吓得不轻了。他们是从车里逃出来了吧？妈妈在一片漆黑的海中到处游着找哥哥，想要救他。最后两个人都溺水而死了。我能想到的就是这些。"

"原来如此……我再问一句听起来比较奇怪的话。当晚开车的人，就真的不会是秀一郎吗？"

其实，从一开始，榊原就对此表示怀疑。

话音刚落，由纪名就果断地摇了摇头。

"哥哥没有驾照。"

"嗯，我知道。他一定也没上过驾校吧。但是，没有驾照也可能开车啊。在搬到沼井崎市之后，你妈妈不是和秀一郎每晚都出去开车兜风吗？"

"是这样没错……"

"他们晚上开车去的是哪里？都干了些什么？"

"我……真的不知道。"

"是吧。所以说，我觉得啊，在夜里没人的地方，秀一郎说不好可能真的是去练车了吧。毕竟你妈妈那么宠你哥哥。如果秀一郎说他想开车的话，你妈妈偷偷让他开车的可能性也很大吧？"

"然后，因为我哥哥的操作失误，车掉到了海里，是吧？"

"是的，这种可能性也有的吧。虽然我也没有任何证据，但是，保险公司那边恐怕也是这么想的，无证驾驶是违法行为，因此造成事故而死的，保险公司是没有支付赔偿金的义务的。"

"原来是这样啊……"

"接着上面的话说，秀一郎故意让车冲出码头掉到海里的可能性，也是不能否认的。"

"你是说哥哥想要自杀？"

由纪名突然抬高了嗓音。

她那没擦口红的樱花色的嘴唇在颤抖着，脸颊上的肉也紧绷了起来。由纪名的表情看起来很可怕。她真的一点儿也没有想过这种可能性，还是其实心里早就已经这么想了？榊原在当下无法立刻判断出来。

想起来当初听表妹理惠子说过，由纪名是一个没有表情，也不会有任何内心波动的少女。但是，现在出现在榊原面前的由纪名，表情变化非常丰富。榊原对于在最开始听到她是个"家里蹲"的时

139

候所产生的那种先入为主的观念，感到有些经验主义。

"秀一郎真的就一点儿自杀的理由也没有吗？他应该也有烦恼的事情吧。就算不是有计划性的母子同归于尽，晚上沿着海港开车的时候，就像疾病突然发作一样，突然就想去自杀了。"

"怎么会……"

由纪名看起来无法立刻反驳我。一动不动地呆在那里，似乎是在想些什么。

突然，由纪名的脸，"啪"的一下子亮了起来。

"但是，在事故之前，哥哥才刚买了一辆山地自行车啊。看，刚才的信用卡流水账单上写着的。"

说着，由纪名急忙把账单塞给榊原看。

原来如此，事故发生的四天前，有一笔三万一千日元的网络购物消费记录。

"这肯定没错。事故发生的五天前，戈恩突然死了。哥哥之前一直负责陪它散步，妈妈看哥哥能到外面去了，感到非常开心。戈恩死后，妈妈说再给他找一条新的狗回来，'我可能暂时不想再和一条新的狗成为伙伴了。要不给我买个自行车吧，我好一个人出去的时候用。'哥哥这样回答了妈妈。"

"后来这个山地自行车送到家里了吗？"

"嗯，当然送到了。哥哥在自行车送到之后，马上就开始骑了。他白天睡觉，傍晚开始骑车。"

"如果真像榊原先生你说的那样,哥哥那时有在开车的话,那他为什么又要为了一个人出去方便而买自行车呢?汽车的话,不用面对面地见人,岂不是更加方便?总而言之,哥哥在事故当天,并没有什么特别失落或者沮丧什么的。事到如今,如果他真的还想着自杀的话,那么在很早之前,他就更应该已经这么做了。"

"原来如此。那个山地自行车现在还在吗?"

正说得起兴的由纪名,语调一下子又变得低沉了。

"没有了,事故发生之后,我在收养所住的那段时间,自行车还放在沼井崎市的家里。但是后来从东京再回去的时候,房子连同妈妈和哥哥的所有物品都被处理掉了。现在我住的公寓也很狭窄,我只带过来了一些文件……这样是不是又不好办了啊?"

"不……和保险公司沟通的时候,有的话当然更好。不过,也是没有办法的事情。那,我最后再问你一个问题。你妈妈和哥哥现在其实是在哪里过着隐姓埋名的日子。你觉得这种可能性是一点儿都没有吗?"

"绝对不可能。"

由纪名的回答很明快。

像她这么聪明伶俐的孩子,竟然没怎么上过学。学校教育到底是什么……榊原不禁一声叹息。

"妈妈和哥哥,没有住的地方,也没有钱,该怎么生活呢?"

看来应该跟她说一些更加现实的事情。

"那，咱们再回到之前的话题好了。

"我把由纪名你到目前为止说过的话，大概整理一下。你听听看我有没有说错。由纪名的妈妈郁江，先是毒杀了自己的丈夫北川秀彦，在得到木岛医生的协助后，成功获得了保险金。紧接着，她威胁在给菱沼家当养女的由纪名放火杀害菱沼健一和美惠子夫妇，在获得火灾保险赔偿金的同时，夺去了菱沼家的财产。

"但是，她并不满足于此。郁江原本准备用伪造成坠楼事故的方法将由纪名杀害，不料误害了长女亚矢名。她将计就计，借着亚矢名的死，成功敲诈了房东一大笔赔偿金。再后来，她还是不死心，打算用伪装开车坠海事故的方法谋害由纪名，谁知却在现场踩点的时候犯了错误，开车从码头不慎坠入海中，同行的秀一郎和她一同淹死在了海里……我说得没错吧？"

"嗯，没错。"

由纪名点了点头。

看着由纪名的反应，榊原继续说：

"但是啊，问题是，如果真相是这样的话，把这些内容说给保险公司或者其他第三者，真的妥当吗？保险公司听了这些内容之后，肯定能理解北川家的特殊情况。不过，就像我刚才说的那样，他们会不会赔偿保险金则是另一码事。死者是之前骗过保险金的人，在杀人计划的试验阶段不慎造成了事故。保险公司听了之后，你觉得他们会答应支付保险赔偿金吗？"

"这样啊？"

由纪名的肩膀沉了一下。

"而且，到现在为止一直生活在"茧"里的由纪名可能很难想象，不论何时走向社会，都是无法逃脱世人的目光和评判的。不到刑事责任年龄也好，或者是被妈妈威胁也好，由纪名放火杀死菱沼夫妇的事实是改变不了的。当然，听了由纪名的话，同情你的人也会有的。不过，更多的人则会责难你，甚至是威胁你。"

由纪名低着头没有回话。

虽然看不到她的表情，不过她好像就在说："我把真相说出来，到底是哪里不好了？""干那种事情是被逼的，不是出于我的本意啊！"真是个可怜的孩子，如果她在这里没有说出真相的话，迟早会有更加痛苦的体验吧。

"人说到底还是动物，会去欺负弱者，直到他们求饶为止。这些话如果被传开了，毫无疑问，由纪名一定会成为媒体的鱼饵。她在菱沼家和养父发生的事，妈妈屡次想要害她的事，媒体的那些人是绝对不会轻易放过的，绝不会单纯地把由纪名当作是被害者。如果只是把这作为有趣可笑的故事传播开来的话，这倒也没什么。但是，一旦处理不当，由纪名则很有可能会变成有如杀敌祭旗的牺牲者。再难听的话我就不说了。你对我说的这些内容，今后还是咽到肚子里比较好，不要再说给别人听了。"

"那样的话，保险公司不就……"

"嗯。保险公司可能还是不愿意赔偿。但是，对方也没有掌握充分的证据。别看他们看起来那么强硬，实际上他们应该不想到法庭上去争辩的。你今天带来的这张信用卡流水账单，我觉得可以作为和他们进行交涉的材料。"

"是吗？这样啊。"

由纪名终于露出了安心的表情。

一直生活在"茧"中的由纪名，是因为有经济头脑，还是因为不太懂怎么挣钱才这么想要这笔钱呢？榊原现在一点儿也读不懂这个女孩的内心。

如果和自己的女儿见面了，会不会也是这种感觉？榊原心想。

"但是啊，如果最后真的顺利地拿到了保险金，也不可能一辈子都靠它生活。不决定自己今后的路要怎么走，是不行的。由纪名现在是怎么考虑的呢？"

榊原问由纪名。

"还没想好。"

由纪名抿着嘴，慢慢地摇了一下头。

"嗯，我想着还是去学习吧。我小学都没坚持念完，大学应该更不行了吧。不过，我在收养所的时候听说了，想要上学的话，其实还有好多种途径可以选的。"

真的吗？榊原很是吃惊。但是仔细想想的话，因为生病或者是父母的原因等其他理由，不去上学的孩子肯定也有很多的。这些孩子长

144

大成人之后，如果想要再进入学校学习的话，没有接受过义务教育的背景就会成为他们致命的障碍，让他们继续读书的愿望变得难以实现。

但是，这应该是教育专家探讨的问题。具体有什么样的方法，榊原是不清楚的。

"由纪名，你说想通过什么办法来学习呢？"

"高中毕业同等学力认证考试，好像有这么个制度吧？只要是年满十六周岁的人，通过这个考试的话，就可以被认定为高中毕业了。即使之前没上过小学和初中，也可以拿这个证书去考专门学校和大学。我没有被老师教过，都是姐姐在家里教我读书的。收养所的老师跟我说这个考试不难，对知识水平的要求也不是很高，只要好好准备了，通过考试是没问题的。"

"那可真的太好了啊。"

"但是，获得高中学历认证之后，考学这条路才是真正充满艰辛的。不论是专门学校还是大学，都是要和普通的高三学生一起参加考试。我只是自学课本而已，远远不够应付考试。去参加补习班或者是请家庭教师的学生，也都是有一定的能力才会被那些私塾接受的。像我这样的人，他们说不定会敬而远之的……"

"你想学些什么呢？"

只是和她说话，榊原就已经能感受到由纪名的聪明了。先不论她的知识储备有多少，她的理解能力绝对不输给那些普通的高中生，甚至可以说是比他们还要优秀。由纪名是如何描绘自己的未来的？榊原只是出于兴趣，想着问问她看。

"我姐姐本来要去成英大学的理工学部的。"

"亚矢名确实是个聪明的孩子啊。你也想跟姐姐读一样的专业吗？

"嗯，我想试试看。但是，我没有姐姐那么聪明的脑子……"

"怎么会呢。我其实刚才就注意到了，由纪名平时是个很努力学习的人。看见你中指第一关节侧面磨出的茧子就全明白了。你平时肯定没少用功写字和做题吧。姐姐亚矢名我不是很了解，但是我觉得由纪名是一定不会输给姐姐的。这可不是什么客套话。我是真的这么认为的。"

由纪名的脸上微微泛红，眼睛眯成了一条缝，微张的双唇间露出了洁白的牙齿。

这是榊原第一次看到由纪名的笑脸。

"不过啊，由纪名。开始我的侦探工作之前，有一件想要拒绝你的事情……"

是时候要进入正题了。

为了委托人的权益，收集和保险公司交涉用的材料，是侦探应当完成的工作内容。所以，如果要围绕着由纪名的身边的人展开调查的话，有必要事先获得其本人的理解。如果调查的项目里又增加了榊原的个人兴趣的话，那就更应该提前向其说明了。

榊原的语气突然间就正式起来了，由纪名面带惊讶地望着他。

"我可以说实话吧？其实，由纪名告诉我的这些内容，都让我觉得很有冲击感，我一时还没办法全都相信。"

"你觉得我在说谎吗？"

由纪名脸色一变。

"啊，不，我不是那个意思。对不起，都怪我的语言表达能力太差了。虽然暂时还不能完全相信，但是我想说的是，这些内容真的太令我感到震惊了。"

由纪名还是一脸不满的表情。

"站在由纪名的立场上，我是这样想的。不仅仅是保险公司，不了解北川家的人听了由纪名的话之后，能不能百分之百相信你说的内容，我不敢确定。

"而且，由纪名，你之前也没有对警察和收养所的老师说过这些话。对于这一点，难道你不会有一些不安吗？"

"因为没有必要把这些话讲给他们听啊。"由纪名说。

"这样啊……但是，我也不只是感到震惊而已。实际上，对你说的内容我是非常感兴趣的。

"因为侦探工作的关系，我遇到过各种各样的人和事。但是，我是真的不知道，当代日本竟然也有这样的家庭关系。我想正确地了解北川家里到底发生了什么。还有，周围的人到底是怎么看郁江这个人以及她的家庭的。"

"所以，我啊，我会去见由纪名提到的那些人，当面问他们一些问题。为了逼近事实，这也是我的一贯做法。而且，要想证明由纪名说的是真话，从他们身上获得的情报信息是很重要的。不过这样一来，通过调查，让由纪名感到不愉快的事实也可能浮出水面。自不必说，我当然会严格保密调查的内容。不知道由纪名能接受我这种做法吗？"

由纪名看起来在思考。

她会是这种反应也是理所当然的。非要把过去的那些好的不好的回忆全翻出来，换作是谁都会感到不高兴吧。

突然，由纪名"啊"地喊了一声，像是想起了什么一样。

她急忙把放在自己左侧的纸袋子拿了起来，从里面取出了一枚白色的空信封，默默地给了榊原。

信封的里面有一张白色的便笺……榊原定睛一看，原来这是一张手写的借条。

借用证

本人于今日从北川郁江处借得日元一千万元整。

木岛敦司

××××年××月××日

十三年前的日期也写得清清楚楚。

没有写返还期限和利息。

148

"我在整理妈妈的文件时发现了这个借条。这应该是当年木岛医生向我妈妈借钱时的证明。"

由纪名抬起头来，看着榊原。

"嗯，还真是。不过应该已经超过时效了吧。"

"时效……吗？"

"啊，由纪名不知道也很正常。我说的是债权的消灭时效。比如说，有人明明借给了对方钱，但是借到钱的人没还钱。借钱给别人的人，当然有要求对方还钱的权利。但是如果他没找对方要，对方也没还的这种状况持续了十年以上的话，法律就会认为他放弃了自己的债权。"

"这样啊……不过这也太过分了吧。"

"没办法，法律就是这么规定的。法律没有必要保护那些在权利上睡着了的人。如果想要防止对方时效过期不还钱的话，就必须要提前去法院起诉对方了。确实，站在借出钱的一方的立场上考虑的话，时效期限的规定确实是挺过分的。不过，如果没有这个规定，假如有人拿着某个现在已经死了的人在二三十年前写的欠条，找他的孩子要钱的话，孩子也一定会觉得很困扰吧。孩子想要找死去的长辈确认的话，也无从下手了。"

"嗯，你说得确实有道理。那，如果木岛医生否认这个借条是他写的，我也就没办法了吧？妈妈已经死了，不管木岛医生说什么，我也都无法反驳他了。"

"不，不一定呢。因为这上面可是木岛医生的笔迹，是他自己写的啊。可以申请笔迹鉴定。如果笔迹鉴定的结果还是确定不了的话，那就再用指纹鉴定，至少还可以证明木岛医生的手指碰过这张便签。但是不管怎么说，十三年确实是太久了，估计是不可能了。"

由纪名没出声，榊原看了一下她，接着说。

"但是，"由纪名的眼睛突然就像放出光芒一样，"这个借条的存在，也就是说，能证明姐姐对我说的事情是真的了吧？这样一来，它也能证明我说的是真的了吧？"

正如由纪名说的一样。

啊，由纪名可不是个不谙世事的小姑娘，我觉得她完全可以在侦探事务所当助手了。

一切开始变得有趣了。

不知道有没有体会到榊原的兴奋，由纪名接着往下说：

"榊原先生，你去调查吧，我不介意的。不过，不管你见到谁，请一定不要说出我的名字。这是咱们的约定，好吗？我真的已经不想和过去的那些人再有什么关系了。"

榊原答应了她。

第三章

前北川诊所事务员 濑户山妙子

哦？你，真的是侦探吗？来敬老院找我这个老太太，想必你是来问我关于北川诊所的事吧？果然是吧！啊哈哈……要不然像你这样的人，才不会来这种地方呢。

大老远地跑到这里来，真是辛苦你了。都过了这么多年了，你为什么要调查那家早就没了的诊所？前院长的儿子去世，已经是十多年前的事了吧。我辞掉那里的工作之后，还听到了好多传言。果然秀彦医生真的欠了很多债吧？到现在还没还完吗？真是让人头疼啊。

北川诊所是新宿区里小有名气的医院。不过，说它是医院，但其实患者是没办法在那里住院的，它充其量也就是个诊所。前院长也就相当于是街道的行街医生而已……

以前，我年轻的时候，东京有好多像他这样的行街医生，他们不仅在自己家里给别人诊疗，还会穿上白大褂，挨家挨户地去患者家里巡诊。跟在他们身边的还有女护士，她们同样身穿白衣，替医生拿着装有听诊器和注射器的包，跟着到处走访。

像你这个岁数的人，估计就没见过这样的情景吧。我不太了解现在的情况，但是在我小的时候，平民百姓直到最后都不去医院的，基本上都是死在自己家里。所以，像北川医生这样的人就是我们街区的名人，他很受大家尊敬。以前在盂兰盆节的时候，寺庙里的僧人会卷起袈裟的下摆，骑着自行车去各个施主家里。那个时候，大家也都是在自己家里办葬礼的。要说时代在变化的话，这么一想，还真的是变了很多呢。

啊，对了，对了，我说你啊，是来问我北川诊所的事情吧？北川诊所的经营状况最后变得很糟糕。秀彦医生是个高才生，从小学习成绩就好。不过，他后来没有专心于自己的本行，老想着干些副业，结果投资失败了，欠了一大笔债。北川诊所这才倒闭了。

北川诊所的大掌柜，也就是秀彦的爸爸，医学方面的知识不是很丰富吧，但是作为街区医生，大家对他的评价还是不错的。我刚开始到诊所工作的时候，他已经不去外面巡诊了。不过，门诊时间之外有患者来的话，他也会给他们看病，即使是感冒或者胃炎这种小病，他也不会露出任何不耐烦的表情。所以，患者对他的评价还是不错的。做医生的人，有他这样的好态度，还是很重要的。

我一共在北川诊所工作了十六年。作为员工的话，那里不是一个能让人舒心工作的场所。你是不是想说，不管在哪里工作，从内部看的话，都会觉得有各种问题？可是，那个地方是真的有问题啊。哎，不过，我一把年纪了也没考下任何资格证，要是辞了诊所的工作，也没别的地方可以去了。承蒙诊所照顾这么多年，我不想说它的坏话。

但是，到现在了当年的问题还没处理好，果然就是那里的人有问题了吧。

我说，你想从我这里打听关于北川诊所的什么？

我作为事务员进入北川诊所工作，已经是三十年前的事情了，北川家世代行医，不过那时秀彦医生还是医学部的学生。他的爸爸，也就是大掌柜直彦医生，一直是一个人问诊。虽说医生只有他一个人，不过护士还是有的，而且换了好几批人呢。

不，我是事务员，和护士不一样，不是在医疗现场给医生帮忙的，就是个打杂的，做挂号收费之类的工作。当然，那里的财务会计工作也不归我管。诊所或者说家里的财政大权，都在大奶奶手上握着呢。大奶奶长着一张瓜子脸，很像古代的日本美人。听说她以前是北川诊所的一个患者的女儿，娘家的父亲是公司职员。秀彦医生还有一个姐姐，也是嫁给了一个上班族。

作为医生的夫人，大奶奶平时都会让丈夫几分，生活中也总是提心吊胆的。被丈夫骂了以后，她也只能垂头丧气地待在家里。而且，从丈夫那里受的气，她又全都撒到我们这些人身上了。年轻的护士就不用说了，就连经常往来的客户，也有人被她说哭了的。

而且，大奶奶也胡乱用人。她经常对我说："你和那些有护士资格证的护士不一样，就是个打杂的小事务员。"门诊结束之后，我想着赶紧回家。我正收拾的时候，她指责我说："去超市买东西这种自己家的事情，应该放在早饭之前做。"他们家里的保洁和收拾东西的杂活，也全都要我做。我简直就成了他们家的女佣。真是想起来就气不打一处来。

大掌柜虽然不像大奶奶这样嘴上讨人嫌、得理不饶人，但是他有很强的"女癖"，对女色很痴迷……秀彦医生好像也受到他的遗传，只要是年轻的小护士来了，他都不分场合地要挑逗引诱。大掌柜满头银发，戴着个无框眼镜，看起来长着一张圣人君子般无欲无求的脸，但其实从根儿上就好色成痴。管他是美女还是丑八怪，只要岁数小，他都能看得上。

你是不是想问我为什么知道这些？哈哈，我当然知道了啊。只要在那里上一天班，即便我不愿意看也都能知道的。女人啊，在跟男人发生关系之后，态度可是会大变的。以前，医生问什么或者让干什么的时候，马上就"好，好，这就来"答应得特别好的姑娘，突然间某天回话不积极了，递东西给大夫的时候很随意了，工作的时候拉着一张脸了，肯定就是我说的这种情况。当然，我说的话对方更是直接就当耳旁风了。

而且啊，说这话会不会有点儿……我还是说吧。诊室里，你也知道的，不是有一张诊疗用的小床吗？每天早上更换那里的床单和枕巾，也是我的工作。时不时地，我就能看到可疑的污渍和毛发。不，不，才不可能是患者的呢！这点儿区别我还是能看出来的。肯定是他算好了我和他夫人不在的时间，在诊室里轻松愉快地把事情解决了吧。

诊所和家虽然在一个院子里，但不是同一栋楼。我住自己家里，每天来回上下班。但是，他们好像让一个家里有些远的护士住在附近的公寓。嗯，就是像宿舍那种好多人一起住的公寓。但是，大掌柜会去护士住的那栋公寓。不管他去得多还是少，这种事光想想就让人觉得恶心。

总而言之，大奶奶很怕大掌柜，一句抱怨的话也不敢说。她心里肯定憋着一团火，这时只能是护士遭殃了，她们大都落得个被快快支走的下场。所以说，新来的护士基本上待不了多长时间就走了。"你知道要找到新的护士之前，我这里会多忙吗？净瞎捣乱！"得知护士被赶走了，大掌柜每次都很生气。

知道丈夫是这种人，所以大奶奶很依赖她的"独生子"秀彦医生。秀彦医生很优秀，这我也承认。"要是没接北川诊所的这个祖业，秀彦他应该能留在大学，以后当个教授。"这话都快成大奶奶的口头禅了。

当不当得了大学教授另说，秀彦医生看着就像是聪明人。就像你说的，当个诊所医生，真是屈了他的才了。不过，要我说啊，他其实不适合当诊所医生。他给人的第一印象不好，给患者说明的时候，也是一副爱答不理的样子。我也不敢乱跟他开玩笑。

引以为豪的儿子也被护士勾引了，大奶奶那个时候可是大发雷霆了……不过，那可是他们家雇来的护士，这可以说是"被自家养的狗"咬了，自食其果。

嗯，是的。那个护士就是后来成为北川诊所少奶奶的郁江。

哎？你是想知道郁江的事情吗？那个女人虽然攀上了北川家这个高枝，但是实际上她可不是什么美女。她皮肤很黑，而且也一点儿都不可爱……不过她倒是个有眼力见儿的人，也很稳重，护士的工作也做得不错。她好像是从茨城还是哪里来的，小时候被她爸爸一手拉扯大，也没学会什么女孩子的本领。所以，她当北川家的儿媳妇还差了那么点。

郁江本人说，她因为妈妈得病死得早，所以想当护士……不过，这可就不得而知了。毕竟，郁江当了少奶奶之后，她家的亲戚一个人都没来过。

我吗？我也不喜欢她。别看她平时总装成一副老实人的样子，其实是个腹黑的女人。

郁江来到北川诊所的时候，秀彦医生刚从大学的医院辞职回来北川诊所没多久。那个时候，郁江也应该是刚从护士学校毕业。第一次见到她，我就觉得应该警惕这个女人。怎么说呢，她看起来就像是冷血动物，像蜥蜴一样。

血气方刚的年轻男子，管他再怎么聪明，碰上这种风流事的时候，一定会被女方迷得团团转，这当然是很危险的事。果不其然，秀彦医生被郁江抓得牢牢的。我不知道她用了什么手段，不过怀上了对方的孩子的话，胜者就只有女方了。秀彦医生一开始只是想玩玩而已。从郁江嘴里蹦出"怀孕"两个字来的时候，他想逃已经逃不掉了。

不过，这些倒也没什么好大惊小怪的。用怀孕的方法把自己看上的男的套牢，也是女人的才能……真的让我感到吃惊的，是之后发生的事情。把少爷抓牢之后，她又和大掌柜睡上了，这简直超乎我的想象。

你是不是想问我为什么就敢这么肯定，对吧？你可真是个慎重的人啊，简直就像个警察。没事的！因为我有证据。我说了的话，你可要替我保密，不能外传。不过，时效好像也过了，应该也没关系吧。做医生的人特别看重"保密"，大掌柜经常提醒我们，不让我们去外面乱说诊所的事情。

那时秀彦医生说要和郁江结婚，家里简直都快闹翻天了。大奶奶受了打击，近乎癫狂。大掌柜看起来也对这桩婚事不满意，总是板着张脸。

有一天，秀彦医生好像有事要办，诊所就休诊了。那天，我在下班回家的路上，突然想起有东西落在诊所了，就又往回走。

没想到，平时下班后就马上回去的郁江，还在诊所里。

不，不，才不是呢！你居然，哈哈哈……我可不会做偷窥这种事。

我打开诊所的大门，在走廊上突然听到诊室里传来了说话的声音。

"大掌柜，你是说你强奸了自己儿子的未婚妻，还不让她嫁给你儿子吗？"

我听得很清楚，这是郁江的声音。

吓了我一大跳。

我在那里怔住了，紧接着又听见了大掌柜的声音。

"胡说什么！哪里强奸你了？"

语气虽然很强硬，但是少了些往日的威严，听起来说得没什么底气。

"你嘴上说的不算，那就是强奸。"

那个女人说得很自信，我只是在外边听着，都觉得胜负已分了。

大掌柜的癖好，我是知道的。用现在的话来说，就是"性骚扰"。一旦被告上法庭，他可就晚节难保了。

大掌柜每次都这样，想着给些钱就能解决，结果反倒被狠狠地敲上一笔。他没发现自己的儿子被那个女人盯上，是他这辈子最大的失败啊。我要是大掌柜的话，肯定会更加小心谨慎的。

最后，大掌柜不得已，同意了二人的婚事。那个女人，成了北川诊所的少奶奶。大奶奶到最后都是坚决反对的。那时郁江已经怀孕好几个月，肚子已经很大了，所以就没有让办婚礼。

不过，也怪我傻。有一次，我冲着郁江说"行啊，这事你也做得出来"，结果，那只"蜥蜴"的两只手张开颤抖着，眼睛死死地盯着我。她那时肯定是在想着，以后有机会一定要把这个烦人的老太婆的头给拧下来吧。真的是吓死我了。

在秀彦医生和郁江领证之后，没过多久秀一郎就出生了。那之后，他们又有了亚矢名和由纪名两个女儿。大掌柜在世的时候，郁江一直没能对北川诊所的财产轻举妄动。

嗯，我不知道到底秀彦医生有没有察觉到他父亲和郁江的关系……大掌柜在郁江变成自己的儿媳妇之后，就再也没有碰过她了。

但是，秀彦夫妇的婚姻生活并不是那么和谐。成了北川诊所的少奶奶，又有了孩子，所以郁江也就没再继续做护士了。简直就像报应一样，这次轮到秀彦医生拈花惹草了。

从调戏身边的护士这一点来看，他和他爹一样。真是让人头疼啊。不过，最近的年轻人可不像以前那样忍气吞声了，他们不会让自己吃亏，不狠狠地敲对方一笔钱就不算完。

有一个小护士自己留了个心眼儿，秀彦医生给的钱没达到她的预期，她就去新宿区的法律援助中心找律师，说自己遇到了职场性骚扰。结果律师真的来了诊所，那个热闹劲儿可就别提了……最后秀彦医生赔了一大笔钱。不过谁让他非要玩呢，最后自己被坑了也怪不得别人。

大掌柜的健康状况变差，也是从那个时候开始的。他被确诊为胰腺癌，来回住院出院了好多次，由纪名刚出生不久之后，他就去世了。虽然他也是个挺烦人的人，但是不管怎么说，他是北川诊所的顶梁柱。要是大掌柜能再活得久一点儿，北川诊所也不至于成那个样子吧。

大掌柜去世之后，又过了两三年，大奶奶也死了。大奶奶一死，北川诊所就完全变样了。我也知道现在早不是什么"医者仁心"的时代了，但是一味地追求利益，真的好吗？

我也在大掌柜死后，被郁江那个女人随便找了个借口给辞退了。之后北川诊所的事情，也就跟我没有任何关系了。

本来说好让我干到六十五岁的。不过，倒也没有书面材料……只是口头约定而已，大掌柜死了也就不算数了。当时我也知道自己就算好好干，也顶多只能再留两年了。

大奶奶？她可不行，一点儿都不靠谱。大掌柜死了之后，她一直郁郁寡欢，最后变得神经兮兮的。她拿身边的那些人也没办法。

我明明早就被北川诊所辞退了，大奶奶却还经常给我打电话，找我发牢骚。

一开始她是抱怨不满意自己的儿媳妇。到后来，说些"郁江泡的茶有股奇怪的味道""晚上准备睡觉的时候，我发现枕头和被子被染上了黄色的污渍"这类话。年纪大了就会变得脑子跟不上了，容易犯糊涂，什么都不记得了。啊，真是太讨厌了，我也不想变老。

你猜，大奶奶最后是怎么死的？听说是她不怎么吃饭了，越来越瘦，后来就走了。不过，我在那之前早就离开北川诊所了，详细的内容我就不清楚了……

秀彦医生好像也早早就死了，还欠了一屁股债。谁让他摊上郁江这么一个人呢，好运气也都被吸干了。

大侦探，我说的这些可以吗？

真的吗？你太客气了，能帮上你的忙，我也很高兴。哈哈，欢迎你再来这里找我，我等着你。

不过，找谁不好，找我这么个老太婆聊天，很没意思吧！啊哈哈哈……

研究生 星拓真

啊，是这么一回事儿啊。嗯，我倒是不介意，而且这段时间也比较闲……北川秀一郎君，真的是死了吗？

你问是谁告诉我的？不，没有人告诉过我。但是，我因为父母工作的关系，现在住在横滨。大概是前年的秋天吧？我偶然间在报纸的"神奈川县"版上看到了"北川郁江和秀一郎母子二人驾车坠海，下落不明"的报道。我还跟我爸爸妈妈说，这个北川秀一郎一定就是我认识的那个。我也很想知道他们后来到底怎么样了。

但是，之后好像就再也没报道过那起事件了。我猜测他们一定是平安无事地被找到了吧。因为，如果在海里打捞上尸体的话，新闻里多少都会提到吧？除非是为其他的重大事件让路了。

不过，这已经是很久之前的事情了。事到如今，像你这样的私人侦探，还在到处搜集情报，一定是又发生什么事情了吧？难道那不是一起事故，而是自杀吗？

啊，我也就是随便说说。不过，感觉这像是他能做出来的事情……

北川君很长时间都是待在家里不出门的，你可能也知道，他高中还没上完就退学了，也没有去工作。看起来家里的事情让他很是心烦……

我最后一次与他见面，是在前年的三月。那时他们一家正要从港区的公寓搬到足立区去住。我们不是特地约好要见面的，我家那时也马上就要搬去横滨了，我们偶然在附近的便利店里碰到了。

以前，我们两家住得很近，所以小学和中学都是同学。虽然高中开始不在同一所学校了，但是我们经常会一起约好晚上去便利店看最新的杂志，各自买完东西之后，坐在店前的长椅上聊天。当时看到他还是挺精神的样子，没想到那就是最后一面了……

没有，我没有跟他交换邮箱地址，本来我跟他也不是很熟，而且他也没有手机。高中退学之后，他一直待在家里，看起来也不像是有什么朋友。

正因为是这样，我真的对他后来的事情什么都不知道。他们在搬去足立区之后又搬家了。是的，我看了那个新闻，才知道他们搬到了跟我一样的神奈川县。

我和北川君相识，是从小学时我们在一个班上的时候开始的。但我也不是一上小学就马上认识他的。他是四年级开学时才来的转校生，在那之前，虽然都在东京，不过他一直住在新宿区。

他爸爸是医生，好像是因为得病去世的。他和妈妈还有妹妹三人搬到了港区。之后又多了一个人——被亲戚收养的小妹妹也回来了，他们一家四口人一起生活。那个小妹妹好像是个"家里蹲"……北川君的"家里蹲"和小妹妹不一样，她好像是真的有智力或者是精神方面的问题。

估计是因为我离他家近吧，转校来的北川君被安排坐在了我的旁边。我们一起上下学，正巧也有共同喜欢的游戏，所以说话也就多了起来。那个时候，因为感冒或者什么别的原因，北川君就时不时地不来上学，不过他的出席率倒也还说得过去。除了我，他在班里没有别的朋友了。毕竟他是转校生，这也是没办法的事情……

他的妈妈是个很奇怪的人，在我们班的妈妈群里很有名的。他妈妈长相很普通，并没有什么特别的，但是，只要她一张嘴就……总之，是个特别古怪的人。因为有个这样的妈妈，他在班里也显得特别扎眼，大家都不是很喜欢他。他本人看起来还挺老实的，打扮也有点土气。

因为什么他显得特别突出？嗯，我想起来了。小学的午饭是送餐中心统一配送的，吃的方面倒没什么问题。但是，公立小学是没有制服的。他穿的衣服和拿的东西，都是特别高级的那种，亮闪闪的。要是我的话，肯定会觉得很羞耻，绝对不会去穿那样的衣服。周围的同学也都对他议论纷纷。我妈也说，北川君的衣服全都是某个奢侈品牌的，叫什么牌子来着？我忘记了……

如果他不是转校生的话，说不好就在学校被同学霸凌了。他是住在高级公寓的有钱人，好多同学都意识到了这一点。不管被不被欺负，别的同学都不愿意接近他，就这样到了五、六年级，大家都开始忙着升初中的考试，一眨眼就毕业了。

上初中的时候，我和北川君被分到了同一个班。嗯，是区立中学。他好像不想来公立学校，但是报的私立学校都没考上。不，我没有直接问过他，是大家的传言而已。不过，这个传言的可信度还是很高的。在入学考试的考场里，有同学见到他了……他去考的可不是普通的私立学校，是相当有名的慧星中学。碰见他的那个同学，在补习学校的学生里成绩算是很好的了，经常受到老师的表扬，但是他也没考上慧星中学。看到北川君也去考彗星中学，他说他吓了一大跳。那么难考的学校，说句不好听的话，就不是北川君该去报考的。

北川君的成绩吗？也就是中等偏上吧。他也不是一点儿都不行的那种……他好像挺喜欢读书的，语文的成绩很好，但是他英语的成绩很差，在考试的时候吃了大亏。

中考时也是，他报了好多私立学校都没考上，最后还是去了都立高中。不过他没被第一志愿录取……我跟他高中不在同一个学校，不知道他后来怎么样了。我想，他去的学校既不是他想上的，也不是他妈妈想让他上的，所以最后他才不去上学了吧……

中学时代的北川君，用一个词说的话，应该就是"不起眼"吧。因为，从初中开始，学校就有统一的制服了。想通过服装吸引眼球是不可能的了，而且他也没参加任何社团活动。估计和他说话的人也只有我吧。

我并不讨厌他，因为他本身人并不坏。我和他都有"宅男"的特性，也能聊游戏聊到一起去……不过，班里的其他同学还是会对他议论纷纷，说他"总是发呆，又经常旷课，他妈妈太惯着他了"。

还有人说他有恋母情结，对妈妈唯命是从……家长会的时候，他妈妈根本连女儿的事情提都不提，一个劲儿地说她的"小秀"有多好。北川君便当里的米饭总是被摆成心形，我妈妈说光是这一点就能证明了。这么一说，确实他每次吃便当的时候，都是一打开盖子就赶紧搅拌着吃了，看来真的是有个"爱心"在里面。他为了不让别人看到，自己也一直提心吊胆。唉，我觉得他挺可怜的。

但是，据我所知，班里面没有人敢明目张胆地对他进行霸凌。班主任老师对"霸凌零容忍"运动非常热心，而且我们班里老实的学生也多，没有那些阴险的家伙。不过，在最后的毕业同学会上，大家聚在一起聊天的时候，根本没有人提及北川君的名字。我试着提了一下"北川"的名字，好多人反倒问我"北川是谁？"看来大家真的没怎么在意过他。

我去北川家里找他玩过几次。大概加起来一共有五六次吧。上初中的时候，趁他妈妈不在，我们一起去他家打游戏。他妈妈很宠他，只要是他想要的游戏，他妈妈都会买。不过，他妈妈好像不让他和朋友一起玩游戏。他家住的是公寓，三室一厅，又大又漂亮，看着就让人觉得他们家很有钱。

我之前也提到过，他有两个妹妹。岁数大的那个妹妹跟我们念的是同一所小学，所以我也知道她。她和我的弟弟虽然不在一个班，但是在同一个年级。我弟弟说他妹妹学习成绩特别好，经常考年级前几名……他妹妹是个很活跃的姑娘，我去他家找他玩的时候，他妹妹总不在家，不是去学游泳了就是去上英语补习班了。

与之相反，他的小妹妹总是待在家把自己憋在房间里，她出来上厕所路过的时候，我才能看到她一眼……据北川君说，小妹妹是因为生病才成那样的。不过，我看她平时在家里穿的并不是居家服，而是在外面穿的那种衣服。要是真的生病了，应该去医院看看吧？

我爸妈听到的流言是，他的小妹妹智力有问题。如果不是这样的话，父母也不可能不送她去上学吧……真的，她是完全没去上学。所以，我并不了解他的小妹妹。

北川君家里有个很大的客厅，我们总是一起在那里打游戏。我去他家里找他，说得不好听一点，就是冲着游戏去的，所以并没有怎么在意他家里还有些什么。我只去过北川君的房间一次，是最后去找他玩的那一次。

并不是北川叫我进他房间的。他在客厅和卧室之间跑来跑去地找游戏软件，我下意识地跟在他的身后进了卧室，想着和他一起找……他也没有什么吃惊的反应。

虽说是他的房间，但是那根本不像是一个孩子的房间。房间大小大约是十五到二十平方米，窗帘、墙壁和地毯都是统一用的像玫瑰颜色的那种红色……靠墙放着的书桌和书架上除了教科书之外，全都是游戏软件。那个房间，怎么看都像是女人用的。

带着大镜子的化妆台和大壁橱衣柜看起来格外显眼，房间里还飘着一股浓郁的香水味。一张大床摆在窗户边上，上面盖着印有玫瑰图案的红色床罩。

我没多想，随口就说了出来。

"太牛了吧？！你小子的房间居然是这样的啊！"

说完之后我就后悔了，随便进别人房间，还说出这样失礼的话，真的是不太好的行为。可是，那时的北川君只回了我一个字。

"嗯。"

没看到他有任何生气的表情。

但是，不论怎么想，那个房间，尤其是那张床，只能让人觉得他是和妈妈一起睡的。他家里虽然还有另外两间房，不过一间是岁数大一点的妹妹住着，另一间则是"家里蹲"的小妹妹在用。所以，仔细想想，剩下的一个房间当然只能是他和妈妈共用了。为什么一定要睡一起？我怎么也想不明白。

那之后，北川很平静地继续打游戏，而我觉得自己好像看到了什么不该看的东西，内心久久难以平复。因为，那时他已经是初中生了啊，即使是女生，也不会和妈妈在一张床上睡觉了吧？

我还是无法冷静下来，于是早早打完游戏就回家了。结果，那次就是我最后一次去北川君家里了，大概是初中二年级的第一学期吧。

第二天中午，他妈妈趁着我们上学不在家，气冲冲地来到我家发牢骚。我从我妈妈那里听说的，北川妈妈说我是故意趁着她不在家，上她家去玩了。

"我们家里首饰和昂贵的东西有很多，我的小女儿生着病，见到陌生人来就害怕。医生严重警告我说，绝对不能让她受刺激。我家小秀老实听话，不会拒绝别人。你家孩子非说要去我家打游戏，小秀没办法只好答应。还是趁我不在家的时候偷偷去的……

"你们真的有在家里教育孩子吗？在给别人家添麻烦之前，游戏什么的，你们做父母的给他买了让他玩不就行了吗？要是我家里真丢了个什么贵重的东西，你们打算怎么办？赔钱吗？

"我的小女儿受了惊吓，要是她真有个三长两短的话，你们家可是要负责的。"

一开始他妈妈只是站在门口说话，后来越说越兴奋，声音也越来越大。

看到北川妈妈一直叫嚷，我家的狗也开始叫了起来。北川妈妈眼睛被血充得通红，鼻子也变红了，她的样子简直就像个鬼。

实际上，我没有把去北川君家里玩的事情告诉我爸妈。我知道我妈妈对北川妈妈没什么好印象……我妈妈当场没有反驳北川妈妈，好像是跟她约定好了，以后再也不准我去北川家玩。当然，我那天回家之后也被妈妈狠狠骂了一顿。

妈妈问完我之后更加生气了。"那个女人一个劲儿地骂我，我没骂回去，真是不甘心！不行，我得给她还回去，要不然我咽不下今天这口气！"我妈妈正要给北川家拨电话的时候，爸爸赶忙制止了她："别跟那种女人一般见识，她就是个泼妇，什么事情都干得出来。你要是真的再骂回去，被她记恨上了，小心还会有新的危险……"我跟爸爸妈妈约定好了，以后不和北川君来往。

但是，我不是和北川君绝交。当然，我再没去过他家里。不过在学校里我们还是正常说话的。

我猜，北川君应该是不知道他妈妈跑到我家里来骂人的这件事情吧？

第二天在学校见面的时候，他说："我妈妈说，以后不许我再叫别人上家里来了，因为我的小妹妹特别害怕见生人……不好意思啊，以后不能在我家里一起玩了。"

北川君露出了很难过的表情。

那天我是进到他的卧室了，不过我真的什么都没碰。但是只有那天，我去他家里的事情被发现了。我想，那天，他的平静是装出来的吧？其实，寝室被我看到了之后，他的内心动摇了，后来告诉他妈妈了吧。

要真是这样的话，我也会很生气。

"你小子，装什么傻啊！我什么时候逼着你，非说要去你家里玩了啊？"

我真的想当场这么回他一句。

不过我总觉得他已经够可怜的了，不忍心再去责怪他。他也不是那种坏孩子……

但是，毕竟发生过一次那种事情，我跟他的关系也多少有点儿尴尬了。后来到初中毕业为止，我们都没能再像以前那么亲密，说话的次数也少了。

初中毕业之后，我们去了不同的高中。我和北川君见面的机会也骤减，顶多就是晚上在附近的便利店偶然碰见。见面也就是打个招呼，简单聊上几句。

但是，好像是高一的暑假吧？我碰巧遇见了以前初中社团的一个朋友，他去了北川君上的那所高中，我和他聊了聊。我从他那里知道了北川君不去上学的事情。

"你初中和北川是一个班的吧？那小子成了'家里蹲'，从五月开始，就一直没来学校。估计再这么下去，就要退学了吧。"

"这样啊……不过，我只是和那小子在便利店见过几次而已。"

"哎，他好像也没生病啊。"

"那是因为什么？霸凌吗？"

"霸凌啊……我也不是很清楚。不过，你听说过没有？那小子和他妈妈好像是那种关系，在学校都传开了。"

据这个朋友说，北川入学之后流言才传开的。消息好像是从"父母会"那边流出的。

父母会里有个家长是做内饰装修工作的，碰巧去过北川君的家里，北川妈妈因为费用的问题跟他争吵过。他的妻子正好是学校父母会的董事，就带头把北川君和他妈妈的传言散播了出去。

"那孩子的家里，全都是粉色的东西，像是脑子坏掉了一样。还别说，我听说他好像还真有一个脑子有问题的妹妹。"

他不知道我以前和北川关系好，我也只是听他说，没怎么回话。不过，我也料想到了，北川君早晚会变成那个样子……不管怎么说，他妈妈都太奇怪了。

那是之后的秋天吧？我家里有条狗，那天晚上，我带小狗出去散步的时候，正巧碰上了北川君。

"你小子，还上着学吧？"

跟他搭话之后，他瞥了我一眼，就迅速把目光移到了地面。

我知道他应该是真的没在上学了……

他没有回答我的问题，看了看我家的狗，突然冒出一句："这样的狗，我也想要。"

我家的狗是金毛犬，这种狗特别温顺。我想，如果养只宠物的话，对他在各个方面来说，应该都是有好处的吧？于是，我很自然地对他说："跟你妈妈说，让她给你买呀。"

只见他露出了悲伤的表情。

"我妈妈不让我养狗……"

这倒也是，他家住的是公寓，可能没办法养宠物。连这种小小的愿望都不能实现，我真的觉得他挺可怜的。

自那以后，我和北川君在便利店还见过几次，聊的都是最近新出的游戏。我也确实听到传闻说他退学了，也没找工作，只是待在家里。不过，我跟他两个人就像是有默契一样，都是下意识地只聊一些轻松的话题，避开了那些沉重的事情。

我和他最后一次见面的那天，他提前在便利店的门口等我，我简直受宠若惊。当时，他待在家里不出门已经有一段时间了，而我已经上了大学。

他说有话要和我说，我们就去便利店前的长椅那里坐下了。

北川君说："我要搬家了。"

我正想着回复他"是吗，这样啊"的时候，他继续说的话着实吓了我一大跳。

"你小子，是不是觉得我和我妈睡在一起了？"又接着说，"关于我的那些流言，你肯定也听说过吧？"

"这……"我一时答不上他的话来。

突然谈起这种话题，换作是谁都会紧张的吧？

而且，不管听没听说过流言，我不是进到过他的房间吗？也不能装傻说不知道……

"不过，我不介意。"

"我是和妈妈一起睡觉，不过，仅此而已。从小就是这样，我也没干什么别的事情……所以，别的同学爱怎么想就随他们去吧。

实在是受不了这种沉重又奇怪的氛围了，我想随便说点什么，赶紧把话题移开。就在那一瞬间，他又开始了。

"你知道'妹兄'这个词吗？"突然间，他开口问我。

"那是什么，亲戚的称呼吗？"

反倒成我问他了。只见他两只胳膊向脖子后面绕过去，顺势搭在了长椅的靠背上，一边抬头看着夜空，一边说：

"'妹兄'这个词，在古代日语里表示夫妇的意思，在《万叶集》里也出现过。汉字写作一个'妹'字和一个'兄'字。"

"但是，你知道吗，古人为什么要用'妹'和'兄'两个字放在一起表示夫妻吗？"

"那是因为啊，在古代日本，男性和自己的姐妹或者是女性和自己的兄弟，这样结成夫妻的人有很多……至少，也是有这么一种说法吧。"

他问的这个问题，就是为了自问自答吧。

实际上，他就是想说出来让自己听听吧？

我不知道他的真实意思是什么……也不知道自己该做出什么样的反应才好，就一直低着头。不一会儿，他又开始自言自语了。

"比如说，妹妹和我不是一个爸生的……但是我跟妹妹也是兄妹的关系。然后，如果我跟妹妹生了孩子的话，就一定没有好事？这种事情，到底是谁规定的？"

聊天内容越来越朝着奇怪的方向走了。

实在是不知道该怎么回答他，我把头抬起来，偷偷瞄了他一下。没想到，那小子居然默默地开始哭了起来。

我想着必须赶紧换一个话题了。于是，我装作没看见，若无其事地问他：

"比起那个，我问你啊，你们为什么又要搬家了啊？"

"我们要搬到房租便宜的地方去。现在住的这个公寓太贵了。"

"是要搬去远的地方吗？"

"不，还是在东京都内……足立区的西潮南车站附近的一个看起来很老旧的公寓。"

"看起来像？你还没去新家看过的吧？"

"没有。"

想来也是，北川君的妈妈没有工作。之前听说他爸爸是个医生，想着应该还挺有钱的吧，但是好像并不是那么回事。

妹妹和他是不同的父亲生的，这我倒是第一次听说。感觉他们家像是很复杂的样子。那时的我，对这种事情并没有太大的兴趣，就没再多问他。从那以后，他就像从人间蒸发了一样，"唰"地一下子就消失了，我后来就再也没见过他了。

北川君的不幸，与他的妈妈绝对有关系。虽然他性格柔弱，不太会拒绝别人，但是他本身也依赖和需要他妈妈。

最后，他是和妈妈一起的吗？唉，到死也是和他妈妈一起，真是没有比这再令人觉得悲伤的事情了。

是叫榊原先生吧？你知道现在北川君的妹妹在做什么吗？

特别是他岁数大一点的那个妹妹，在各方面都很活跃，跟他哥哥完全不一样。看来是同母异父的原因吧？哦，是吗？保密义务啊。

妹妹有他身上没有的品质——他因此被妹妹吸引——爱上妹妹的可能性，我觉得也不是没有的。最后见面的时候，想起他一边说着关于兄妹的话题一边流泪的场景，我就觉得有些后悔。要是当时再多问他一些话就好了……他是想向我诉说什么吗？

啊！游泳吗？不，我觉得他怕是不会游泳吧。以前要去泳池上体育课的时候，他总是找借口那天不来上学，说什么要去哪里参观或者是生病了要在家休息。他还说一进到水里他就会得中耳炎，又不是幼儿园的小孩子……我觉得，他当时不想去泳池上体育课，应该不是讨厌游泳，而是不会游泳吧？

开车？啊？那起事故，难道不是北川君开车造成的吗？

关于此事，地方新闻倒是有一些报道，不过没说是谁在开车。我还以为肯定是他在开车呢……也是，不去驾校的话也拿不到驾照。

他的"家里蹲"还是没被治好吗？

不过，要是他妈妈在开车的话，为什么会造成那起事故呢？我是真的不知道。

保险业务员 田中寿寿子

你是……私人侦探啊。不好意思，虽然有些失礼，但我还是想问一下。您真的是侦探吗？啊，看来还真是，都怪我没看出来。不过，我没想到私人侦探居然会来找我。刚才说了些失礼的话，真是抱歉。

但是，您说您是私人侦探，和那些做结婚调查的商业征信所的人是不一样的吧？比如说，您是调查某个案件或者追查犯人吧？调查那些案件的相关人员的时候，会很危险吧？真是个不容易的工作啊。

您今天特地来找我，是想了解一些什么呢？哦，是这样啊……您是在调查已经去世的北川亚矢名小姐的事情啊。

那个小姑娘那么年轻就死了，真是让人觉得可惜。对了，想必您是知道哲和亚矢名之间的事情吧？不过，其实我没有见过亚矢名小姐。所以，也没有什么能告诉您的。真的很抱歉。

您应该知道，哲已经去世了，前年八月的时候。亚矢名去世之后，他也跟着走了……他在痛苦了好久之后，最终下定决心自杀了。

但是，哲和亚矢名都去世两年了，事到如今还有什么好调查的吗？亚矢名好像有几个兄弟姐妹，莫非您是为了说媒而来的？

在那之后，哲的妻子就回娘家了，现在我们就跟陌生人一样。孙子小俊明年就要上小学了，但是她根本都没有联系过我。而且，最开始的时候，她都不让小俊认我做奶奶……现在想来，真是个差劲的儿媳妇啊。

是什么时候来着？有一次，我给小俊买了糖，就在小俊刚把糖含进嘴里的时候，她就让小俊赶紧把糖吐出来。

"奶奶给你买的东西，不让妈妈看一下的话，是不可以吃的！"她把孩子训了一顿。

我又没打什么坏主意，给孙子买的糖也不是对牙齿不好的巧克力和奶糖，而是含有维生素的那种不怎么甜的糖……

再过不久就是哲的三周年忌日了，今年的法事看来是要很冷清了。他们看起来也不像是会去寺庙里参加法事的……

还不只是他妻子那边的亲戚，自从哲死了以后，田中家的亲戚也突然都不跟我来往了。要是我丈夫还活着，肯定不会是这个样子。真是人生百态，世事炎凉啊。

也因为这样，我平时都找不到一个人能陪我聊聊哲的事情，觉得很失落。既然您今天来找我，我就把我知道的都告诉您。好的，那就请您多多关照，咱们慢慢聊。

我现在做着保险公司营业员的工作，去世的丈夫以前在银行上班，他最后当上了日出银行龙仙寺站前支店的支店长。他死的时候只有五十四岁。要是他能活得长一点的话，哲的不幸也许就可以避免了吧。没保护好哲，我真的觉得对他内心有愧。

哲是我们唯一的孩子。我丈夫去世时，哲才二十七岁。虽然他已经成了一名兽医，但是还没有自己独立出去，仍然在一家动物医院上班。当然，这是他结婚之前的事了。

那小子从小就特别喜欢动物。在上幼儿园的时候，就说自己长大后要去当动物园的饲养员。我丈夫对他说："你要是想去做和动物相关的工作，就去考取资格当兽医吧。"哲本人也正好有这个想法，所以大学选专业的时候，他毫不犹豫地选择了兽医学。

说起兽医，大家可能都觉得比起当医生来说，当兽医要简单得多，但其实并不是这样的。兽医学部和医学部一样，本科都要六年时间才能毕业。与一些半吊子水准的医学部相比，倒不如说兽医学部更是难上加难……

哲的高中班主任老师也给他推荐说："按照你模考成绩来看，只要不是非得留在东京的话，其他地方大学的医学部都是很有希望的。"托大家的福，哲后来考上了东京农政大学的兽医学部……您不知道吗？东京农政大学的兽医专业可是非常好呢。

哲突然说他要结婚了，是在我丈夫去世四年之后。之前他也没跟我商量过，这个消息真的让我吃了一惊。向我汇报的时候，他和妻子当然是商量好了的，而且他妻子的父母也知道他们要结婚了。只有到我这里，变成了"先斩后奏"。

我问他找的是什么样的人，他说是在联谊会上认识的一个女的。我听了之后受到的心理冲击太大，以至于卧床了好几天。因为，去那种联谊会的女的，大都是家里多多少少有些问题的吧？不过，父母完全不干预，说"结婚对象只要孩子自己喜欢就行"的这种家庭倒也有……我是反对这种做法的。

现在时代不同了，我也不会强求孩子一定要像以前那样的相亲模式找对象。找个靠谱的人帮忙介绍个女孩，见了面还不一定是什么情况呢，何况是那种疯疯癫癫的活动上认识的姑娘了。那种活动可说不好会混进来什么样的人呢，关键是能看清楚对方的品性吗？

哲从小就刻苦学习，比别的孩子晚熟。我想着他在参加联谊会的时候，觉得对方还不错，就跟人家私订终身了吧？他的妻子——琴美的父母是个体户，经营便利店。听起来还算是个本本分分的家庭出来的姑娘，但是她的品性如何，我是预判不出来的……

因为，最近的年轻女孩啊，父母和学校老师都不管她们，教养缺失的现象很严重，没几个人洁身自好了吧。想想就让人觉得可悲。但是，我丈夫一死，我说话他也听不进去了。所以，我也没再多说什么，他们二人就这样结婚了。

以结婚为契机，哲辞去了动物医院的医生工作，自己在港区开了一家私人动物诊所。

私人诊所的竞争其实是非常激烈的，但是，在医院上班能领到的工资实在是有些低……而且，他也不可能一辈子在动物医院上班吧？

主要问题是资金。因为结婚，哲的存款已经被用了很多。所以，开诊所的费用，我出了三百万日元，他妻子家里又出了一些。结果，这反倒成了后来矛盾的根源。女方的爸爸在他们家里很有话语权，说话也强硬。结果，琴美也开始变得高傲自大起来……作为婆婆的我说的话，她根本就不放在眼里。

本来我家里的房间也多，他们住在这里，把医院也开在附近的话，起码居住的成本就可以省下不少，而且诊所的房租也应该会很便宜。不过，琴美死活不同意和婆婆在一起住，哲也没办法，只好听她的。

在距离琴美父母家很近的地方，他们租了一个两室一厅用来居住。琴美家里一直催哲快点开业，哲也说新家所在的港区对宠物医院的需求更大。我看，他的想法也是完全被琴美带着跑了……

没过多久，"田中关爱动物诊所"开始营业了。营业场所是在一栋五层楼建筑的一楼。他们租了一层的一半，以宠物猫狗为中心，每周六日诊疗，也接收宠物住院。兽医只有哲一个人，和以前在医院工作完全不同，诊所可是忙得不可开交。不过，他倒是不用像以前那样每天走那么多路了。

他妻子吗？琴美在最初的三四年，一直给哲当事务员和助手。又得顾家务，又要在诊所帮忙，她自己休息的时间几乎就没有了。小俊出生之后，她就不怎么去诊所帮忙了，而且她好像并不是很喜欢动物。

小俊是在他们结婚后的第四年出生的吧？嗯，应该是，我记得那年哲三十五岁……他们老是要不上孩子，我之前都替他们着急。

孩子出生之后，大家都很是高兴。我去医院看了他们母子二人。在病床前，我刚想把手伸向刚出生没多久的小俊，琴美就急得皱眉说道：

"婆婆，你别碰他。"

……你相信吗？

我也跟哲好好谈过，实话告诉你，小俊的爸爸到底是不是哲还说不好呢……没有，没有做过血液检查。如果问我有什么证据的话，我倒还真的有。别人的话不好说，但是她肯定是骗不过我的。

因为，琴美怀上小俊的时候，哲每天从早到晚都在诊所里，兼职的助手那几天没来，哲就睡在诊所里连着工作了好些天。但是那几天，琴美说她回娘家帮忙去了，没住在她和哲的家里。她说，回自己爸妈开的便利店帮忙，拿到的时薪要比在诊所帮忙更多。实际上，我连着好几天晚上给他们家打过电话，都是没人接听的状态……

哲吗？哲那孩子本性善良，从不怀疑他的妻子……

琴美在育儿上非常漫不经心，她经常把孩子往边上一扔就不管了。

孩子明明饿得直哭，她却说时间没到不能喂奶，而且她也不抱孩子。说是要培养孩子的自理能力，孩子摔倒了她也从来不去扶。

更有甚者，晚上她居然把孩子一个人放在小黑屋里睡觉……

然后，不管我说什么，她都回呛道：

"婆婆，现在可和您那个时代不一样。再说这些多余的话，您干脆就别上我家来了！"

她那气势汹汹的样子，我真是见不得。

不光不让我说，连孙子她都不允许我抱。而且，她对小俊的"教育"似乎也热心过了头。小俊连说话都还不会呢，她就带着小俊去公园，上婴儿补习班，上什么律动课，来来回回在外面折腾……然后说什么在家里的时候让小俊随便玩就好了。除此之外，她还给小俊买了一堆特别贵的益智玩具，好像说是用来给他做头脑特训？

哲不怎么顾孩子，一心扑在诊所的工作上。琴美愿意花几个小时给小俊做断乳食，都不愿意给在工作的哲送些哪怕是寿司这样的吃食。哲喜欢吃的炖菜，她也从来不做……

当时，我实在是看不下去了，就跟她指出。

"丈夫和儿子，哪个对你更重要？"

她一脸平静地说：

"当然是儿子了。"

嗯，就像您说的。我也觉得她对孩子是保护得太过了。

哲是个很能忍的孩子，从来没对我抱怨过一句琴美的不是。家里的不开心，更让他把心力放在了诊所的事业上。

哲被亚矢名那样年轻纯真的姑娘吸引，也正是因为他有一个这样的妻子，才会想去追求心灵的慰藉吧？

亚矢名小姐和哲认识的时候，还是个高中生，都立三羽高中的高三学生。三羽高中是都立高中里的名门呢。毕业后，她本来是要去成英大学的理工学部的，是个相当优秀的女孩子。她爸爸很久之前就去世了，听说是个医生。要是亚矢名能和琴美互换一下就好了……不，我说的是真心话。

哲和亚矢名相识的契机吗？我听说，亚矢名在路上偶然发现了一只被遗弃的病狗，正巧哲的动物诊所就在那附近，亚矢名抱着小狗走进了哲的诊所。

亚矢名的家离诊所走路也就十分钟左右，不过因为她家住的是高层公寓，应该不让养宠物吧？高中生的零花钱也很有限，她请求哲能不能把治疗费稍微算便宜一些。

哲听了亚矢名的话，很受感动。

"有遗弃自己养的小狗的人，就有像你这样关心被遗弃的小狗的人。连身为高中生的你都在为保护动物做着自己力所能及的事，我这个做兽医的，怎么可能还会在这种情况下向你要治疗费呢？"

哲好像是这样回答的。

从那以后，为了看小狗的恢复情况，亚矢名每天都会去哲的诊所。熟悉了之后，她还帮着照顾其他的动物，简直就像是哲的助手一样。按哲的话来说，亚矢名是个"能读懂动物内心"的小姑娘……

说实话，琴美不在诊所帮忙之后，哲也招过几位兼职的女助手。但是，动物诊所的市场竞争实在是太激烈了，诊所的经营状况很是让人担心。如果一天二十四个小时都雇兼职助手的话，就会入不敷出了。而且，动物也没办法加入健康保险，为了小猫小狗一下子能花几万日元的养主，也只是很少一部分。

所以，哲为了降低成本，在晚上或者是白天比较闲的时候，都是自己一个人干。亚矢名能来帮忙照顾，真的是帮了哲的大忙了。因为，即使小狗的病治好了，亚矢名也没办法把它带回家去，她对哲特别感激……

那样的状态持续久了，两个年轻人之间萌生出爱情，也就显得理所当然了吧?

哲在遇见亚矢名之后，才第一次体会到了女性对他的温柔。他绝对不是抱着玩的心态的。哲打算找琴美好好谈谈，把他们之间的事情说清楚。将来等亚矢名长大了，哲想和她结婚。

哲和亚矢名是发自内心的互相喜欢，他们之间的爱也是纯真的，我能感觉出来。不论外面的人怎么说，我始终会站在他们那一边。

哲说想先等着亚矢名高中毕业，然后再把一切告诉琴美。亚矢名说她还没有告诉妈妈，甚至连关系最好的朋友，她都没有说。每次来诊所的时候，她都是对妈妈说打工或者是社团活动的时间延长了……

自己的女儿才上高中，却在跟有家室的男性谈恋爱，不管对方再怎么保证将来会结婚，当妈妈的一定会非常担心的吧？就拿我来说吧，哲平时很忙，我三个月能见到他一面都已经算是好的了，所以，我当时其实是不知道他和亚矢名的关系的。

那件令人无法忘记的事发生在前年一月。琴美发觉了亚矢名的存在。不论想多少次，我都替他们觉得可惜。

被发现的原因吗？我虽然不知道，不过这应该就是女人的第六感吧。脑子不好使的女人，鼻子可灵得很呢。

据哲说，他和亚矢名两个人的行动很谨慎。要是让别人知道了，哲毫无疑问会被说成是"出轨"。亚矢名拿到了指定校的推荐资格，要是让学校知道他和哲在搞对象，可就糟了。想着有可能会被琴美查通话记录，他们二人不打电话，也不发邮件，而且也没有一起在外面走过……

联络方法吗？亚矢名好像拿着诊所的钥匙吧。紧挨着门口的那面墙上的画框背面，是他们秘密的"通信基地"。他们会把写的信和便签夹在那里。如果是信的话，读过之后会马上销毁，不留下任何痕迹。

平时那样做是没事，可是，赶上年末年初这样的全国假日，诊所也会休业。这样一来，二人就没有正当的理由在诊所见面了。虽然休业只有短短的六天，但是，让处于热恋中的两个人六天不能联系，换作是谁都会忍不住的……

除了亚矢名捡来的那只小狗，还有一些猫也被养在诊所里。所以说，休诊日也不是不能找出理由去诊所的。但是，一天之内去好几次，琴美当然会起疑心。

那是在一月二日，哲在家里吃了晚饭之后，就去了诊所。

那天，哲、琴美和小俊，陪着琴美的父母一起去参加新年的首次神社参拜。在附近吃完午饭，琴美说她要去百货商场买福袋……下午开始，哲和小俊就一直待在家里。

前一天元旦的时候，哲一家三口就已经去了一趟神社，晚饭也是一起吃的。回家的时候，哲顺路回了一趟诊所，那时的琴美看起来并没有什么异样。

二号那天，路上没什么人，街上的店也都没有开门营业，附近当然也是一片寂静。推开诊所的门之后，听不到平时那种小狗的欢快叫声了。哲说他在那一瞬间，就知道一定是有突发状况了。

哲马上向诊所的深处跑去。亚矢名捡来的那只小狗，是一只刚出生不久的秋田犬。它本来应该是关在笼子里的，结果，哲看到的是它倒在了地板上。而且，它的头被割了下来。

从小狗的头的根部，溢出一摊血。即便是早已习惯了外科手术的哲，也无法正视这种惨状……而且还不止这样，在狗头附近的地板上，还有用血写下的字。定睛一看，发现是用片假名写的"亚""矢""名"三个字。

即便是这样，哲还是表现得很冷静。他先是去确认了关在其他笼子里的动物，发现猫安好无损之后，他这才长舒了一口气……之后，他又去仔细观察了那只死去的狗的状态。

他发现，那只狗像是死了之后才被人割掉脑袋的。如果是活着的时候被割掉头的话，血迹绝不会是凝固成了一大片而已，应该会飞溅得到处都是。

作案工具，应该是诊所里的手术刀。一把沾满血迹的手术刀就掉落在地上。通过伤口的大小，哲判断出使用的一定不是菜刀或者水果刀。而且，手术刀比起那些更加锋利……琴美以前当过哲的助理，也和他一起给动物做过手术。对她来说，使用手术刀并不困难。

死因吗？哲一眼就看出来是"药物"致死。在动物医院里，为了让患有末期疾病的动物从痛苦中解脱出来，使用安乐死的情况也是有的。哲查了一下，发现诊所里的药品果然有被人动过的迹象。

是的，哲后来马上就报了警。不过，他又把所有房间查看了一遍，并没有发现有什么东西被偷或者是被翻乱。如果只是因为狗在叫，就残忍地把它的头割掉的话，这种手法也不像是小偷会用的。而且，小偷也不会在地面上留下血字吧？

说到底，这起事件受害的虽然是小狗，但是目的很明显是报复亚矢名。如果是这样的话，就不用再多想了。犯人除了琴美，不可能再会是别人了。

那之后发生的事情，现在回想起来，我还是气得肝疼。

哲回家后质问琴美，没想到琴美痛快地承认了。

"你好歹也是个兽医的妻子吧！怎么能把一个无辜的动物的头割下来啊？！"

哲非常生气。琴美哪里会有哭着乞求他宽恕的意思啊，她直接就向哲"开炮"了：

"谁管你喊什么救助动物，那我问你，把那个女人的头割下来代替那个狗头，你觉得好不好？兽医又怎么了啊？什么兽医不兽医的，大街上每天都有那么多流浪狗，也没见你们兽医去救过。你倒是去救啊！就你有爱心！"

琴美大声喊叫完之后，哲一时接不上话来。

继续和做出过这等残忍之事的女人一起生活，哲认为是不可能的了。哲打算低个头，满足对方的一切要求，然后二人就此离婚。但是，离婚哪里会有那么容易？琴美才不是那么好打发的女人。

不知道是为了刁难哲，还是想要敲诈一笔高额精神损失费，琴美断然拒绝了哲的离婚请求。琴美在狠狠地骂了哲之后，又装模作样地说什么"爱他""不想离开他"，还哭给他看……

夫妻二人僵持不下，最后，两家父母决定坐在一起商量。

果然是"有其父必有其女"。不管是因为什么理由，把别人寄放在诊所里的狗杀掉，就已经是很明显的犯罪行为了吧？没管教好自己的女儿，琴美父母替她说上一声"对不起"，本应该是理所当然的事情吧？但是，谁知道她爸一开口就是：

"把妻子和儿子伤得这么深，你打算怎么赔偿？"

哲被她爸爸逼问，嘴一直张着，看起来像是想说什么。

我因为实在是太生气了，就接话道：

"您说我儿子伤了他妻子和孩子，您觉得他那样做的理由是什么呢？

"既然双方父母都在，我就把话说得明白一点。琴美小姐对于我们田中家来说，绝对不是满意的儿媳妇。我从一开始就反对她跟哲结婚。把琴美的过错放在一边，一个劲儿地指责哲，这叫什么道理？"

我一吐为快，把想说的都说了出来。

我说完之后，她们家一下子就哑口无言了。

"妈，你怎么能说这么失礼的话呢！"

没想到，哲突然开口了。

琴美紧接着就说：

"是，可能我之前也有做得不对的地方。但是，这都是因为我爱哲啊！我现在也很爱他！我绝对不同意离婚。哲只要和那个女人一刀两断，我对过去的事情就概不追究。"

她通过献媚企图给自己加些印象分的意图，实在是太明显了。

"断绝一切联系？你说得倒是简单。对方又不是阿猫阿狗，是正经人家的大小姐，现在还在上高中。她跟哲以结婚为前提在交往，她才是哲要负责的对象吧？

"还有，砍掉北川小姐寄放在诊所的小狗脑袋的人，到底是谁啊？要是小狗主人去报了警的话，杀死小狗的这个人又打算怎么应对？"

我想尽量牵制住她，才这样说的。可是，紧接着，她爸爸发话了。

"你可说得不对，要是真是那样的话，我们这边倒也可以有应对的措施。我去问过我的一个律师朋友，他说杀死别人饲养的狗的行为，只是构成了刑法上的'器物损坏罪'。

"因为狗不是人，所以杀狗行为和杀人罪以及伤害罪没有关系。总之，刑法是把狗看作物品的。虽然杀狗的行为也是犯罪，但是这次的案件，把狗的头砍掉一事先暂且不说，把狗杀死的人不一定就是琴美吧？狗也有可能是得了什么病死的吧？毕竟狗火化之前又不用解剖……

"总而言之，我想说的就是，哲作为兽医，暂且不论他是否会成为检方的证人，即使琴美被起诉以后，警方也是无法确定死因的。而且无论如何，哲也不会想让琴美成为一个有前科的人吧？毕竟她还是小俊的妈妈，要是她去了拘留所的话，以后别人对孩子的评价也会不好吧？伤了一只死狗而已，又不是什么大不了的事。

"还有，那个姑娘是不是大小姐我不知道，但是，她今后的不确定性也很大吧？比起哲来，她以后说不定会更厉害呢。

"律师告诉我，虽然那个姑娘还是未成年人，但是十八岁的高三学生和十四五岁的小女孩是很不一样的，十八岁已经是能充分辨别善恶是非的年龄了。根据情况不同，以对方出轨为理由，她是可以向男方请求精神损害赔偿金的。日本的法律规定，妻子对于丈夫的出轨对象，也是有权利要求其损害赔偿的。到时候，那个姑娘向哲问责，我们也会向她要求赔偿。除此之外，哲是没有权利请求任何一方赔偿的。"

看着琴美父亲滔滔不绝的样子，我才知道他们是做足了准备来的。

而且，他还有要说的。

"那个姓北川的姑娘家里，我特地调查过。她是单亲家庭，生活富裕，有不少关于他们的流言。她妈妈的名声不是很好，家里的孩子也有问题，正常去学校上学的只有那个姑娘。她哥哥和妹妹好像是有精神病，不去上学也不去工作，只是待在家里。

"那个姑娘学习成绩好，交往过的男性可不止哲一个人。而且，听说她平时还在做着那种不可告人的兼职工作呢……

"基本上，那些看着清纯的高中女生，其实一点儿都不简单。看看到我们便利店里来的那些女学生，你就能明白了。哲一定是被骗了。如果想要知道更详细的内容，我之后可以把调查结果告诉哲。田中妈妈，你就算了，我怕你听了之后会晕倒。

"第一，那个姑娘不是被推荐去的成英大学吗？如果平时成绩不是特别好，是不可能被推荐到那里去的。但是，推荐校那边也是要看学生品行的吧？包括这次的事情，如果她以前的那些事都被翻出来的话，学校一定会感到很困扰吧，推荐也会被取消的吧。如果那个姑娘不傻的话，她肯定不希望把这次的事情闹大。"

真不愧是做生意的人，说起话来喋喋不休的。

要是像我现在这样的话，岁数和经验在这里摆着，被骗的可能性会小很多。但是，哲一直是一个一心扑在学业上，不了解人情世故的孩子。听了琴美父亲的话，他的脸色变得铁青。我后来问哲，他才说，比起其他任何事情，他最担心亚矢名的大学推荐会被取消……琴美父亲可真是会抓人的弱点啊。

看到恫吓似乎起了效果，琴美父亲那边气势更加凶了。

"我再对哲说一遍，琴美是想和你重归于好的。小俊也还小，我们做父母的也不希望你们离婚。只要你果断和那个姑娘分开，我们就当之前的事情都没发生，还是会帮助你和琴美。

"要是因为一两次外遇夫妻就离婚的话，那日本的夫妇就剩不下几对了吧。喂，是吧？田中妈妈！"

琴美父亲向我露出了猥琐的笑容。

我不禁打了个冷战。

不知道察觉到了没有，他又接着乘胜追击了。

"但是，如果哲无论如何都想和琴美离婚的话，也别怪我们做得绝。哲是在把琴美当傻子看的吧？琴美怎么可能一点都没察觉到呢？琴美手上可是握着打赢官司的证据，要是你们想打的话，我现在就把那些资料复印一份寄去学校，怎么样？"

他这根本就不是坐下来商量的态度，完全是把我们放在了法庭的被告席上了。

哲还年轻，不敢在岳父面前造次。他就像腌好的绿叶菜一样，整个人都蔫儿了……不知道这种说法现在还有没有人用。哲彻底意志消沉了，早早地就宣布了无条件投降。

"一定不要对亚矢名和她的家人做出有负面影响的行为"，就成了哲对琴美家唯一的"请求"。

对了，这次谈话，是在两年前的二月发生的。

在那之后，我虽然不知道哲对亚矢名说了什么。但是，哲像个男人一样，没有找任何借口，直接恳求亚矢名与他分手。

虽然哲对亚矢名的感情丝毫没有变，但是他只能做出这种选择……

亚矢名强忍泪水，默默地听完了哲说的话。

然后，对哲说了最后一句话。

"你就这样把我抛弃了。"

仅此而已……

"还不如狠狠地骂我一顿让她解解气，我还能更好受一些。"哲后来这样对我说。

发现小狗尸体的时候，因为杀害方式实在是过于残忍了，哲想着还是不要让亚矢名看见比较好，就想早早地处理掉尸体。

但是，就在哲刚擦完地板上的血迹，准备把小狗尸体放进纸箱的那一瞬间，诊所的门突然开了。知道是亚矢名进来的时候，哲说他再想隐藏也没有办法了。

只能说是哲的运气不好。亚矢名在诊所休业的时候，也会时不时地去看小狗。那天晚上，她随便找了个理由，就从家里溜出来了。

看到眼前的惨状，亚矢名一脸茫然地站在原地。过了一会，她说：

"是夫人干的吧？"

她面无表情地问哲。

"我不知道……但是，估计是吧。"

"她简直就是个鬼畜！这不是人能干出来的事情……绝对不能这样就算了。是我疏忽大意了。"

那之后他们就没再对话了。

二人默不作声，把小狗的尸体收进纸箱，擦净了地板上残留的血迹。要换作是我的话，肯定会惊慌失措。亚矢名真是一个沉得住气的人啊……她肯定是把巨大的悲伤藏在了自己的心里，不让别人看到一滴眼泪。哲也很佩服她。

想着小狗的尸体不能就那样放在诊所，哲联系了熟人，把小狗送去火化了。小狗的死因无从查证，没想到后来竟然被琴美家拿来利用。现在想来，连我都觉得十分后悔。

但是，以小狗事件为契机，因为有离婚的念头而对琴美抱有的那一丝内疚之情，也在哲的心里消失得一干二净，毕竟，琴美在这件事情上，做得实在是太过分了。和琴美这样的鬼畜女人生活，哲觉得即使是一天都太长了。亚矢名也认为，只有相信她和哲彼此的牵绊因此更加深了，她才能从小狗死去的悲伤中跨越出来。

为了保护亚矢名的名誉和推荐入学资格，哲做出了不得已的选择。不知道事情缘由的亚矢名如果以为是哲变心了，那么她的内心将会受到怎样的冲击……我是想象不出来的。

　　亚矢名去世，是在三月底的时候。本来，四月初她就要去上大学了……

　　和亚矢名分开后，哲全身心地投入工作，想要忘记以前的事情。

　　哲是个老实得过了头的孩子。和琴美父亲约定好之后，他真的就没再见过亚矢名一面。哲的家离诊所的距离，步行大概也就六七分钟。亚矢名的家虽然在诊所的反方向，但是肯定是在那附近吧？即便是这样，哲还是遵守诺言，没有接近过北川家住的那栋公寓。

　　琴美吗？那件事之后，她倒也吃到了苦头。比起以前，她做家务更加积极了，也开始去诊所给哲帮忙了。在不知道内情的人看来，他们夫妇就像是"夫唱妇随"，关系好着呢。

　　在这种情况下，哲不知道亚矢名已经死了。和哲交往的事情，亚矢名也对学校的朋友保密，所以也没有人来通知哲。

　　哲收到亚矢名寄来的信，是在他们分手之后大约过了半年的八月。啊，不是的，亚矢名去世是在三月，那封信是她生前写的。从内容上来看，简直就像是给哲的遗书。

　　具体写了什么内容？哲从来没对我说过。他真是太可怜了，没有跟任何人倾诉，只是自己一个人在默默忍受着痛苦和煎熬。

　　啊，那封信吗？那封信在哲去世时穿的外套的胸前口袋里。哲在去往另一个世界的路上，把"亚矢名"放在了心上。

信的原件，嗯，在我这里……

那，您稍等一下可以吗？我这就去取。

如果读了这封信，多少能够理解我们母子遗憾的话，哪怕只有一个人，我也觉得很欣慰了。毕竟，这些年来，即使我想表达对死去的他们的念想，也没有人愿意听。

亲爱的哲：

在失去你的世界里，我没有勇气继续活下去。

我决定了，带着我肚子里的我们的孩子，两个人一起去到那个没有痛苦和悲伤的世界。

到现在都没有跟你讲过，真的很抱歉，请你原谅我。

但是，既然做出了选择，我希望你从此别再有任何的心理负担。

我把这封信交给值得信赖的人，到了我们初次相遇的八月十四日那天，你就会收到的。

我们一起幸福下去的约定虽然没能实现，但是，请你一定要好好活着。

我不想说再见。

我会在那个世界一直等你。

亚矢名

这大概就是亚矢名的遗书吧。

怀了哲的孩子，她还那么年轻……想着就让人心痛啊。

收到这封信之后，哲会是一种怎么样的心情……要是哲知道亚矢名怀孕了的话，肯定会为了亚矢名和孩子做些什么的吧。

那个信封里也有亚矢名去世的证明材料，好像是记载着北川亚矢名死亡时间的户籍信息的复印件。行政机关开具的证明书也被折好放进了信封里，连同信一起，寄给了哲。

没有，我没有找到信封。应该是被哲处理掉了吧。

哲是一个责任心非常强的孩子。看到那封信之后，他肯定是会下定决心追着亚矢名去那个世界的。如果他找我商量的话，我一定会设法阻止他去寻死的。即使不找我谈，可为什么，为什么都没有对我留下一句话，就那么走了……

对不起，我有些激动，在您面前失礼了。想起那个时候的事情，我的心情就没办法平复下来。

亚矢名是怎么死的吗？我不知道，也没有想着去查过。

事到如今，我就算知道当时的情况，也无济于事了。我相信，哲和亚矢名还有他们的孩子，正在那个世界幸福地生活着。

哲是在从八月十七日到八月十八日的深夜时间去世的。

十七日，哲在结束了下午的诊疗之后，回到家里吃了晚饭洗了澡。那之后的晚上十点，他又回到了诊所。琴美说，他看起来并没有什么异常。不过，要是琴美能看出哲的异常的话，从一开始也就不会发生那样的事情了。

诊所从上午十点开始营业。十八日的早上，事务员兼助手的杉下小姐出勤的时候，发现哲已经变得全身冰冷。她判断哲是服用氰化钾自杀的。

万幸的是，发现遗体的杉下小姐立刻打电话叫了救护车和警察。要是让琴美的爸爸比警察先到了的话，不仅是亚矢名的遗书，哲的遗书估计都要一并葬身于黑暗之中了。

据杉下说，哲在诊所最里面的房间的桌子前，像是从椅子上滑落下来一样，倒在了地板上。他的样子看起来很痛苦。因为桌子上放着一杯没喝完的咖啡和一个茶色的小瓶子，杉下立刻判断出哲是死于自杀的。

警察询问的时候，杉下说哲平时虽然没有表现出什么自杀的征兆，但是感觉他的家庭生活好像并不是那么顺利。看来，不管是如何遮掩，还是骗不过别人的眼睛啊。

急救人员赶来的时候，说哲已经过了"死后经过时间"，就没有把遗体送到医院去。之后赶来的警察，在琴美在场的同时检查了案发现场，发现了放在桌子抽屉里的哲的遗书。

能够快速得出哲是服用氰化钾自杀的结论，除了法医勘验和鉴定结果之外，哲的遗书也起到了相当大的作用。

虽然只有简单的几句话，但是能看出来哲还是和往常一样直率……如果把它和亚矢名的信一起读的话，就能沉痛体会到他追随亚矢名而去的那种悲伤。

哲的遗书，看，这就是。我把它和亚矢名的遗书放在了一起。

亚矢名，对不起。

请原谅我。

　　哲

只有这几句。

但是，这确实是哲写的。他这个孩子的字很有特点，我肯定是不会看错的。

他没有留下给我和他妻子的遗书。琴美看起来很不满，但是这个时候的哲，满脑子想的都是要对亚矢名赎罪，也无暇顾及其他人了。我也没有要怨恨哲的意思。

啊，这张纸吗？这是放在他桌子上的便笺纸。在喝下毒咖啡之前，他肯定是用放在桌子上的那支圆珠笔，飞快地写下了这些话。

咖啡是普通的袋装速溶咖啡，他用烧开的热水冲泡的。想起来就觉得可怜，哲总是自己一个人喝咖啡。

是的，我把知道的都告诉警察了。毕竟亚矢名和哲都已经去世，也就没有什么好隐瞒的了。

但是，有一点我还是搞不懂。为什么哲会有氰化钾这种剧毒的东西呢？

刑警对我说，因为网络技术的发达，现在可是连违禁药品也能轻松搞到的时代了……哲的牙医朋友好像有人认识制药公司的人，说不定他是从朋友那里得到氰化钾的吧。

哲去世之后，"田中关爱动物诊所"也就立刻停业了。

琴美想要尽可能地减少开销，随即打电话辞去了所有的打工人员……唉，这也是没有办法的事情啊。

诊所的设备吗？我平时没有参与诊所的运营，不知道里面具体有哪些设备。不管是医疗器具还是别的用品，买的时候都非常贵，一旦成了二手的，就卖不上什么价钱了。所以，从租的那个公寓楼里搬走的时候，全部当作垃圾给处理掉了。

保险金不到五千万日元，归继承人琴美和小俊全额所有。至于人身保险，我以前就是卖保险的啊，所以，肯定给他买了……嗯，是的，已经交了好多年了。不过自杀的话，就跟人身保险金没什么关系了。

先不管人身保险金的事，最让我忍不了的是，琴美他们家非难我，说得好像就跟我犯了什么滔天大罪一样。

出席哲的葬礼的人有很多。哲是自杀的，所以告别仪式之后，外人没有被允许去火葬场。除了琴美和小俊，只有我和琴美的父母三个人去了。车从葬礼现场开走之后，她们家的人一个个都拉着个脸……对我非常冷淡。

特别是对于自己的女儿逼死了哲一事，琴美妈妈装得像是一点都不知道一样。

在哲要被火化的那一瞬间，琴美妈妈开口了。

"都这么大的人了，道理也懂得不少，自杀什么的，也太不负责任了吧？这可不是开玩笑的呢。死的人，是什么都不用管了。不过，但凡他死之前站在自己妻子的立场上想一想的话，丈夫追着别的女人殉情了，你们说说这叫什么事啊！

"可怜我们琴美，在这么尴尬的年纪成了寡妇，而且还带着个小累赘，哪里是那么容易就能改嫁的啊！你说说，你家要怎么负责吧！"

不仅流着假眼泪给我看，还把情绪调动到了极致，越说越激动。

完全把自己的女儿当成受害者，至于小俊，则还被她看成是个麻烦了。实在是让人觉得不可理喻。

"是，哲是追别的女人了，那你知道他为什么这样做吗？家里有一个能残暴地把小狗的头给割下来的老婆在，不论是哪个男人都会跑的吧！

"丈夫的遗体还没化成灰，就在这里说什么改嫁不改嫁的，你们是用脚在想问题的吧？这种卑劣的想法是能用人的脑袋想出来的？"

我回得他们哑口无言。

尽管被他们恶狠狠地瞪着，我想着反正今后也不用再和他们扯上关系了，就痛快地补了那几句话。

我也是那种有什么话就直说的人。动物诊所开业的时候他们家出过钱，平时也有帮忙打理，所以他们就总觉得自己对哲有天大的恩情……现在看来，他们只不过是把恩情当作威胁哲的人质而已。

从那以后，我一直一个人生活。

每天都很寂寞，没想到今天还能再说起哲的事情。

卖保险的工作我现在也有在做，能闲聊拉家常的人也不少。但是，这种私事也不方便跟客户讲吧？憋在心里这么多年了，今天一吐为快，真是觉得心里面轻松了不少。如果有时间的话，欢迎您随时再来。

啊，是要复印吗？哲和亚矢名的遗书，对您有用？

原来是这样啊……确实，对于亚矢名的家人来说，是重要的东西啊……

我知道了。那先借给您。但是，复印好了之后，一定要马上还给我啊。

这附近能复印的地方，果然还是便利店。便利店的话，车站附近倒是有几家。还有，从我家门口出去之后，向着车站的反方向走，在第一个拐角处向右转，走到第二个红绿灯那里，就能看到便利店了。哪个更近一些呢？我也说不好。

那，我在这里等您，您出门注意安全。

啊，下雨了啊？

哦，好像雨也没下太大，那您注意脚下啊！

公司职员 多田野吉弘

什么？找我有什么事？

哦，榊原先生，你是侦探啊……难道是隔壁北川家的事？那两个人，果然还是下落不明啊。

他们是开车冲进海里了吧？遗体又没有被打捞上来，应该还活着的吧？

嗯，事故发生后警察是来过这里，保险公司的人也来找过我，我真没什么好说的。他们家最后只剩下一个女儿，好像脑子还有点问题，问她什么都不说。但是，就算来找我，我也什么都不知道啊。

平时他们家的样子？你问我，我也不知道啊。他们一家搬来这里也就半年左右，我没去过他们家，也没跟他们打过交道。

不，我是单身。不过，我倒是有个老母亲，她今年已经快八十岁了，患有严重的风湿病，平时基本上不出门。我也是白天上班，晚上才回来。

我的工作？我在沼井崎市的物流公司工作，公司叫"圆山仓库株式会社"。唉，说了你也没听过。我还有四年就要退休了。

啊，我收下这个真的好吗？那，我就不客气了，太谢谢您了……

不过，我真的没有什么特别的情报能提供给您。如果您不介意的话，我当然完全没问题啊。那，请进吧。我让我妈准备一下茶水。

我隔壁的那栋别墅，以前住的是东京某个公司的社长。在我还是个小鬼头的时候，我记得那个别墅特别新，他们一家人也经常过来玩。

当然，人家社长家人来玩的时候，也不可能和我有什么交集。有一对夫妇负责管理那栋别墅，他们住在里面，平时打扫什么的都归他们来做。

以前这一带有好多别墅，因为离东京近，所以非常受欢迎。这里冬暖夏凉，面朝大海，背靠深山。那个年代，好像还不让去海外旅行吧*？有钱人基本上都买别墅了。

从什么时候开始的来着？他们来的次数慢慢变少了，最后好像就一年才来一次了吧？时代变化了啊，比别墅有意思的东西多了去了。

在那期间，前任社长好像去世了。他们家里的人因为遗产继承的问题闹不和，那栋别墅也就一直被扔在那里没人管了。要是早点儿把它卖了也挺好的吧。不知道他们有钱人是怎么想的啊。后来听说有不动产公司在卖这栋别墅，之后北川一家子就搬来了。那是前年四月的事情吧。

以前那栋别墅的房子和院子都特别气派，可是后来长时间没人打

---

* 日本政府于 1964 年 4 月 1 日宣布境外旅行自由化。此前，日本人主要以公务和留学为目的出国。——译者注

理，就成了现在这破败模样了。

我是想过去收拾，不过没想到他们一家人就这样搬来了，我也吓了一大跳。最近的有钱人真的是很奇怪啊。

我家虽然就在隔壁，但是也隔了片树林，而且又是这么破烂的房子，不用想也知道，他们搬来之后也没跟我们打招呼。正巧那天我不上班，在家休息的时候，我从旁边看了一眼，发现隔壁院子里有好多行李。

随着搬家公司的车一起，开着一辆白色小货车来的是一位中年妇女。她带着看起来岁数不大的儿子和女儿各一人。我后来听说，她儿子和女儿的脑子都有问题。不过，我在远处看的时候，觉得那两个孩子也挺正常的啊，穿得也都是干干净净的。

那个女的指挥搬家公司的人又是干这又是干那的，她打扮得很花哨，穿的衣服看起来也很贵，给人的第一印象不是特别好。不过跟我家又没什么关系，我也就没去搭话了。

但是，那天晚上都很晚了，我家的狗就在院子里叫个不停。我家这条是柴犬，平时不会叫得这么凶。

果然是有人来了，它才兴奋成这样的吧？但是当时已经是深更半夜了，为了保险起见，我去看了下隔壁。他们家还亮着灯，窗帘是拉着的，看不见里面，但应该还没睡的吧。后来我才知道，那家人平时白天睡觉，晚上出来活动。感觉他们应该也不是什么正经的人家吧。

后来又过了两三天，这次轮到隔壁的狗叫唤了。我想着他们应该是为了防盗才养狗的吧，就去看了一眼他们的那条狗。

隔着栅栏，我看到院子里有一只德国牧羊犬。北川妈妈站在它的边上。

"我是住在隔壁的多田野……你们养了条不错的狗呢。"

我主动向她搭话后，她只回了我一句：

"我是北川。"

她那嵌在时髦眼镜里的双眼，正死死地盯着我呢，丝毫感觉不到她的任何善意。离近了看，我发现她比我想象的要年轻得多，妆也画得特别浓。

"之前看你们搬家，我还想着过来搭把手呢……你们家孩子看起来不小了啊，还在上学吗？"

我就是随便问问，没想到说完之后，她看起来特别不高兴。

"我的儿子和女儿都在养病，请不要管别人家的事情！"

她气势汹汹的样子，比德国牧羊犬叫起来有过之而无不及。

狗看起来很想要人逗它玩，但是北川妈妈发火实在是太可怕了，我就赶紧逃走了。

那次之后，即使偶然在路上碰到，我们也都装作互不认识。不管什么时候看到她，她打扮得都很花里胡哨，看起来挺轻浮的。我估计她干的是那种每天玩玩就把钱给挣了的工作。从一开始，她就没把我放在眼里吧。

那个生病的女儿，我之后也一直没见过。至于她的儿子，我倒是在天快黑了的时候见过他带狗出来遛过弯。应该是为了避人耳目吧，每次看他都是把帽子扣得很深，还戴着大墨镜，看起来像是有二十多岁了。我很好奇他平时到底在干些什么，我也从来没有见过他妈妈在附近的商店买过东西。

啊，想起来了，我有一次进到过他们的院子里。

那是他们搬来这里又过了两三周之后的事情吧？有一个本来是他们家签收的包裹，按了好多次门铃，他们家里没有人答应，邮递员就把包裹寄放到我这里来了。我觉得他们家里不应该没人啊。即使她不在家，她的儿子和女儿也应该在家里。我记得是一箱水果吧？这么大一箱水果，我下班回到家之后，又扛着给他们送了过去。

我按了门铃之后，北川妈妈出来了。她先是瞪着我，知道我拿着他们家的箱子，就把门打开了。我说"箱子有点儿重，我帮你们搬到屋子门口吧"，她只是淡淡地回了一声"那就拜托了"。

我刚把脚踏进院子里，那只德国牧羊犬就扑了过来。我虽然喜欢狗，但是当时两只手正抱着纸箱，一只大型犬就这样扑过来，我是真的招架不住。院子里灌木丛生，我不由得一个踉跄。结果，毛衣的左袖挂在了树枝上，弄了半天也出不来。

想要把箱子放下，但是小树枝太多，我根本动弹不得。狗还是一个劲儿地在那边叫个不停。我是出于好心帮她拿进来的，她明明可以过来帮我一下啊。但是，那个女人就站在那里，一动不动地看着。实在是没办法了，我喊她帮我拿个能剪断树枝的东西过来，她这才在院子里跑了几步，拿着看起来像是厨房剪刀的一样东西。只要是个能剪的工具就行，谁知道她拿来的竟是一个非常难用的剪子，连手指头都塞不进去。

我想，她家里有个这么大的院子，总会有把园艺用的剪刀吧。但是仔细一看，院子里的草和树都是胡乱长着的。明明有三个大活人在，但是却没有一个人愿意打理院子，简直令人不敢相信啊。

即使是这样，我最后还是把纸箱子放在了她家屋子的门口。她却连个鞠躬都没有，只是张嘴说了一声"辛苦了"，就把我赶走了。我出去之后，她"咣"的一声，用力地把院门关上了。这完全是把我当成可疑的人了啊。我也不是希望他们给我什么谢礼，不过在这种情况下，大家一般不是都会打开箱子，拿出一两样东西给对方的吗？

我在放下箱子的时候，碰巧往门里瞥了一眼。只见还没有打开的搬家用的纸箱子，堆满了整个走廊，像座小山一样，根本看不见里面的样子。他们是真的打算在这里住下吗？我觉得很可疑。

我妈妈从邮递员那里听说，北川家还给邮局打了投诉电话，说："我本人不在家，你们就把我的东西交到隔壁人家去，是什么意思？"她把邮局的工作人员狠狠地数落了一顿。那个邮递员明明是个很好的人。唉，真是不敢相信世上还有这么蛮不讲理的女人。

嗯，隔壁每天晚上都有车出去，是真的。因为要上国道的话，必

210

须从我家前面的这条马路经过。他们开的车就是搬家那天开过来的白色小货车。开车的人吗？我每次都是看到北川妈妈在开的。副驾驶位子上坐的好像是她的儿子。因为虽然离得远，我还是能看到他戴着帽子和墨镜，每次他都是这个打扮出门的。至于她的女儿……我就不知道了。

没有，我一次都没看到过她儿子开车。保险公司的人也问我来着，难道有传言说是她儿子在开车吗？

他们几乎每天晚上都出去，可能真的有什么事情吧。我才不关心他们去什么地方呢。所以，听说他们从西沼井港的码头开车掉进海里的时候，我真的是吓了一跳。他们为什么大晚上的要去那种地方啊？那里什么都没有啊。

我也被问过"他们有没有可能是自杀"。我只是碰巧住在他们隔壁，这种事情我怎么可能知道啊？他们那么有钱，又有的玩，寻死的理由一定不简单吧？

嗯，那只狗是死了。我感觉那个女人应该很讨厌狗吧。每次从他们家门前路过的时候，我都会下意识地往里面看一眼。大约是事故发生的四五天之前吧，那只狗就不见了踪影。我果然还是挺在意它的……

我最后看见那只狗的时候，它精神头还挺好的。到底是因为什么它才死了的啊？这附近再也没有养德国牧羊犬的人家了。真是可惜啊，那么好的一条狗。

不，那个女人才不是见自己养的狗死了会伤心的人。

什么，她儿子吗？她儿子倒是总出来遛狗，看起来很是疼爱那只狗。但是，狗死了之后自己也去寻死的人，应该没有吧。

比起这个，她儿子从以前开始就有抑郁症吧？"家里蹲"那么多年，带狗出来散步的时候，也是把自己裹得严严实实的，看起来整个人都很阴暗，让人不敢接近。

事故发生之后，我没有见过他们母子二人。这是当然的吧！保险公司的人也问我来着。要是看见他们了，我肯定早就去报警了啊。

但是啊……不对，果然是哪里有问题吧。不，不是，什么事都没有。有可能是我看错了……

真是讨厌啊，事故发生的那天晚上。半夜两点刚过，我正好醒来去上厕所。突然，我听到我家的小狗叫了起来。我从厕所的窗户看了一眼外面，发现了一个骑自行车的男子的身影，从我家前面的路穿过，向着北川家的方向去了。我看到的只有这些。

为什么我知道那是个男的？虽然晚上的街灯很暗，但是那个人的帽子和衣服都是男士款型。而且，这个地方白天就不怎么有人会来，到了晚上，怎么可能会有个女的一人骑自行车过来呢？而且三更半夜的，还戴着墨镜……

不是，是因为那个。确实，我当时也觉得半夜看到的那个人是隔壁家的儿子。但是，不是第二天早上就听说了吗？他和他妈妈一起掉进海里淹死了。而且，我也没见过他平时骑过自行车，所以我才觉得自己是不是看走眼了。

啊？我家院子里的山地自行车？你说什么呢！那个是我的。我自己买的……

什么时候买的？已经买了好多年了。在哪买的？我实在是不记得了。

你这个混蛋！来见我之前，你就偷偷调查过我家院子了吧？

那辆自行车是前年九月发售的车型吧？隔壁他们家买的正好就是这款吗？我怎么可能知道啊，这种事情！比起这个，你小子非法入侵我家，就不怕我去告你吗？！

"想去告的话就去试试吧"……哼！说得好像你是警察一样。啊……莫非……榊原先生，你真的是刑警？

啊，您以前当过刑警？真的假的？

哎哟，您可饶了我吧，我真的没有恶意。我是觉得既然他们已经不要了，扔了又怪可惜的，就……真是对不起！

我全都招！我把知道的都告诉您！真的，您放过我吧！拜托您了，榊原先生！

那辆山地自行车，是被扔在隔壁院子里的。

不，我说的是真的！真没骗您！事故发生之后，隔壁就只有北川女儿一个人住在那里了。那个女孩整天待在家里不出门，好像是脑子有问题。市政府的人说，不能把她一个人扔在这里不管，就带着她去收养中心了。

而且，隔壁的院子在被拆掉之前，一直是大门紧闭的，没有人进去过。我看那辆山地车在外面被雨淋得都有些生锈了，觉得实在太浪费了。于是，我翻进了隔壁院子，把自行车搬到我这边来了……当然，我之后是想再还回去的。

嗯，真的是不好意思，我居然干了这种事情。

榊原先生，真的是这样的！拜托您了！您就当作没看见吧！

那个女孩被带去收养所之后，我觉得她应该不会再回来了。那天，我突然想进去看看，就拉开大门进去了。不，我可没有那里的钥匙。那个大门的锁，几十年都没换过，很轻松地就能打开了。

不，不是的！我怎么可能有盗窃的前科呢……真的没有。

要是您觉得我是在撒谎的话，榊原先生，您以前是刑警吧？查查我就知道了啊。

进到院子里之后，就和榊原先生您说的一样。那辆山地车被放在屋外的走廊。车子是"奇比"牌的，这个牌子很高级，最便宜的款型也得要三万日元。那辆车看起来跟新的没什么两样，就这样把它闲置在那里实在是太可惜了，所以我就把它搬回去自己用了……

真是，我都讨厌我自己，您就饶了我吧。

上一次我送箱子过去的时候，室内堆放着很多还没开封的纸箱。这次来的时候，全都被拿走得干干净净了。不知道市政府的人是不是来收拾过，房子里面被收拾得很干净。

说实话，小的时候，我和管理别墅的老奶奶关系很好。社长一家不在的时候，她让我进去过好几次。所以，那房子里面的布局我清楚得很。

进到别墅内部，一个很大的西式会客室和一间书斋首先映入眼帘。除此之外，还有六间和式房间。往里走是厨房、洗澡间和卫生间。卫生间有两个。厨房里面，放着像是美国人才会用的那种特别大的冷柜和冰箱各一台。他们果然是很有钱啊。其他的房间里，也都放着很大的家具和电器。总之，那里面的物品是真多啊。

但是啊，宝石、银行卡还有重要的文件，应该是他们粗心大意了吧，看起来像是被谁拿走了一样。我拉开衣柜和桌子的抽屉的时候，里面都是空的。值钱的东西都不见了。

不是，榊原先生，我说的是真的！都说到这种地步了，我再撒谎还有什么意义呢。那些家具我就是想拿，我家里也没有地方放了啊。再说，那么多女人的衣服，我拿了也用不上。实在是没辙，我就只拿了衣柜里她儿子的那件皮夹克，然后就回去了……真是抱歉。

啊？您想看看那件衣服？好，那您稍等一下，我这就去取。

就是这件。这件衣服看起来做工和料子都挺好的，但是拿回来之后，我才发现自己根本穿不下，就一直扔在衣柜里了。要是您喜欢，哦不，有用的话，您就拿去吧。这样我也能心里敞亮一些。这件衣服，要买的话，应该很贵吧？

哇，这衣服的内侧居然还有口袋啊，还是带拉链的。啊，好像里面有什么东西！是个信封。里面是……什么嘛，就是一张卡片而已。

我最喜欢的哥哥：

祝你生日快乐！

　　由纪名

瞧，就是一张卡片而已，我本来还以为会是钞票呢。

您看，下面还画着个什么东西，虽然画得挺烂的吧。一个女孩用右手拉着弓，向着站在她左边的男孩衣服上的心形图案，射出了一支箭。这画的是什么啊，真恶心！还用平假名写着什么"岳母由纪名"……

这种东西，还一直放在口袋里。那小子，果然不是什么老实人啊。

嗯，我不介意的。这件衣服你拿走吧，作为对等的条件，你别叫警察过来就行。

那，自行车我就先收着了。你可要记清楚啊，这可是你答应我的。

但是啊，榊原先生，我多说一句。隔壁的他们家，好像是真的打算把所有东西都扔了。

事故发生后过了一段时间，不动产公司的人就过来了。那一伙儿人把屋子里的东西都搬了出来，然后就把房子给拆了。看来他们是想卖那块空地吧。比起一个老旧的房子，他们是觉得空地更能卖出好价钱吧？

　　我去问那些人他们打算怎么处理这些家具，他们告诉我说要全部扔了……早知道，我就多拿点了。

　　不过，如果事故那天夜里，骑自行车路过的人真的是她的儿子的话，这到底是怎么一回事啊？两个人都掉到了海里，结果只有他妈妈死了？还是……

　　我知道了。好了！管他是谁呢。

　　要不是我睡得稀里糊涂的，要不是我说自己看到了那一幕，我也不会被卷进这么麻烦的事情里。管他谁跟谁呢，都是跟我没关系的人。

　　我知道的我都说了啊，你别再来了！

　　拜托你了，榊原先生。

第四章

儿童公园之三

明明已经四月下旬了，天气却还是一直没有回暖。外面刮着风，说这是一个适合面谈的好天气也许不太合适。不过，总比下雨天要强。抬头一看，朵朵白云之上的蓝天一望无际。看来应该不会突然变天吧。

像上次一样，今天也是个工作日的下午，儿童公园里也没什么人。虽然公园里没有什么人气，但是草木却朝气蓬勃的，明显能感到它们快要春衣换夏装了。慢悠悠地在最里面的二人长椅上弯下腰，潮湿的青草香气被春风裹着，直扑鼻腔。

榊原对于观赏大自然之美并没有什么兴趣。他热衷的是人以及那个人所勾画出的犯罪曼陀罗＊。在一片混沌、峰谷交错的事实中，曼陀罗图案开始显现之时，榊原便会将全身的神经细胞调动起来，以最昂扬的精神姿态投入调查。现在，就是这个时候。

＊ 曼陀罗，梵语"Mandala"的音译，可以解释为"悟法的场所"或者"万德诸佛聚集之处"。文中此处的"曼陀罗"，可以理解为"本质"之意。即，榊原对犯罪行为的本质感兴趣。——译者注

离约好的时间还有一会。榊原把头仰靠在椅背上，闭上了眼睛。

和由纪名已经一个月没有联系了。花了这么久的时间，是因为向六名有关人员进行了调查取证。结果发现，又有必要开展新的调查。在意料之外的对象那里获得的新情报，也是调查延长的原因之一。

把判明的和没判明的事情全都逐一汇报，确实是获得委托人信任的秘诀。但是在自己得出最终结论之前，把不完整的情况报告给委托人的行为，可不是榊原的一贯做法。就像这次一样，榊原更多的是出于自身对此案的兴趣，才持续调查了这么久。

这么久没有联系过，由纪名倒也没有一句抱怨。她没有对榊原的行为产生过怀疑，还是和往常一样，这次也只是约好了时间在儿童公园见面而已。不过，她到现在一分钱也没付，没有抱怨和怀疑也算是理所当然的了。

虽然只是在电话里听到了由纪名的声音，榊原倒也不是一点儿异样都没有察觉到。说实话，由纪名今天真的会来吗？榊原其实是担心的。由纪名可不是头脑迟钝的人。睁开眼睛，榊原长舒了一口气。

还是和之前一样的打扮，由纪名出现在了儿童公园。

她不紧不慢地按自己的步速走着，厚棉毛衣配牛仔裤，手里提着一个纸袋子，看起来还是很质朴的打扮。走近之后，才感觉到她少女般的娇艳，榊原的眼睛瞪得大大的。

每次看到年轻的女孩，女儿的残影就会在榊原的脑中闪过，侦探

221

也是个很难的工作啊。虽然女儿已经没有在他的日常生活中出现了，但是女儿的样子也不可能从榊原的脑海中完全消失。

和女儿分别的时候，她才刚上二年级。女儿不可爱但也不丑，就算是爸爸，也没有觉得她有什么特别的地方。不过，这也正好说明了当爸爸的失职吧……作为父亲的最后一个眼神里，没有爱恨，也没有恐惧，只有冷漠和不关心。想起这些，榊原心里就有如针刺一般疼痛。

想想北川由纪名这个姑娘的命运，榊原也无法保证同样的事情就不会在自己的女儿身上发生。前妻自不必说，榊原相信她的新丈夫拥有生而为人的最低限度的常识。但是反过来说，除了相信，他也没有别的办法。

看见坐在长椅上的榊原，由纪名远远地点头示意了一下。但是，她没有像往常那样脚步飞快，而是每一步都很扎实，慢悠悠地朝着榊原走去。这是她按照自己的意思在生活的证明啊。榊原看着眼前的这个姑娘，更加深信了这个判断。

"和保险公司谈得怎么样了？"

在榊原身旁坐下的由纪名，没有打招呼便直奔主题了。

从她的声音里，榊原感觉不到丝毫的不安和恐惧。

"还没有和保险公司进行交涉。目前还没有走到那一步……或者说可能没有必要交涉了。正好，我也想和你谈谈这件事。"

榊原看到由纪名的表情有了些许的变化。

"说什么？"

榊原紧紧地盯着由纪名的眼睛。

要是在此时露出一丝胆怯的话，就会让对方看到可乘之机。不用摆出一副凶相，也不用故作蛮横，坚定且心平气和地去沟通，才是让对手最难应对的。

榊原缓缓地说出了口：

"以前真的发生过什么事吧？"

听了榊原的话，由纪名没有任何动摇的样子。

但是，她那一动不动盯着榊原看的瞳孔里，像是闪着暗红色的火光。在榊原继续说话之前，她看起来并不打算发言。

"和保险公司交涉的前提，是郁江和秀一郎在开车坠海事故中死亡的这一事实。但是，从我的调查结果来看，这个事实是有诸多疑点的。"

由纪名还是没有说话。

"实际上，在被推定的坠海事故发生的时间之后，有人目击了疑似秀一郎的男子的行踪。"

有一瞬间，由纪名的思考停止了。但是，她的瞳孔马上又充满了力量。

"那个像秀一郎的人，戴着帽子和墨镜，深夜骑着自行车向着北川家的方向去了。虽然没有看清长相，但是目击者说那人和平时出来遛狗的秀一郎的打扮非常相似。"

"只有这些吗？"

"对了。"

"即便目击者说的是真的，但是只凭借帽子和墨镜就说那个人是我哥哥，这未免也太牵强了吧？"

"嗯，这倒也是。不过，这肯定是要算作重要的目击者证言的。不管怎么说，那个人被目击地点正是离北川家很近的那条路。毕竟基本没有人会晚上骑自行车经过那个地方。"

"但是，如果那个人真的是我哥哥，他之后又去了哪里呢？我在家里没有看见哥哥回来，也没有听见任何动静。"

"要是你说谎了呢？那就要另当别论了吧。"

由纪名雪白的双颊泛出了淡淡红晕。

"你是说，我之前说谎了？"

"非常遗憾，我只能这样认为。"

"请告诉我你的理由。为什么我一定要说谎呢？"

榊原没有直接回答由纪名，他从包里掏出了放在文件夹里的一张纸，向着由纪名的方向递了出去。那是一张用画纸做的简陋的手工卡片。

最初还是一脸困惑的由纪名，在拿到文件夹的一瞬间，目光就紧紧锁住了它。

我最喜欢的哥哥：

祝你生日快乐！

　　由纪名

写得不那么工整的平假名，用三色蜡笔画成的幼稚的图案……

像丘比特一样，向着秀一郎的胸口射出恋爱之箭的，不是别人，正是由纪名。

由纪名好像是在探寻着遥远的记忆一样，屡屡把目光投向天空。

"想起来那张卡片了吗？它是在秀一郎的皮夹克的内兜里被发现的。不过我不能说我是怎么得到它的……"

"这确实是我给哥哥的卡片。小时候，我有一段时间特别热衷于制作卡片。没想到哥哥居然一直留着它。"

"但是，你之前说的，你和哥哥的关系没有那么亲近……难道秀一郎一次都没有进过你的心里吗？"

"是的。"

由纪名的声音里有了一丝的焦躁不安。

"但是，我们小时候有一起模仿过动画与漫画里面的人物。我并不讨厌我哥哥。榊原先生，你是不是怀疑我和哥哥共谋杀死了妈妈？"

"我没有这样想过。不过，有这样想法也并不奇怪。"

"你可真狡猾。"

"不，不是的。你这个假设先放在一边，我想说的是，让我看出由纪名和秀一郎关系不一般的，并不是只有那个卡片。秀一郎对由纪名抱有的并非仅仅是兄妹之间的亲情，而是让他觉得无所适从的爱情。我也找到了能证明他有这样的困惑的证人，从证人的人品来判断，他的证言可信度很高。

"从妈妈纠缠不休的魔爪中逃脱是防御的本能。出于对妹妹的挂念，他又再次现身的行为也是可以理解的。没能走出幼年时期阴影的由纪名，让他在内心深处产生了共鸣。把事件发生后的目击证言和生日卡片结合起来，能得出什么样的结论，你应该能想到。"

由纪名没有回话。

她低着头好像在想着什么。一定是在反复忖度榊原到底是敌人还是同伴吧。

由纪名终于把头抬了起来，直视着榊原。

"那天晚上，哥哥的确是骑自行车回来了。"

在寒冷的气氛里，回荡着由纪名的声音。

这次轮到榊原不说话了，他在等着由纪名接下来的发言。

像是想通了一样，由纪名开始继续说：

"榊原先生，你说得没错，我和哥哥是相爱的，我们的精神世界就像双胞胎一样。

"我从菱沼家回到北川家的时候，家里已经没有属于我的地方了。在菱沼家里住了一年多，理所当然的，我已经不是北川家的人了。控制着家里一切的是妈妈，哥哥对妈妈唯命是从，姐姐陶醉在自己的世界中。

"我之前说的姐姐就是我的'妈妈'、老师和朋友，这绝对不是骗人的。姐姐为了能让我以后顺利地走上社会，费尽了心力。没有姐姐，就没有我的现在。我也肯定还只是一个小学都没有毕业的人，谁也不会想到我会准备去考大学。

"但是，也不能说是姐姐走进了我的心里。这还是有些不同的。姐姐不管做什么都非常优秀，对于哥哥和我这样的差生的心情和境遇，是无法理解的吧。虽然她很担心我，但我知道这并不是爱。我想要爱我的人。

"哥哥没有支撑过我的精神世界，对不起……这是假的。事实上，正是哥哥撑起了我的内心。我之前一直故意贬低哥哥，是事出有因的。我想，如果榊原先生察觉出了我们之间的关系，一定会说是哥哥和我共谋，把妈妈杀害了的。"

由纪名暂时停了下来，她屏住呼吸，看着榊原的脸。

她认真的眼神，就像是要把榊原吃掉一样。

榊原没有回话，眼睛看着远方。

"哥哥和我都是妈妈的牺牲品，妈妈若无其事地把对于孩子来说最重要的东西践踏得体无完肤。没有姐姐的那些优点，我和哥哥互相认同了各自的缺点与弱点。我们两个人只要说说话，就能互相让心灵得到宽慰……到后来，聊天已经无法让我们满足了。我们之间的交流，最终发展到了身体上的接触。"

"那，是从什么时候开始，你们不再只是兄妹，变成了恋人？"

"成为真正意义上的恋人是后来的事情了。但是，我们在一起，是在哥哥上初中二年级，我十岁的时候。"

在那之前，哥哥连我的手也没有碰过。回到北川家后，因为分开生活了一段时间，即使是兄妹也变得有些生疏了。我知道哥哥和妈妈一起睡，但是因为从很久之前就已经是这样的了，我也就没觉得这有什么。当然，我也不知道哥哥其实对这件事情一直很苦恼。

"哥哥在上初二的第一学期的某天，家里出事了。"

像是感觉到榊原锐利的目光会把人弄疼一样，由纪名把自己的视线转向了下方。

"我之前也说过，哥哥有一个关系很好的朋友。他家住得离我们家很近，他跟哥哥也在同一个班。上了中学之后，他来我家玩过好几次。

"哥哥那个朋友来我家的时候，每次都是趁着我妈妈不在家。来了之后，他和哥哥就在客厅打游戏。不论是哥哥还是姐姐，妈妈都不允许他们带朋友来家里。当然，我也没和哥哥的朋友一起玩过，不过倒是在家里见过几次。他那个朋友看起来很老实，不像是那种喜欢恶作剧或者干坏事的人。

"但是，为什么只有那天，哥哥把朋友叫到了家里，而且故意向妈妈透露朋友进到了她的卧室呢？哥哥的卧室，也就是妈妈的卧室——宽敞的西式房间里有一张大大的双人床……妈妈告诉哥哥，不要让朋友再来家里。

"但是，那个朋友对于哥哥来说，好像是很重要的人。哥哥也很罕见地哭着抵抗了妈妈。我还是第一次看到哥哥那样坚决地贯彻自己的主张。平时很溺爱哥哥的妈妈，那次也没有让步，坚定地拒绝了哥哥。我在隔壁听得是一头雾水。

"说完，妈妈就出门买做晚饭用的材料去了。哥哥看上去很可怜，我想安慰他一下，就从房间出来，走到了厨房。当时我想的是给哥哥做一杯他最喜欢的冰可乐。

"在客厅里，我轻轻地把装着冰可乐的玻璃杯递到了哭泣着的哥哥的面前。哥哥看起来像是吓了一跳，缓过神之后，他接住了杯子，把杯子放在了桌上。一边哭着，一边默默地抱住了我。"

由纪名的眼里流下了泪水。

"那个时候仅仅是那样而已。但是，菱沼家的'爸爸妈妈'去世之后，只有哥哥爱我了。"

由纪名说到这里停了一下，抬头看榊原。

从云朵中露出的太阳，把她那双被泪水浸湿了的眼睛照得闪闪发光。

榊原没有开口说话。在不合时宜的地方不插嘴……这也是搜查的基本。

也许是感受到了无言的压力，由纪名调整好坐姿，重新面向正前方继续说话。

"关系更加密切是在哥哥上了高中之后……我那时十二岁。和中学时代不同，哥哥在高中没有交到朋友，他碰到的全是令人讨厌的事情，之后他就开始不去学校了，到最后就退学了。

"那时，哥哥在家里有时候会情绪暴躁，而且经常反抗妈妈。我想安慰那个样子的哥哥……可以当作是我诱惑了他，我不介意的。因为，我也不只是为了哥哥才想那么做的……

"被菱沼家的'爸爸'突然丢下，我都不知道该如何是好了。哥哥和'爸爸'不一样，他不会偷偷碰我，我是自愿的。

"那是一个姐姐和妈妈都不在家的午后。我确定哥哥已经起床之后，自己躺在床上喊他过来。哥哥自从待在家里之后，一直过着昼夜颠倒的生活，总是过了中午才起床。

"以为是有什么事，急忙来到我房间门口的哥哥头发乱蓬蓬的。他穿着睡衣，看起来是刚睡醒的样子。我躺在床上没有说话，一直盯着哥哥看。哥哥担心我是不是生病了，走到了我的床边。在他弯下腰的一瞬间，我紧紧地抱住了他。

"没有像往常一样穿着睡衣，我那天穿的是蓝色的吊带和内裤。毕竟还是个小孩子，在我所有的衣服里面，我自认为就是这一身的效果最好了。因为是妈妈给我买的，当然也没有任何花纹和设计，是最简单的儿童内衣……

"和我想的一样，哥哥的气息突然间变乱了。他把身体移了过来，虽然我感觉出了他还没有刷牙，不过我一点也不介意。我讨厌和'爸爸'

那样的关系，但我是真的想更亲近哥哥。

"那一刻我真的很幸福。其他人都从这个世界上消失就好了……这为什么不可以呢？"

"妈妈察觉到你们的关系了吗？"

榊原在这里插话问了一句。

"应该不会没有注意到。那个人把儿子看得比自己的命还重要。她虽然知道，不过平时也当作没看见的样子。如果直接训斥哥哥，反倒被哥哥讨厌了的话，她会非常害怕吧。最开始的时候，估计是她觉得反正我们也不会维持关系太久，就没太重视吧。对于妈妈来说，她觉得我根本不可能是她的对手。但是，她的内心肯定不是风平浪静的，所以她才会那么想杀了我。"

"你不担心要是有了怎么办吗？"

"这个，妈妈会担心的吧，我没有担心过。倒不如说，如果真的有了，我反倒会高兴的。不过我好像也没有过征兆……"

"那我接着你的话问一下，秀一郎和妈妈的关系，实际上是什么样子？你知道吗？"

由纪名看起来像是要暂时思考一会儿。

陈述人出现这种情况的时候，所说的内容有可能会变得不是那么明确，这是搜查的常识。有的人是真的需要时间，不过在大多数情况下，要么是陈述人在试探对方的反应，要么是陈述人想让对方认为其接下来的回答是经过认真思考的。

"如果是那方面的话，哥哥说他是没有做过的。我也是这么觉得的。

"那两个人，从哥哥还是个婴儿的时候，就睡在一起了。如果要和哥哥发生什么的话，妈妈应该会有充足的时间和机会吧。她明显是一个欲求不满的女人。包括死去的爸爸在内，她从来就没有被人爱过，所以，她才会更嫉妒我。"

"你的判断真是够冷静的。"

榊原低声说道。

这不是讽刺，是发自内心的佩服。年轻的少女，竟然可以如此冷静地观察她作为"妈妈的女儿"这一角色啊……

"我从没把妈妈当成是对手过。"

"但是，说是一点都没有也不可能的吧？"

由纪名又一次陷入了沉思。

她抬起头的时候，脸上略带着警惕。

"所以，你认为是我挑唆哥哥杀了妈妈的吗？"

"我没有那么说过，而且也从来没有那么想过。那我问你，亚矢名怎么样？她注意到你们之间的关系了吗？"

"当然知道了，我告诉她的。"

由纪名这次倒是回答得很爽快。

"这样啊……但是，不论是你还是亚矢名，都应该知道妈妈的性格吧。这也正是最让她讨厌的地方。说得更明白一些，你有没有想过家里可能会发生杀伤事件？"

"当然，不警惕是不可能的。但是，在姐姐坠楼之前，我是真的没想过妈妈居然会想杀了我这个女儿，姐姐也一定是这样想的。姐姐打工和社团活动都很忙，放假的时候也基本上每天都外出，她没有闲工夫管家里的事情。"

"关于亚矢名坠楼事件，你有没有想过她会是自杀？"

"我觉得不可能是自杀。"

"为什么你能这么肯定？"

"因为，姐姐她没有要去死的理由啊……临近大学开学，再过几天她就要搬去学生公寓了。在那个时间节点，她为什么必须去自杀呢？"

"外在的一切看起来很顺利，但是只有她本人知道自己的心里是怎么想的吧。比如说，亚矢名难道没有男朋友或者暧昧的对象吗？"

"嗯，姐姐在家里从没对我说过她自己的事情……莫非，榊原先生通过调查，发现了我姐姐有自杀的可能性？"

由纪名的语气，不知道从何时开始，变得不是那么自信了。

她凝视着榊原，目光好像是在迫切地想要寻找什么。榊原的表情没有任何变化。不回答没有必要回答的问题，这也是榊原搜查的一个基本原则。保持沉默，一动不动，等待敌人撑不住了的那一刻。

深呼了一口气，像是做好了准备一样，由纪名淡淡地说：

"榊原先生真是什么都知道呢。比我知道的多太多了……既然这样了，为什么还要特地再让我讲一遍呢？

"姐姐在外面是怎样生活的，哥哥和我真的是一点都不知道。站在姐姐的立场上来看，她平时在家里跟我们说话，也是迫不得已的事情吧。所以，就算姐姐真的是自杀，她为什么要自杀，我是真的没有任何头绪。我能说的只有一点，不管是自杀还是事故，姐姐都是用她的死保护了我。

"从住习惯了的港区高级公寓搬到足立区的老旧公寓，妈妈的目的只有一个，那就是她想让我从阳台上掉下去摔死。这一点是毋庸置疑的。我们兄妹三人虽然不知道具体会发生什么，但是大家都有不祥的预感而且感到了恐惧。

"妈妈在阳台护栏扶手上动的手脚，我不知道姐姐是如何识破的。可能是偶然间目击到了妈妈的行动，也可能是远远望着阳台的时候发现了异常。还是说，那个女人又想拉着姐姐做她的共犯？

"那天晚上，姐姐在客厅喝酒来着。喝醉之后，她一人去了阳台。就像之前我告诉你的那样。

"但是，我没有跟你说过的是，姐姐在就要到阳台的时候对哥哥说的话。哥哥那个时候也在客厅。姐姐好像是一边拉开阳台的推拉门，一边对哥哥说'哥哥，由纪名，就拜托你了'……

"哥哥好像没有明白她的意思。当巨大的响声传到客厅时，哥哥跑到阳台坏了的扶手那里，才看到姐姐躺在了楼下的水泥地上。不过，他当时还是没有懂那句话的意思。

"哥哥注意到妈妈的企图，是因为事故发生之后她的表情非常不自然。妈妈到阳台之后，也是先去看躺在楼下的姐姐，她貌似顾不上检查扶手的破损状况了。妈妈也真是傻，在那一瞬间，儿子的心就已经完全离她而去了。她应该有这个自知之明吧。

"故意掉进她设计好的陷阱给她看。我认为姐姐是在用自己的沉默抗议妈妈。姐姐把我托付给哥哥，想让哥哥能从妈妈手中把我保护好。"

豆大的泪珠从由纪名的眼眶里掉了下来。

榊原是个男人，对于女人的眼泪，他也想尽可能地敬而远之。没有什么工作比和哭泣的女人谈话更让人觉得麻烦的了。

"我知道了……那先不说这个了，差不多该回到正题了。坠海事故的那晚到底发生了什么，都原原本本地告诉我吧。"

榊原爽快地说道。

"姐姐死后，哥哥和我当然也对妈妈有所警惕了。妈妈要从东京搬到乡下去住，我们就知道她应该是又有什么阴谋了。但是，我们猜不到那会以什么样的形式出现。

"也许是因为姐姐的死让她拿到了一大笔钱，或者是怕连续引起事故容易被人怀疑，妈妈暂时没有行动。虽然也不能说得上可以安心，但是我和哥哥也没有别的办法。"

"妈妈和秀一郎是每天晚上都开车出去兜风吗？她的目的是什么？"

"我之前也说过，为了能让哥哥慢慢适应社会，妈妈在对他进行训练。这件事是真的。比如让他每天出门遛狗，每晚开车陪他去营业到深夜的店里吃东西。就像榊原先生你之前指出的那样，在没什么人的地方，妈妈偷偷让他开车来着……这些都像是妈妈会让哥哥干的事情。实际上，哥哥从那时开始，就发生变化了……

"搬家之后大概过了五个月，一转眼就到九月了。哥哥对妈妈的行动产生了怀疑。"

有可能是学校放学了吧，四五个小孩子叫嚷着跑进了儿童公园。看起来像是低年级的小学生，并没有父母跟着他们。也许是看到公园里侧的长椅上坐着平时没见过的大人，在一瞬间，他们的脸上露出了怯色，但又马上喧闹着跑向对面的游乐设施去了。

他们看起来对这边的会话丝毫没有兴趣。不过这也是理所当然的吧。周围有杂音反而更容易谈话，榊原在心里想着。

"具体是什么样子的呢？"

"妈妈太过执着于想去'看海'了。那里明明没有沙滩，只有栈桥和码头……实际去了之后，她也并非是眺望大海，而是一直在四周巡视，像是在检查着什么一样。哥哥感觉出了她的行为有些奇怪。起决定性作用的，是妈妈在无意间说出的'哪天把由纪名也带过来'。哥哥的脑中突然闪现，妈妈可能是要用伪装事故的方法杀掉我。

"我不会游泳，她先是让我坐到车的后座，再让车掉到海里，想要救我却也无能为力。这样一来，保险公司也就无法反驳了吧？这种事故也是保险条款的一个盲点吧。仔细想想，如果一分钱也拿不到的话，妈妈应该不会去杀人的吧。"

"秀一郎为什么没有直接质问妈妈呢？就算他问不出口，至少也可以拒绝在晚上坐车出去兜风的吧。"

"要是能那么做的话，他就不是我哥哥了……

"和我不一样，哥哥并没有对妈妈恨之入骨。他从小被妈妈溺爱，已经习惯依附于妈妈了。爱上我之后，他对妈妈的依赖并没有发生变化……

"哥哥自出生之后第一次背叛妈妈的行为，并不是他自己下的决断。是姐姐最后留下的那句话，支撑起了他些许的勇气。"

"亚矢名在去世之前，对哥哥留下了'以后由纪名就拜托你了'这句话，是吗？"

"是的。在那之后，哥哥一如既往地沉默着，假装顺从着妈妈。但事实上，他是为了能近距离观察妈妈的举动。哥哥平时经常上网，包括驾车坠海的事例和涨潮退潮的时间在内，他都事先调查清楚了。

"在他做这些准备的过程中，那条叫戈恩的狗去世了。戈恩的死，也许成了哥哥摆脱内心困境的契机吧。妈妈说那不过就是一条狗而已，没有带它去看医生。和戈恩每天出去散步，是哥哥为数不多的几个乐趣之一。没有了散步的动力之后，哥哥让妈妈给他买了山地自行车。"

"秀一郎以前骑过自行车吗?"

"以前我们住在新宿区的时候,哥哥就很喜欢骑儿童自行车,妈妈也没反对他骑。不过,哥哥让妈妈给他买自行车,其实是有别的目的。那天晚上出去兜风之前,哥哥说想沿着海岸线骑车,就把山地自行车也一并装进了小货车里。

"他们大约是在晚上十点出门的。到了海边之后,哥哥开始骑车。他一直骑到看不见人影的地方才停了下来。晚上十一点左右,妈妈让他去买些甜甜圈和咖啡回来。妈妈特别喜欢甜甜圈和甜咖啡。后来,二人坐在海滩边吃甜甜圈。殊不知,哥哥在给咖啡里放砂糖和奶球的时候,偷偷地往妈妈的那杯里加了安眠药。"

"秀一郎是从哪里弄来安眠药的?"

"妈妈一直把安眠药备在家里,还是药效特别强的那种。她时不时会让哥哥也喝一些,因为哥哥平时的睡眠质量不是很好……

"哥哥确定妈妈已经有些迷糊了,让她坐在了副驾驶的位子上,把车开去了西沼井港的码头。那里是伪造事故案发现场的最佳地点。在确认周围都没有人之后,哥哥把自行车和妈妈从货车上放下来,给自己穿上了救生衣。"

"那件救生衣是怎么回事?"

"哥哥早些日子骑车出去的时候,偷偷在海边的商店买了救生衣,然后给藏起来了。哥哥完全不会游泳。

238

"哥哥先是把妈妈从码头扔进了大海，之后回到驾驶席上，一脚油门踩了下去。"

由纪名停了下来，长舒了一口气。

她的表情非常痛苦，像是想起了妈妈的溺死现场一样。榊原假装没看到，目视前方。

"哥哥事先调查过，他知道汽车掉进海里之后不会马上就沉底。哥哥是偏瘦的身材，他在把车开进海里之前，先打开了两侧的车窗。从车窗逃出之后，他手脚并用地游到了岸上。"

"妈妈被扔进海里，在一般情况下，她应该会被淹死，然后，尸体会浮在海面上的吧。不会游泳的秀一郎得救了，会游泳的妈妈反而被溺死。关于这一点，你有什么要补充说明的吗？"

"妈妈是很擅长游泳。这是事实没有错。想要去救不会游泳的儿子，在一片漆黑的大海里苦苦挣扎的妈妈，用尽最后的力气把儿子推上了岸，自己却身沉大海。这种说法听起来也是很合理的吧？"

"那我问你，你妈妈的遗体没有被打捞上来，这是不是你们之前没有想到的？还是说，你们连涨潮退潮的时间都计算好了，知道尸体什么时候会被冲到哪里？"

"是的，哥哥提前确认了那晚的潮汐预报表。那个地方潮流的速度非常快，之前就有过在那里淹死的人，后来是在很远的地方才被发现的。但是……"

由纪名说到这里停了下来，直直地盯着榊原。

她认真的眼神仿佛在说，从这里开始才是关键。

"关于哥哥的事，本来是没有必要对外人讲的。哥哥上岸后骑自行车回到家里，是为了见我，他有话要跟我说。早上警察来了之后，我应该怎么跟他们说明，之后又该怎么做才好。哥哥把这些全都仔细地告诉给了我。

"从一开始，哥哥就做好了自己也要消失的准备。杀了妈妈之后只剩自己苟活，他从来都没有这样想过。"

大颗的泪珠掉了下来。

由纪名放在膝盖上的嫩白的双手，在不知不觉中已被泪水浸湿。

没有擦泪水的动作，由纪名继续开始说。

"只是杀死妈妈的话，或者只是想和妈妈一起自杀的话，还有其他很多种方法。完全没有必要做得那么麻烦。为了从妈妈手里把我保护好，为了让我用保险赔偿金过上好的生活，哥哥才制造了那起事故。"

由纪名低沉的声音，在寂静的公园回荡。

不知道从什么时候开始，孩子们的喧闹声消失了。公园很小，游乐设施的数量也有限。而且，那些设施一看就像是给学龄前的小朋友玩的，小学生估计很快就玩腻了。

"秀一郎现在在哪里？"

由纪名的眼睛突然间亮了一下。

"我不知道，他没有告诉我他去哪里了。估计……他有可能已经死了吧。

"我说过想和他一起走。无论他去到哪里，我都跟着他……要是一起去死的话，至少哥哥在身边，我也会觉得不那么害怕。

"但是，哥哥没有带上我。他对哭喊着的我说：'你知道我这么做到底是为了什么吗？要是带上你走了的话，亚矢名又为了什么要送死呢？我真的搞不懂了，亚矢名，亚矢名可是为了保护你，才放弃了她自己的生命啊！'"

听到了由纪名的呜咽声，榊原把双臂紧紧抱在胸前。

过了一阵，由纪名哭完之后，又断断续续地开始讲了：

"都已经说了这些，我再奢求保险金的话，肯定会被认为是个很过分的家伙吧。要是拿了保险金，我也就变成犯罪者了吧？

"但是，如果我不再努力一下的话，哥哥那样做又是为了什么呢？他的努力会变得没有任何意义了吧……浪费哥哥的一片心意，我做不到。我到底该如何是好？还是说，我应该放弃保险金？"

现场陷入了长时间的沉默。

由纪名的眼泪干了，她平静的目光里透露出坚定的决心。她把结论告诉给榊原的同时，也确信了眼前这位从警察变为侦探的人，是她的同伴。

说起榊原，他一直低着头没有动，不像是有什么困惑的样子。搜集到的资料已经有机地结合在了一起，构成了一个坚固而又完整的框架。之后就要看从哪里可以将这个框架瓦解，如何把想要的东西带走了。

榊原的身子没有动，但是头脑却在飞快地运转着。

"干得漂亮。"

令人不安的长时间沉默终于被打破了。榊原小声说道。

"啊？"由纪名轻声感叹。

由纪名的表情好像在说，"搞不懂你是什么意思"。与她天真的面容相反，由纪名压低了的声音里，表现着她的疑惑与不安。

榊原缓缓地抬起了头。

"实在是干得漂亮。你的聪明，真的让我都有些害怕了。不管情况如何变化，你都能瞬间反应过来。

"不过，可不能骗我啊。我的犯罪拼图，虽然还有一些细节没有完成，但是最正中的那张鬼畜的面容，已经浮出水面了。那是谁的脸，你知道吗？北川由纪名……不。"

由纪名的嘴唇微动，但是没有出声。

隐藏自己内心的动摇，高傲地看着对方。那种眼神，是不论发生了什么，都会坦然面对绝不害怕的人才有的。

榊原平静地叫了一声：

"亚矢名小姐！

"你左手中指的笔茧，早就已经暴露了你的身份。上一次，我在这个长椅坐着的时候，看到你用左手抚摸着卧在膝盖上的猫。你是喜欢猫的，对吧？那只猫被你抱着，看起来像是很安心的样子。不知道今天那只猫有没有来？"

　　"它不会再来公园了。我从两周前开始就没再见过它了，我也不知道是为什么。"

　　总觉得"由纪名"的声调变得有些低沉了，但是表情没有任何变化。

　　是听错了有人在喊"亚矢名"，还是觉得榊原叫错了，还是真的什么都没有注意到……

　　猫有把吃的食物和毛球一起吐出来的习性。自始至终，它都在用像刷子一样的舌头来回舔自己的身体，把许多毛球也吃进了肚子里。特别是从冬季到夏季的时节，为了长出夏天的毛，它要脱掉很多旧毛才行。因此，吐出毛球的次数也就变多了。

　　那只猫也是。在吐毛球的时期，有很大的可能性，主人会发现它在外面吃了别人给的食物。榊原是这么想的，但是没有说出来。

　　"由纪名也很喜欢猫。她以前捡过刚生下来的小猫，非常疼爱它。被妈妈郁江扔掉之前，她在火灾之后好像也是一直把小咪抱在怀里。

　　"但是，你和由纪名，仅仅是对猫就有着体质上的差异。你可以随便抱猫，但是如果由纪名也做同样的动作的话，她会眼睛变红、流眼泪、流鼻涕、打喷嚏、咳嗽个不停。

　　"我向郁江的姑姑，也就是菱沼美惠子的姐姐——相泽喜代子打听过。根据喜代子的交代，菱沼家发生火灾的当晚，由纪名抱着小猫站在路边，远远地望着自家被烧着的房子。她的眼睛红了，鼻子也在抽泣。还不只是这样。火灾之后，抱着小咪不撒手的由纪名，流着鼻涕，还时不时地打喷嚏。

"也就是说，由纪名难道不是应该对猫过敏才对吗？"

"由纪名"的表情开始不自然了。

但是，她没有说话。

"说实话，不只是由纪名，我发现郁江也对猫过敏。郁江看到由纪名抱着小咪，说了一句'你不可能养猫的'。与其说知道由纪名和自己一样对猫过敏，不如说，郁江是知道她和由纪名都是动物过敏的体质吧。难道不是这样的吗？

"反对秀一郎养狗，也不只是因为住在高层公寓吧？我和秀一郎的同学——星拓真聊过。秀一郎明明非常喜欢狗，但是妈妈却回他说'不能养狗'。但是，能养宠物的公寓也并非没有吧。若不是过敏的原因，郁江对秀一郎那么溺爱，她完全可以通过搬家的行为来满足秀一郎养狗的愿望吧？

"不仅仅是秀一郎的事情，星同学也告诉我了一件关于郁江的趣事。郁江有次去到了星同学的家里。那个时候站在门口的郁江，鼻子发红，眼睛也充血了。因为，星同学的家里养了一条狗。

"顺便说一句，位于足立区的发生坠楼事故的那间公寓，之前的租户是一个没有公德的人。他在室内养了三条狗，屋子里满是恶臭味。房东不想把钱花在这间老旧公寓上，北川一家搬进去的时候，房东也只是把日式推拉门的一部分给更换了。不论是地板还是榻榻米的上面，家里所到之处几乎满是狗的毛和皮屑，还有大量的唾液。

"但是，事故发生后过了几天，潮南警察局的一位刑警去了北川家的那间公寓。那位刑警的证言指出，他看到郁江鼻子通红，时不时抽泣。还说，之前郁江去警察局找他们的时候都没有哭。这又意味着什么呢？

"从这些事实可以推断出，郁江是相当严重的动物过敏体质。如果是这样的话，我接下来的疑问也就不算什么了。

"搬到沼井崎市之后的郁江，为什么会心平气和地允许秀一郎养狗了呢？我面前的由纪名为什么又能若无其事地抱着小猫呢？"

"看来您是一口咬定了呢。"

"由纪名"终于开口了。

看起来像是缓过神了，她的嘴角隐约露出一丝微笑。

"榊原先生是不是想得太多了？妈妈和我，在悲伤的时候当然会流泪，感冒的时候同样也会。"

"正如你所说的。但是，惯用手的问题你又要做何解释呢？"

"你左手中指的笔茧……就是你热爱学习的证据。但是，同时也有证据证明你是左撇子。我问你一句，郁江的惯用手是左手还是右手？"

"由纪名"嘴角的微笑，突然消失不见了。

她还是高傲地看着榊原，什么也没有回答。

"郁江的惯用手是右手，这应该不会错的。为什么我这么肯定？因为这是你亲口告诉我的。

"在郁江杀害丈夫秀彦的那个晚上，秀彦在诊室的床上睡着了。你说过，郁江是给秀彦的胳膊注射药品杀死他的吧？郁江那时的动作，你还记得你是怎么对我说的吗？

"给注射器加满药物之后，'妈妈缓缓地跪在父亲的旁边，用自己的左臂撑住父亲的左手，平静地向父亲的静脉注射了药物'……你可是这样告诉我的。

"郁江是一名护士，注射的时候肯定用的是惯用手吧。根据你的描述，郁江必然是用右手握住了注射器。也就是说，郁江的惯用手明显是右手。"

"是右手，有什么问题吗？"

"这件事本身没有任何问题，普通得不能再普通了。但是，在沼井崎市生活的那位郁江女士，实际上应该是左撇子吧？这可就不能说是没有问题了。"

"由纪名"皱了一下眉。

榊原在说些什么，她应该不知道吧。

"你还是不明白吗？住在那个房子隔壁的，是多田野家的母子二人。虽说是母子，儿子多田野其实已经五十多岁了，他是一名公司职员，和母亲两个人共同生活。北川家搬去的时候，没有跟他们打招呼。所以作为邻居，他们对北川家也没有什么好的印象。

"那个多田野先生，给北川家送过一次包裹。邮递员联系不上北川家的人，就让隔壁的多田野先生帮忙转交包裹了。把纸箱从大门送到房门口的时候，多田野的衣服袖子被院子里的灌木丛挂住了。郁江后来把厨房剪刀递给了他，但是，郁江递给他的那把剪刀，多田野根本就用不了，连手指头都塞不进去。

"厨房用剪，当然是用来剪断骨头的。和普通的剪子相比，它既结实又锋利。但是为什么那把剪子不好用呢？因为它的形状很特殊。也就是说，那是一把左撇子专用的剪刀。

"道具类的物品，基本上都是按照惯用手是右手为标准制成的。就算是把右手用的剪子翻过来，左手也是用不了的。如果是剪纸的话，当然，怎么用都可以。但是，想要用力把硬东西剪断的时候，果然还是必须用适合惯用手的工具才行，否则根本发不上力。

"有的剪刀是下面两个孔的大小相同，有的则是放拇指的孔稍小另一个孔稍大。多田野的左衣服袖子被挂在了树枝上，当然他要用右手握持剪刀了。多田野右手的手指无法顺利塞进那把剪刀的指孔，觉得非常难用，原因只有一个——那把剪刀是给左撇子专用的，而且它两个指孔不一样大。

"总而言之，多田野见到的'北川郁江'是一个左撇子。但是，从先前的推断又能判断出来，北川郁江的惯用手是右手。如果是这样的话，就只有一种可能了——多田野见到的那名女性，并非是北川郁江。"

"由纪名"不说话，只是瞪着榊原。

没有理会对面的视线，榊原继续说：

"那，由纪名是怎样的呢？由纪名是左撇子，还是右撇子……郁江的话，还能去问她的亲戚或者护士学校的同学。但是，至于由纪名，则实在是没有什么可信度高的证言来源了。说实话，在今天见到你之前，我对此还是感到很担忧的。

"但是，你今天可是犯了一个不大不小的错误呢。刚才的那个生日贺卡……从秀一郎的皮夹克内兜里找到的——由纪名手绘的生日贺卡，被你当作是自己画的了。这个错误有多么致命，你现在明白了吗？

"那张生日贺卡上，画的是由纪名和秀一郎。由纪名右手拉着弓，向着秀一郎胸前的爱心标志射了一支箭。那是由纪名自己画的画。毫无疑问，由纪名的惯用手是右手。

"你好像对那张卡片一点印象都没有，直接说它是别人伪造的。不过，要证明那幅画真的是由纪名画的也很难。但是，你突然看到那张卡片的时候，内心动摇了。在慌张之余，你当场就承认了那张卡片是真品……还不只是这样，你迫不得已马上改变了自己的套路，承认了由纪名和秀一郎的恋爱关系。

"当然，你后来的临机应变做得非常棒，值得称赞。但是，托你的福，我也得以确认坐在我面前的这位女性，并非是真正的由纪名。"

"由纪名"的眼睛里第一次透露出了恐惧。

"我已经去委托鉴定那张生日卡片上的由纪名的指纹了。你之前给我的信用卡流水证明、木岛医生的借用证，我都拿去做指纹鉴定了。

我按照自己的做法进行调查，在上次见面的时候也获得了你的同意。根据鉴定的结果可以判断出，你从来没有碰过那张生日贺卡。很明显，你不是真正的由纪名。你已经逃不掉了。

"那么，接下来的问题就是，我面前的这位女性，既然我已经确定了她不是由纪名，那我又是凭什么说她就是北川亚矢名呢……是的，我要回答的，正是你通过眼神想要表达的内容。

"不过，关于这个事情，我们还是留到后面再慢慢说吧。"

再一次明确地指出"亚矢名"这三个字，对方没有否认。但是，她也没有想要肯定的意思。挑战和憎恶的意图混杂在了她的表情里，但是她的身子却一动不动。

和像石头一般沉默不语的人比拼耐心，榊原可是比不赢的。所以说，他不适合当刑警……榊原自己在心里苦笑。

不再像刑警那样被目的和法律所束缚，他希望的是按照自己的所想去行动。

"我暂且先把你当作是亚矢名，继续往下讲。

"假借由纪名身份的女性，如果真的是很久之前就已经坠楼而死的亚矢名的话，那么，坠楼的那个人就不是亚矢名，而应该是由纪名才对吧？既不是由纪名也不是亚矢名，另有其人的可能性也并非为零，但是，刑警的证言中提到，死去的女性和你的长相很相似，加之后来不管是在哪里都没有见到过由纪名，那么，亚矢名还活着的可能性可就不能说是没有了。

"从法医的验尸结果来看，坠楼的女性是喝醉的状态没错。但是，她具体是在怎样的状态下坠落的，却并没有被写明。但是，从事后家族全员撒谎这一点来看，能清楚地判明这并不是一起单纯的事故。

"包括母亲在内的家族三人提前统一好了口径，咬定死了的那个人就是大女儿亚矢名，这样一来，警察也就没有怀疑的余地了。而且，在那个老旧公寓里，本来就没有人知道亚矢名的长相。

"但是，这就会新产生另外一个疑问了。不把死掉的那个人说成是由纪名而是亚矢名，这样做到底对谁有好处呢？

"郁江以坠楼事件为借口，威胁房东老太太，要到了一亿多日元的高额赔偿金。如果死了的是连小学都没毕业，整天待在家里无所事事的由纪名的话，肯定不会要到这么多钱的。而且，由纪名和受妈妈溺爱的哥哥，既是兄妹又是恋人关系。光是这一点，就足以成为郁江的杀人动机了。

"那么，秀一郎又是怎么想的呢？秀一郎爱由纪名，他当然不会主动想参与杀害由纪名的计划。但是，作为人来说，秀一郎有一个致命的缺陷——性格软弱。

"我向去北川家里调查坠楼事故的刑警问过。在询问秀一郎的时候，他妈妈一直紧紧跟在旁边说东说西的。而且，秀一郎的说话方式，就像是在背台词一样。对于有着恋母癖的秀一郎来说，反抗母亲从而向警察告发的行为，他是做不到的。

"到这里都还好。但是，被说成是死了的亚矢名，她本人的立场又是什么样的呢？关于这一点，想要最快得到答案，当然得向她本人询问了。不过，她看上去并不像是会配合的人。我的想法是，这个事件如果没有亚矢名的积极参加，一定是无法成立的。此外，放弃读大学的机会，舍弃自己先前所有的生活，以自己妹妹的名义活着。——这对于亚矢名来说，也是有极其迫切的理由的。

"也就是说，亚矢名并不是单纯地帮了郁江。不如说，亚矢名才是真正的主谋者。"

"由纪名"还是没有说话。

但是，榊原没有看漏，她的表情里透露出些许正在萌发着的好奇心。交流并不一定非得用语言，这是前辈刑警教给榊原的，虽然他在年轻的时候只是用脑子记住了这句话……

"看起来不能让你立刻表示赞同，那这个话题就放在后面再说吧。想让会话变得有趣，时机也是非常重要的。

"那么，我们把话题重新移回郁江好了。郁江是在什么时候，用了什么方法，把惯用手是左手而且对动物不过敏的女性换了过来？她在那之后又怎么样了？这可真的是非常有趣呢。

"根据我的调查结果，至少在北川家搬到沼井崎市的别墅的那天，郁江是在场的。我的理由是，住在隔壁的多田野远远地望见了北川家搬家的过程。他很确定，开着白色小货车来的是母子三人。不过距离有些远，他没有看清楚每个人的长相。

"多田野家里养了一条柴犬。那天晚上深夜，柴犬一直在院子里叫。北川家里那时还没有狗。多田野觉得有些可疑，就去外面看了一下。他发现，隔壁的北川家还亮着灯，不过并没有察觉有什么异样。

"那只叫戈恩的德国牧羊犬，是在过了两三天之后，才来到北川家里的。喜欢狗的多田野，想趁机去和郁江搭话，不过，郁江的态度好像不是很友好。但是，值得注意的是，多田野说'郁江戴着眼镜，离近了看，发现她好像又很年轻'的表述。

"让一位年近六旬的单身男性准确地判断出化浓妆的女人的年龄，还是不要期待的好。他的这种证言，也当不了决定性的证据。不过，这之后的事情，能判断出他所见的这位女性是个左撇子。而且，从她能够平静地站在狗的旁边这一点来看，恐怕，认为这位女性不是郁江的想法，会更妥当一些吧。

"搬家之后，郁江和由纪名从来没有同时出现过。由纪名是'家里蹲'，不出家门也是理所当然的。不过，如果那个由纪名其实是身心健康的亚矢名的话，就要另当别论了。在大半年的时间里，她能够一直待在家里不出门吗？而且亚矢名是会开车的。那么，每晚开车外出的其实是亚矢名吧。这种想法，会不会显得更加自然呢？

"至于秀一郎，实际上在搬家之后，没有关于他和谁曾一起外出的目击情报。确实，据多田野交代，所谓的晚上开车出去兜风的时候，他曾在远处看到坐在副驾驶上的那个人戴着帽子和口罩。但是，那种伪装手法，只需要找个人形玩偶，稍微打扮一下也就可以蒙混过关了。

"有证言说，秀一郎每次都是天快黑了才出来遛狗，而且总是把帽子压得很低，还戴着太阳眼镜。即使从他的身边经过，也看不到他的脸。之前那位刑警告诉过我，作为男性来说，秀一郎的身材并不高大。坠海事故当晚，开车的那个人难道不可能是变了装的亚矢名吗？

"所以，我的结论是，在搬家到沼井崎市的那天晚上，郁江和秀一郎，其实就都已经消失了吧。那之后，你——也就是亚矢名，一个人扮演郁江、秀一郎、由纪名三个角色。如果以此为前提再回过头来看坠海事故的话，一切就都能说通了。

"你等到过了晚上十点，把之前买的山地自行车放进白色小货车之后，开始了一个人的驾车兜风。毕竟，由纪名可不会开车，也就不会被人怀疑是凶手。为了让郁江和秀一郎堂堂正正地消失，你想出来的这个方法的确很绝妙。

"深夜十一点之后，你假扮成郁江，去了西沼井港附近的甜甜圈店，外带了一盒十个的甜甜圈和两人份的热咖啡。你把里面的三个甜甜圈吃了或者是扔了，把小票塞进甜甜圈的盒子，再把盒子放到了车里……你用的这个手法，在伪造了郁江和秀一郎的在场证明的同时，又让郁江不可能死于自杀的这一假设有了证据。

"到了西沼井港之后，确认好周围没有人，你把自行车从车上取了下来。那之后，你就是一脚油门踩下去，把车从码头开进了海里。当然，你也是事先调查好了潮流的速度与走向，选好了日子，让潮流把尸体带向大海。这样一来，那两个人的下落不明，也不会看起来有任何的不自然。对于自小就学游泳的亚矢名来说，从掉进大海的车里逃脱再游上岸，应该不会很难吧。

"你唯一没有想到的可能就是骑车回来的样子被多田野看到了。但是，天那么黑了，只要戴好墨镜和帽子，万一被发现了，也会被当作是秀一郎的。你应该也是这么想的吧。

"刚才，我说出从多田野那里听来的目击情报的时候，你立刻就把自己谈话的轨道给修正了。从这一点上来说，你确实干得漂亮。突然把秀一郎说成是犯人，暗示他的'自杀'行为是合乎情理的。还不只是这样，如果不把哥哥的动机说成是出于对由纪名的爱的话，如果伪装事故的说法站不住脚的话，那么，这一连串事件的矛头，就会直指我的指证亚矢名了吧？

"如果没有刚才的试探，只要我问你什么，你都坚持说不知道的话，在拿到值得庆祝的一亿日元保险赔偿金之后，你就可以和之前预想的一样，奇迹般地重新回归社会了吧？"

亚矢名的眼睛，睁得像铜铃一般。

"问题是，搬家当晚消失了的郁江和秀一郎，在他们的身上到底发生了什么？很遗憾，因为得不到你的协力，所以我只好继续讲我的假设。

"说得直接一些，关键词是'狗'，搬家当晚隔壁家里叫个不停的柴犬，以及两三天后突然出现在北川家里的德国牧羊犬……还有锋利结实的厨房用剪，以及那个特大尺寸的像是美国家庭才会用的大冷柜。北川家的厨房里，也有一个特别大的冰箱。把以上所说的联系起来，要用这些东西来做什么？我想不论是谁，都会多少嗅到些答案的味道吧。"

"郁江也好，秀一郎也好，他们根本就没想到，亚矢名居然会想要了他们的命。是趁他们不注意的时候用钝器击倒了他们，还是在他们吃的食物里放入了安眠药之后，趁他们睡着的时候下手的？这个我虽然不知道明确的答案，但是恐怕是后者吧。

"如果被周围的人看到家族三人，各自的长相被知道的话，之后的行动就会变得很麻烦了。所以，必须要在当晚就立即行动。只能成功，不能失败。

"狗的嗅觉比人灵敏上百万倍。多田野家里的柴犬在晚上叫个不停，是因为闻到了很浓的血腥味吧。如果他那时到北川家里看看的话，展现在他面前的，应该就只有血肉模糊的凄惨景象。这简直，就是你所说的'鬼畜之家'。

"置备大型冰柜和冰箱的真正的理由，并不是为了储存大量的冷冻食品，而是为了冷冻保存大量的带骨头的肉。为了能安全地处理掉那些肉和骨头，大型犬的存在就显得很有必要了。

"对于那只德国牧羊犬来说，要它把两个人的骨头和肉都吃完，需要花相当长的时间……"

"没有证据的凭空猜测，有意义吗？"

已经很久没有听到她的反驳了。

对于这个女孩，我已完全不觉得她有任何不谙世事的青涩感了。

"我已经不是刑警了。揭发犯罪不是我的工作。"

"与之相对的，没有证据的空想是我的自由；不受法律约束的制裁手段，也是我的自由。"

"你是在威胁我吗？"

"不是，我没有兴趣威胁小姑娘。只是，我想知道真相。在知道真相之后，我会生气。仅此而已。

"对于我来说，像是'不管是有什么理由，杀人行为都不能被正当化'这种烦人的说教，我是绝对不想说的。特别是发生在家庭内部的杀人事件，杀人者和被害者都有各自的理由。所以，只要不连累其他人，仅仅是家庭成员之间的爱恨相杀的话，即使认识到了这是犯罪行为，我也不一定会去告发。

"比如说，你先是弑母杀兄，而后……"

"那，如果我承认了你说的都对，榊原先生，你是不是就满足了？"

榊原从长椅上站了起来。

就像是亚矢名身上的邪气涌到了他的身上一样，榊原用手拨着围绕在他四周的空气。

榊原把两只手绕到脖子后面，慢慢向正前方微微低头。亚矢名则把头仰起，直视着榊原的脸。亚矢名的双眸显得异常晃眼。

不想输给那个眼神，榊原的身子也变得紧张起来。

　　"很遗憾，这不是单纯的家庭内部的杀人。利用人身损害保险企图骗取保险金的行为，早已超出了家庭成员之间的爱恨情仇。我没有要把你当成是诈骗犯的意思。放弃和保险公司交涉的事情吧。

　　"作为你犯罪计划实施过程中的重要一员，在处理完尸体之后，戈恩就被你草草了结。它实在是太可怜了，不给戈恩平反昭雪，从我这里都说不过去。我也不是什么动物爱好者。只是，虐待动物的家伙，不值得被饶恕。

　　"但是，这样还不能算完。因为，比起骗取保险金，这个事件的背后，还隐藏着其他的重大犯罪。你为什么要杀了由纪名？为什么又要假借由纪名的名字活着？这才是解开问题的关键。

　　"我是希望你能回答我的，不过那还是我先说吧。

　　"你和'田中关爱动物诊所'的经营者——兽医田中哲，曾经是恋人关系吧。那时你还是个高中生。你的悲剧就是从那时开始的。

　　"你好像对哲非常着迷。虽然对妈妈保密，但是你打算大学毕业之后就和哲结婚。哲也发过誓，说会和自己的妻子离婚，然后娶你。不过，你们之间的关系被他的妻子知道了。他最后选择了重新回到妻子的怀抱……唉，这也是常有的事。总之，你被你心爱的男人抛弃了。

　　"遭到背叛之后，你的内心燃起了复仇的火焰。下定决心要杀掉哲的你，没有被仇恨冲昏头脑。你突然意识到，如果是普通的杀人行为的话，你自己就会因为有充足的杀人动机，而被第一个怀疑。所以，为了制造完美的不在场证明，你选择了让自己'死'在哲之前。

"知道亚矢名含恨跳楼之后，哲悲痛万分，觉得是自己害死了亚矢名。于是他选择追随死去的亚矢名，果断自杀了……要是后来没有对你的身份产生怀疑，这简直就是完美的剧本了。"

榊原的眼睛没有离开亚矢名，他把两只手移到了腰间。

任何的疏忽大意，都可能会成为致命的错误。榊原从来没有小看过这位像母猫一样敏锐的女孩。

女人逃跑的速度不一定比男人慢。倒不如说，有些逃跑的路线反而只有女人才适用。目光像暴力团成员一样锐利的中年男子，在路上追逐一个拼命逃跑的年轻少女。在这样的情景下，被拦下来的百分之百是那个男的。

亚矢名的表情里，开始有了从未出现过的动摇。就像是在最意想不到的地方，反而会说出最令人难以置信的话……在那一瞬间，必须要有最大限度的警戒。

榊原紧绷着脸颊。

"你是听谁说的？"

亚矢名小声说道。

"是不是对我为什么会知道你的那件事感到很不可思议？不管怎么说，你的行动的确非常慎重，和田中哲的恋爱关系对朋友也保密得很好。所以，你好奇我是通过什么途径知道这些的，也很合乎情理。"

她没有回应。

"自从上次见了你之后直到今天又见到你之前的这段时间，我听取了木岛医院院长木岛医生、郁江的姑姑相泽喜代子、处理亚矢名坠楼案的潮南警察局清水警官、原北川诊所事务员濑户山妙子、秀一郎的旧友星拓真、北川家邻居多田野吉弘，共六人的证言。哲的妈妈田中寿寿子，我并没有见过。

"这次坠海事故发生的时候，亚矢名早就死了。死去的人当然不可能作案。亚矢名到底有没有恋人，在最初的时候是没有调查的必要的。所以，对于田中哲，说实话我是连他这个人都不知道的。

"即便是这样，为什么我后来知道了哲是追随亚矢名而自杀了的呢？你真的一点头绪都没有吗？

"实际上，上次在这里见到你之后，以调查死去了的北川亚矢名为名义，有个人去过田中寿寿子的家里。

"虽然一下子判断不出那个人的年龄，不过据寿寿子推定，那个人是一位二十岁左右的年轻女性。她说自己是某侦探事务所的私人侦探。

"没想到一个年轻的女孩子，竟然在做这么危险的工作。寿寿子吓了一大跳。寿寿子觉得那个人的到来也算是给她寂寞的独居生活解了解闷，就让那个人进到家里了。二人聊了很多，寿寿子也很快就对这个善于听别人讲话的人产生了信任。

"儿子哲和亚矢名的不伦之恋，从开始到结束，都一直伴随着家庭内部的争议。寿寿子把这些事情都说了个遍。她还说，和哲分手后，亚矢名连同自己肚子里的孩子一起自杀了。知道了这件事的哲感到良心有愧，不久之后也就自杀了。后来，寿寿子给那个人看了亚矢名和哲的遗书。

　　"问题就出在这个遗书上了。哲的遗书，是在诊所桌子的抽屉里发现的。

　　"写在了一张便笺纸上。"

　　亚矢名，对不起。

　　请原谅我。

　　　　哲

　　"写得非常简单，也的确是哲本人的笔迹。

　　"哲一个人在诊所的时候，喝了放入了氰化钾的速溶咖啡，服毒自杀了。

　　"亚矢名的遗书，是在哲死的时候所穿夹克的胸前口袋里找到的。那封遗书是手写的，而且内容还不少。"

　　亲爱的哲：

　　在失去你的世界里，我没有勇气继续活下去。

我决定了，带着我肚子里的我们的孩子，两个人一起去到那个没有痛苦和悲伤的世界。

到现在都没有跟你讲过，真的很抱歉，请你原谅我。

但是，既然做出了选择，我希望你从此别再有任何的心理负担。

我把这封信交给值得信赖的人，到了我们初次相遇的八月十四日那天，你就会收到的。

我们一起幸福下去的约定虽然没能实现，但是，请你一定要好好活着。

我不想说再见。

我会在那个世界一直等你。

亚矢名

"如果这些话都是真的，这就是纯爱故事了。要是寿寿子知道亚矢名还在这个世上活蹦乱跳着的话，她会怎么想？

"先暂且不谈这个。那个自称是私人侦探的人，请求寿寿子把两封遗书借给她复印一下。虽然一开始寿寿子有些犹豫，但是最后还是答应了她。寿寿子把离自己家最近的便利店的位置告诉了那个人。那个人本来应该在复印完之后，就立刻回来把遗书还给寿寿子。但是，寿寿子左等右等都没有等到那个人再回来……总而言之，寿寿子一直视为宝贝的那两封遗书，就这样被那个女人骗走了。

"但是，寿寿子可不是那种愿意躲在被窝里哭的人。自称私人侦探的那个人，估计是以为寿寿子会轻易放弃的。她这可判断错了。寿寿子跑去了离家最近的警察局，叫喊着要警察无论如何也要逮捕那个人。

　　"但是，被骗走的不是证券或者邮票那种有经济价值的东西，终归就是两张纸而已。而且，从那个人说的话来看，她很有可能是北川家雇的私人侦探。即便不是那样的话，她也一定与死去的亚矢名有什么联系。这样一来，警察就不太可能把此事当成是诈骗事件，也不会展开大规模的搜查了。不过，既然被害者都找到了警察局，警察如果不做点什么的话，也确实不太好。所以，那里的警察在调查之后，联系了当年处理亚矢名坠楼案的足立区潮南警察局。

　　"接到联络的，是潮南警局的清水警官。没错，也确实是巧合，他就是前几天刚接受了我的调查的那个清水警官。也许，你的好运气真的到头了呢。坠楼事件之后，他进到北川家的房间里，向变身为由纪名的你还问话来着。怎么样，你还有印象吗？就是他。

　　"在那之前，清水警官一直认为亚矢名的死是一场意外。听了寿寿子的话，他惊讶得讲不出话来。如果亚矢名真的是死于自杀，那起案件也就必须要被重新考量了……想到这里，清水警官马上就去搜索郁江的下落了。结果，他得知了郁江和秀一郎两个人在西沼井港发生的汽车坠海事故中死亡的消息。

　　"我说到这里，不知道你听明白了吗？多亏清水警官后来又联系了我，我才知道了田中哲和亚矢名之间的凄惨爱情故事。"

"也就是说，我去田中寿寿子家里的事，反倒是打草惊蛇了。对吧？"

亚矢名低声回答。

"你啊，太想要哲和亚矢名的遗书，把事情做过头了。上一次，我向你要了木岛医生写的借条。当时的对话，让你感到很害怕的样子。

"你是不是担心木岛医生会否认这张借条上的字迹？关于此事，我也告诉你答案了。虽然有笔迹鉴定的方法，但是如果笔迹起不到决定作用的话，把指纹拿去鉴定一下，至少可以知道木岛医生是不是用手碰过这张证明。

"木岛医生的借条上，留有你的指纹。你是用手直接递给我的，当然会有你的指纹。问题是，那不是'亚矢名'，而是'由纪名'的指纹。

"看到了你的不安，我后来提出了和保险公司交涉的条件——必须允许我用自己的方式去调查与案件相关的事实关系。

"万一我察觉到了哲和亚矢名的恋爱关系，去找寿寿子询问具体状况的话，会怎么样呢……寿寿子把从田中哲的胸前口袋里掏出的'亚矢名'的遗书递给我，如果我去做指纹鉴定的话，那么检测出来的会是不应该出现在那里的'由纪名'的指纹。毕竟，那个遗书是你手写的。但是，你写下它的时间，并不是'亚矢名'坠楼之前，而是过了很久之后，眼看就要把哲杀死之前……

"还不只是这样。哲的遗书，还有更致命的问题。哲的妈妈寿寿子也承认，遗书上的字的确是哲的笔迹。但是，哲写遗书的时间，并非是在他临死之前的'弥留之际'。而是比那要早得多的时候。

"哲自己肯定连做梦也没有想到，这张纸片竟然被当成了他的遗书。因为，这是哲和亚矢名在谈恋爱的时候，作为二人的秘密通信手段——在诊所墙壁上挂着的画框的背面塞着的无数张便笺的其中之一。"

亚矢名的脸上轻微地抽搐了一下。

"那是他给我的，最后的便笺。"

不知道是愤怒还是悲伤，从她嘴里挤出的这几个字，是颤抖着的。

"便笺的内容很简洁，所以它也可以被应用到其他地方。那张纸条上的字，倒也不是不能当成是遗书来看。想到这么用它的时候，就已经注定了这会是个绝妙的办法了。这张哲的遗书上要是留下了'由纪名'的指纹，可是个大问题……那样的话，就一切都完了，相当于是承认了自己是凶手。

"所以，你开始想了，我和寿寿子接触的可能性并不高。你周围的人，也都不知道你和哲的关系。而事实上，我也没有去见寿寿子。但是，你还是觉得以防万一，早下手会好一些。

"因此，你假装成私人侦探去了寿寿子家里，顺利地骗到了那两封遗书。可结果呢？你这是自掘坟墓。"

亚矢名小声地笑了出来。

话都被说到这个份上了，索性就开心一些吧。她不是就想表达这个意思吗？榊原自己在心里念叨着。

可是，不知是什么时候，笑声逐渐融进了抽泣声中。之后，又是一片沉寂……

咀嚼着那些令人厌恶的回忆，榊原继续说：

"那么，我试着还原一下你杀害田中哲的计划吧？如果有说得不对的地方，不要有顾虑，你尽管指正就好。

"你以偶然间在自家附近捡到的流浪狗为契机，和兽医田中哲相识了。有可能你是想把它拿回家里养，但是，郁江因为是动物过敏体质，所以非常讨厌狗，不允许在家里养狗。你把流浪狗寄养在田中的动物诊所里，你们的不伦之恋也就此拉开了序幕。"

耳边又传来了偷笑声。

"榊原先生可真是个天真的人呢。"

亚矢名盯着榊原，脸上露出了怪异的微笑。

"又不是日剧或者小说什么的，我怎么可能会在市中心的街道上，凑巧就捡到一只流浪狗呢？再说，哲也是很容易地就被骗了……

"我经常在远处偷看哲的身影。他是个很知性的人……他白天和晚上基本上都待在诊所里，从来没有见过像是他妻子的人出入过诊所。所以，我一开始以为他是单身。对于创造和他相识的契机来说，把流浪狗带到'田中关爱动物诊所'应该是最快捷有效的了。"

"那，那只狗是？"

"我同班同学的哥哥，他一直有在参加保护流浪狗的志愿者活动，我让他给了我一只。最初我想让他帮忙放在学校的保健室，但是因为我还是高中生，需要父母的许可才行……"

"这样啊。你从一开始就是被哲吸引，然后有意图地接近他啊。

"总之，你顺利地成了哲的恋人。只是没有想到，他并非单身而是有妻子的，对吧？哲和你约定好了，跟妻子离婚之后就娶你。不过，他的出轨行为被发现之后引起了家庭纷争。和大多数男人一样，他很轻易地就抛弃了你。"

"那个女人，把我的狗杀了，还割掉了它的脑袋。"

"好像是的。他妻子的憎恨，不仅仅是对丈夫的女人，已经转向了女人的狗了。当过他诊所助手的妻子，用诊所里的手术刀对狗下了毒手。那是兽医用来给动物做手术用的刀，它的锋利程度远在菜刀和水果刀之上，应该很轻松地就割下来了吧。

"这件事情从结果来看，并没有造成你和哲之间的关系破裂。不过，它也为后来发生的大事件埋下了伏笔。但是，你通过这件事也学到了知识——切断尸体的时候，应该用什么样的工具。

"分割成德国牧羊犬能吃下的大小，只用厨房剪刀明显是不够的。外科手术用的手术刀，应该是非常好的选择吧？"

没有回话。

"你下定决心要去复仇。假装老实温顺的样子，可心里却在缜密推敲着杀害计划。而且，那个杀害计划的对象并不只是背叛了你的哲。以今后的替身由纪名为开端，包括你觉得碍眼的母亲和秀一郎在内，你想要做的是，把这些人一举铲除的大型连环杀人计划。

"你有一点做得非常出色。那就是你并非简单武断地去杀人，而是把所有的杀人现场都伪装成了事故，或者说是伪装成了自杀。如果是杀人事件的话，警方肯定会介入。反过来如果是事故或者自杀的话，警方的应对就会很敷衍。而且，你把多个事件的作案时间和地点都分隔得很开，让警察没有怀疑北川家的人会和这些事件有关联。还有一点很重要的是，如果是事故的话，遗属是可以拿到钱的。家人死了却拿不到钱，也是没有意义的。

"关于杀害由纪名一案，很明显，至少你也是取得了郁江的理解和协助。秀一郎被妈妈郁江控制得死死的，毫无反抗之力。由纪名和秀一郎是相爱的。你点燃了郁江内心的嫉妒，进而用骗取房东老婆婆巨额财产的计划吸引郁江，让她成了你的共犯。

"如果是前途一片光明的亚矢名死了，警察是不会怀疑北川家的人作案的。比起整天待在家里的由纪名的生命，能够得到一大笔钱财才是……被你这样挑拨，郁江应该是动了心的吧？"

"由纪名怀孕了。"

亚矢名小声说道。

"原来如此啊！所以你才特意在遗书里面写亚矢名怀孕了吧。不过，法医好像并没有检查出来……

"不过，从由纪名的体内检测出了高浓度的酒精。由纪名当天确实是喝酒了吧？"

"酒和情欲……由纪名沉迷的事物，和她死去的养父菱沼是一样的。

"由纪名送给哥哥的那张卡片上写得歪歪扭扭的字，你看到了吧？那不是由纪名小时候写的。不论我教她多少汉字，她都没有想学会的意思。没有丝毫的对知识的欲望，由纪名是满脑子只有欲望的母猪。"

亚矢名使用的词汇也越来越激烈。

"那天晚上，由纪名也喝得大醉。

"我说服了妈妈，她也知道了杀害由纪名的计划。妈妈死活不愿意让由纪名去看妇产科，也正在为此感到焦头烂额。分配到妈妈头上的任务是，说服哥哥同意计划并在事后想办法应对警察。

"我把喝得烂醉的由纪名带到阳台，在事先卸掉螺丝的栏杆扶手那里，果断地把她推了下去。"

"那时，你们刚搬到那间公寓，周围还没有认识你们的住户。警察当然不会怀疑你们所说的死者是亚矢名的这种说法。

"而且，那时正值你高中毕业，临上大学之前的微妙时期。事件对社会的影响也被人为地压低到了最小限度。此外，你们之后就火速从足立区搬到了沼井崎市，你的朋友们即使想在你的灵前上一炷香，也不知道你们北川一家到底去哪里了。

"买下沼井崎市的那栋别墅，也是你们周密算计过的。大概——暂时逃离熟人多的东京会更安全一些——是你用花言巧语骗了郁江搬家的吧？被你的作战计划牵连的郁江，在不知道自己和最爱的儿子的临终之地即将到来的情况下，买了那栋别墅。

"如果把作为杀害现场的别墅就那样放置不管的话，万一被警察怀疑的时候，风险可就大了。比如说地板上或者墙上的血渍，就算擦得再干净，也会被鲁米诺*试剂检测出来……为了能在杀人计划完成之后将建筑物解体，没有租房而是说服郁江买房，不得不承认这是极具智慧的做法。把郁江玩弄于股掌之间，老鼠的儿子哪里是只会打洞啊，简直都快要飞上天了。"

"榊原先生对妈妈过奖了。"

亚矢名直言不讳地指出。

她的声音里带着些许的焦躁。

"妈妈是个眼睛里只有钱的女人。想骗她这种女人，只要看透她的心思就很好办了。"

"嗯，也许吧。不管怎么说，你的实力要比你妈妈高出好几个段位了。搬家的当晚，你就能轻而易举地杀了秀一郎和郁江。

"不过，在找来大型犬戈恩，让它吃掉保存在冰柜里的大量带骨生肉的同时，你也没有忘记自己真正的目的。你每天晚上开车出门去兜风，其实是去伪装事故案发现场的西沼井港等地踩点吧，或者是开车到东京的'田中关爱动物诊所'去调查哲的动向吧。你在

---

* 鲁米诺（Luminol）：一种发光化学试剂，与血液混合时会发出引人注目的蓝光。法医学上使用鲁米诺来检验犯罪现场含有的血迹。——译者注

新年刚过就去上了驾校，应该是想着早些开上车，尽快实施你的作案计划吧？"

"你把哲毒杀之后，将现场伪装成了自杀。不过，伪装成自杀需要被害人的遗书。为了能让家属和警察相信他是自杀，留下遗书是最有说服力的。所以，你才活用了留在自己手头的那些以前和哲联络的便笺。

"接下来，就是把他自杀的理由合理化。作为一位有着分辨能力和家庭责任心的成年男性，哲的自杀行为，必须要有与之相对应的合理动机。被哲抛弃的亚矢名，在绝望之中带着腹中的胎儿跳楼自尽——有这样的前提，他的自杀应该就显得合情合理了吧。知道了这一事实的哲，经受不住良心的谴责，追随亚矢名自杀了。把亚矢名的遗书放在哲的胸前口袋里，也是因为这个理由吧？你还特地把亚矢名的死亡证明的复印件和遗书放在一起，是害怕田中的家人找到北川家去确认亚矢名的死讯吧？"

亚矢名点了点头。

"至于行凶的具体步骤，我认为，在动手的那天，你是瞄准好了田中一个人在诊所的时间，堂堂正正地出现在他的面前的。难道不是吗？"

亚矢名把眼睛睁大了。她并没有否认。

"果然……如果不是那样的话，哲喝下去的速溶咖啡里是不可能混入氰化钾的。"

"虽然深夜的诊所上了锁，但是和以前一样，我拿备用钥匙打开门进去了。

"分手后我们没有再联系过，他看到我的时候都快被吓傻了。'我从现在开始，要说今天来这里的理由，有可能话会很长，不过还是希望你能听一下，拜托你了。'我话音刚落，他就马上答应了。"

"如我想的一样，北川亚矢名死亡的消息并没有传进他的耳朵。见到了完全没想到会在此刻出现的前女友，那个人在困惑的同时，也难掩内心兴奋。所以，即使我在炎热的八月戴着手套，他也并没有怀疑什么。如果被问了，我原本打算说那是夏天用的蕾丝手套……

"我拜托他在我开始讲述之前，给他泡一杯咖啡喝。他很喜欢喝咖啡，没有理由拒绝我这个请求。我就像以前一直做的那样，用水壶里的热水冲泡了速溶咖啡。桌上有两个杯子，我趁他不注意，在其中一个杯子里投入了氰化钾。"

"你是怎么拿到氰化钾的？郁江那里吗？"

"不是的，妈妈对杀人不感兴趣。氰化钾，是从我哥哥那里拿的。他在网上找熟人买的。哥哥一直在想着死的事情，明明他根本就没有那个胆量……"

"哲没有任何犹豫，喝下了那杯有毒的咖啡？"

"是的。我一点也没费力气。我确认他死了之后，把我自己喝的那个咖啡杯洗干净放回了原位，把他喝剩下的那半杯咖啡和装有氰化钾的小瓶子，放置在了他的桌子上。"

"然后，你把哲的遗书放进了桌子的抽屉，把亚矢名的遗书和死亡证明的复印件藏在了他所穿的夹克的胸前口袋。

"当然，你肯定不会忘记在氰化钾的小瓶上留下哲的指纹吧？"

亚矢名点了点头。

已经没有什么要说给这个姑娘听的了。

沉默再一次将他们支配。

"时间也很长了，差不多我们就结束吧？"

"我刚才也说过，就算你是我的委托人，我也不会对你犯的罪视而不见的。但是，我毕竟不是警察啊。从现在开始，还是交给警察来处理会好一些吧。请允许我现在就报警。"

说着，榊原从胸前口袋掏出手机。突然，在他的意识里，眼前这位年轻的姑娘，和他迄今为止都没有想象过的自己的女儿的形象，不由自主地重叠在了一起。

对一件和自己完全无关的事情刨根问底，把一位和自己的女儿年龄相仿的少女逼上绝路，还说什么要把她交给警察，榊原到底是怎么了啊？明明自己早就不是警察了啊……

不过，正因如此才更应该严肃地对待此事。毕竟摆在那里的是铁的事实。

我的女儿怎么可能会和这种人一样！

"像你这样年纪的女孩的心情，我终究还是理解不了……

"我并不认为你完全没有合理的理由和动机。但是，你为什么要把身边的人赶尽杀绝呢？"

"你是在想和你分开了的女儿吧？"

从亚矢名的嘴里飞出了令人感到意外的话。

"你知道的吧？"

"我是从远藤那里听说的，就在远藤把你介绍给我的时候。

"远藤对我说，榊原外表看上去很冷淡，开始的时候会觉得他不是很好接近。但其实他的内心很善良。虽然现在我都不太能见到他了，不过我知道他有个跟你岁数差不多大的女儿。所以，他肯定会很热心地帮助你的……"

理惠子那个家伙，总是这么多嘴！净说些无关的事。

不过，这的确也瞒不过懂心理学的理惠子。榊原感到自己心里像是中了毒……

"因为有年龄相仿的女儿，所以你才会更加生气吧？

"我认为是这样的。"

亚矢名平静地说。

她想要博得这个男人同情的企图，并没有明显地被表现出来。

"我杀人，是因为我是鬼畜。

"刚才，榊原先生你自己不是也说了吗？在犯罪的拼图上看到了我的脸……"

公园里的风，从刚才开始忽然变得很冷。

树叶被风刮得沙沙作响。

绝不能让到手的猎物就这么溜走。榊原开始默默地操作手机。

鬼畜之家

从我有了记忆开始，我的家就已经开始崩坏了。

为什么我会成为这样的人，我的家庭早就说明了一切。父亲无视母亲，母亲也从不向父亲打开心扉。三个孩子夹在他们中间，畏首畏尾地长大了。

父亲是一个以自我为中心、对别人很冷淡的人。自身以外的事物，他都漠不关心。即使是家人有难，他也根本就没有为了别人而牺牲自己的想法。也正是他的利己主义，使得他懒得去分辨小人，所以才会被妈妈那样的女人套牢，被骗子骗钱从而负债累累。终其一生，孤独寂寞。尽管如此，我并不讨厌他这样的父亲。

父亲很是厌恶哥哥秀一郎，也可以说是蔑视他吧。这并不只是因为秀一郎不是他亲生的而已。愚笨的头脑、愚弱的身体、动摇的意志……哥哥拥有父亲讨厌的全部品质。

父亲最在意的是我，我的长相和性格都是父亲喜欢的那种类型。也许父亲在我的身上看到了他的影子吧，学习成绩好，比什么都能让他高兴。

父亲去世的时候，妹妹由纪名还很小，她并没有成为父亲厌恶的对象。不过，如果父亲见到了长大之后的由纪名的话，很容易想象得到他会有多么的失望。由纪名，比起她的生父，其实和她的养父菱沼健一更像。哥哥就不怎么有的智慧，由纪名也一样没有。

妈妈认为只有自己的欲望，也就是金钱，才是唯一有价值的东西。她最开始的目的是和父亲结婚，但是父亲其实并不爱她。她把怀孕作为武器，用威胁的办法成为北川家的一员。比起和父亲的冷淡关系，她最大的烦恼，是和婆婆的互不相让吧。结婚当初，北川家的财政大权还在祖母手里，妈妈没有使用金钱的自由。

我对祖父没有太深的印象了，不过对祖母倒是记得很清楚。我很讨厌我的祖母，她身型偏瘦，从外表上看，像是一个品味高雅的老太太，但实际上，她是一个内心阴险、咄咄逼人、斤斤计较的人。

站在祖母的立场上想想，郁江把喜欢拈花惹草的自己的独生子给抢走了，固然可恨，但是，郁江肚子里孩子的父亲，竟然是自己的丈夫，这样一来，她想把儿媳妇逼走也就不无道理了吧。不管有什么样的理由，在嫉妒和抱怨中迷失自我的人，终归是丑陋的。妈妈总是把祖母喊作"夜叉"，在年幼的孩子的眼中，她也是令人毛骨悚然的鄙陋的女鬼。

我最讨厌的是，祖母总是把矛头指向我。

"长大之后，你也会变成像你妈那样'音乱'的人。你可要当心！"

"音乱"其实是"淫乱"，虽然我是到了后来才知道它的意思的，不过那个词汇的毒性之大，即便我当时还只是个小孩子，也体会到了。

我决定给祖母一些教训看看。

我最开始想到的办法，是给祖母喝的茶里下毒。不过，我毕竟还是个小孩子，很难搞到真正的毒药。我发现祖母在她屋里的桌子上，经常放着一个小茶杯，那里面总是会剩下一些茶水。于是，我在剩的茶里偷偷地加入了厨房清洁剂。因为，我想到了她以前总是说"清洁剂是有毒的，不洗干净不行"。我家里用的清洁剂是绿色的，所以即便混在茶里也看不出来。

因为祖母察觉到了异样而大发雷霆，我的这个计划最终以失败告终。不过对于此事，祖母好像从来没有怀疑过妈妈。虽然，祖母后来和妈妈的关系越来越差，但是祖母不愧是祖母，她看穿了这是我干的。看到近乎疯狂地叫嚷着的祖母，妈妈偷偷地对我露出了笑容。如果她认为我是想为她报仇的话，那可就大错特错了，我从来都没有同情过她。

毒杀祖母的计划失败之后，我又换了个方法打算卷土重来。祖母晚上睡得早，所以她的房间里总是在晚上七点刚过，就铺好了床被。那天，趁着祖母去洗澡的时候，我潜入她的卧室。我把自己的裙子卷起来，一屁股坐在了祖母的被子上。

数秒后，我站了起来，确认好了祖母的被子和枕头被浸湿，黄色的污渍留在了上面。那一瞬间，有种说不出的强烈快感涌上了我的心头。

在那之后又过了一段时间，祖母死了。死因当然不是中毒，而是扩散到全身的卵巢癌细胞。即便她的丈夫和儿子都是医生，也没能将她从病魔的手中救出。我那时六岁，马上就要去上小学了。

父亲的死，是在我上小学二年级的五月。

那时，父亲和妈妈已经是完全冷战的状态。不过比起这个，北川家濒临破产的经济状况则要严重得多。与行医踏实的祖父不同，喜好投机的父亲并不满足于医生的本业。被别人煽动，他把手伸向了很多不同的产业。最后，他被一群可疑的人拉拢，死的时候已经是负债累累了。

父亲是死于自杀，绝不会是妈妈杀了他。我之前说给榊原先生的那些话，对不起，都是我瞎编的。

父亲既没有被妈妈下安眠药，也没有被妈妈注射毒药。妈妈虽然是个内心邪恶、欲望强烈的女人，但是她没有冒险去杀人的胆量。最大限度地利用家人或亲属的死亡，把金钱骗到手里的行为，才是她的特长。

父亲死的那天，小长假刚刚结束，天气还有些凉。结束了一天的诊察后回到家里的父亲像和往常一样，换了衣服，喝了一杯咖啡，就又出门了。他再次回到了诊所。父亲几乎没有和我们一起在家里吃过晚饭，平时结束诊疗之后，他习惯马上出门，到了深夜很晚才回家。他彻夜未归的时候肯定也不少吧。

　　父亲不怎么照顾家庭。我是三个孩子里唯一的，似乎与他有过交流的人。我没有像哥哥和妹妹那样害怕父亲，父亲也没有对我刻薄冷淡过。父亲也算是有智慧和有教养的人，至少在我的眼里，他老实忠厚，像个男人。

　　现在想来，也许是我对父亲的评价过高了。但是，那个时候，除了爸爸，就是像嘴里衔着小猫的母猫一样——把儿子管得死紧的丑恶的妈妈，以及躲在妈妈背后的软弱的哥哥。我在内心深处对他们简直是烦透了。

　　我时不时就会去诊所，找一直待在那里面不出来的爸爸玩。比起家里二层的书房，也许诊所更能让我放松下来吧。诊察时间之外，父亲经常在诊所阅读医学相关的杂志或者书籍。

　　即便我走进诊室，他也不会对我做出任何反应。但是，每当我偷偷看着他的时候，他总是会做出很满足的表情。我观察各式的医疗器具，爬上患者受诊用的椅子，在检查床上来回打滚的时候，他从来都没有呵斥过我。父亲对于学习成绩不好的哥哥早已断念，他想让我成为他的后继者，当一名医生。

　　但是那天，我轻轻地打开诊室的门的时候，映入我的眼帘的，不是父亲满足地回头看着我的样子，而是从桌子前的椅子上滑落下来，倒在地板上的父亲的长长的身躯。

　　他的脸朝向对面，我没有看见他的表情，但是看到他的身体呈现出不自然的扭曲状态，在那里一动也不动。死了……马上认识到这一点的我，把目光投向了桌子上面。只见一支带着针头的注射器静静地躺在桌子上。作为医疗器具的注射器不能被那样放置，这是我在小时候就懂得的常识。为了把这个非常事件告诉在家里的妈妈，我飞快地跑出了诊所。

妈妈倒是很冷静，估计她想到了早晚会有这么一天吧。听完我说的话，她也没急着跑出去，而是跟着我到了诊室。进了诊室之后，她没有对父亲说话，直接就去诊他的脉，然后默默地摇了摇头。

我知道，基本已经可以确定父亲是死了。妈妈一点也没有惊慌失措，我对此倒是也没有感到不可思议。真正让我感到意外的是，那之后的故事展开。再怎么说，也是一家之主突然死亡。那样的死法，还是会让人觉得这并非是自然死亡事件。我当时脑子想的是，救护车和警车一路鸣笛飞奔，集结到诊所门前，以及楼上楼下的人们喊叫声不断的场面。

但是，认真检查了桌子上的注射器，把可疑的药品容器看了又看之后，妈妈没有给任何人打电话。

"千万别跟任何人说起这件事！当然，秀一郎和由纪名也不行！"

用吓人的声音命令完我之后，她就慌慌张张地离开了。

妈妈真的没有把父亲的死告诉秀一郎和由纪名。父亲晚上经常不在家，所以不用担心他们两个怀疑什么。不过说起来，他们二人也从来就没有对可疑的事情有过怀疑，毕竟他们没有那么敏锐的感性。

　　妈妈就好像什么事都没有一样，催着几个孩子赶紧去睡觉。不久之后，她就开始行动了。她给同样是新宿区私人医生兼父亲好友的木岛医生打了电话，只说了丈夫的样子很奇怪，让他快点赶过来。

　　悄悄从房间跑出来偷听了他们谈话的我，当然，也忍不住去偷听了那之后在诊室里发生的事情。听见像是木岛医生驱车赶到的声音，我轻轻地下了楼，向着他们作为密谈场所的诊室走去。

　　在深夜的诊所里，妈妈和木岛医生的谈话内容，就是我之前告诉榊原先生的那些。我在诊室的门外竖着耳朵听。在父亲的尸体旁边，他们两个人热情地聊着关于钱的事情。作为协助妈妈的回报，木岛医生要求妈妈给他一千万日元。妈妈很干脆地答应了木岛医生的要求，二人的商谈也宣告成功。

　　在父亲返回诊室到我发现他的尸体的这段时间，妈妈确实没有离开过她的房间一步。妈妈没有机会杀害父亲，所以，妈妈要求木岛医生帮她的，一定不是什么帮她掩饰杀人的真相，而是把父亲的自杀伪装成病死。

　　自杀的话，家属是拿不到人身损害保险金的。妈妈只要向对方哭诉，如果是那样的话，一家老小就只能露宿街头，木岛医生也就不忍心拒绝了吧。不管是什么时候，妈妈的判断力总是很出色。不过，如果她把看问题的角度变化一下，在平日里像侦探一样，调查父亲和父亲周围的那些人，应该会更加有用吧。

　　不过，妈妈的作战可不只是装装可怜和收买人心。是的，一种老套的会让人笑掉大牙的简单直接的方法——色诱。

有一点我没给榊原先生讲过，那就是北川诊所其实是在昭和初期建成的木制建筑。从大街上看它的正面，会发现墙上满是爬山虎，很有古时候医馆的那种风韵。和外观一样，内部的构造也是怀旧的昭和风样式，完全可以用它来给古风电影当拍摄取景地。当然，诊室的门也是木制的推拉门，门上有一个很大的钥匙孔。现在这种样式的门已经很少见了。

能听清诊室内的对话，多亏了这个大大的钥匙孔，而且它的高度也正好是小孩子的脸可以碰到的。最初我把耳朵紧紧地贴在钥匙孔上，突然间二人的对话中断的时候，我就把耳朵移开了。当然，透过钥匙孔是可以看到诊室里面的情况。

透过钥匙孔看到的那扇厚厚的大门里的世界，就像是深不见底的水井一样，完全是另一番景象。从那个小小的视界映入我眼帘的是，商谈成立之后，在木岛医生挺着的如太鼓一般的圆滚滚的肚子上蹭来蹭去的，妈妈细长柔美的身姿。

妈妈穿的不是刚才的衣服，而是一身蓝色针织的两件套。她穿的衣服已经能说明一切了。从椅子上滑下来的父亲的尸体在房间的死角，从钥匙孔里看不到。但是，倒在那里的父亲的尸体，让平时早已见惯尸体的那两个人更加兴奋了。他们二人喘着的粗气，伴随着房间里充满着的腐臭味和毒气，透过钥匙孔向我迎面扑来，将我"击倒"。

突然间，有种形容不出来的憋闷感，从走廊里向着妈妈的房间跑去的我，一不小心踢翻了放在地板上的水桶。水桶里没有水，因此响声非常大，传遍了整个诊所。与此同时，我闻到一股呛人的血味在那一带充斥着，随之强烈的呕吐感也向我袭来。

我对妈妈起了杀心，也许就是从那时开始的吧。而且，在那时，我感觉到自己比任何家人都要爱我的父亲。

与性格内向且神经质的哥哥，还有一看就是性格怪僻的我不一样，由纪名有着作为家里老小特有的那种天真和会撒娇的特点。换句话说，她对事物的认识偏浅而且容易受到别人的影响。父亲死后，由纪名成了妈妈的姑姑家的养女。

收养由纪名的菱沼家是住在茨城县的农家。先不管妈妈的目的是什么，比起自己原来的家，不如说由纪名和养父母家的风气习惯更加吻合。实际上，菱沼夫妇二人都是出了名的老好人。他们没有北川家的讽刺、阴谋和复仇，与之相对的，菱沼家有的是无知、无教养和无节操。

从由纪名那里知道了她和养父的关系，是在办完所有手续正式成为菱沼家的养女之后，她上小学一年级的那个年底。那时，我被妈妈带着来到菱沼家打招呼，送上新年的祝福。不过，我坐在那里还没喝完杯子里的果汁，就被看着像是等了我好久的由纪名拉着，进了她在走廊边上的小屋。

那个小屋是由纪名的卧室。一进到房间，由纪名马上就把推拉门关上了。她把衣橱最下面的抽屉拉开，咯吱咯吱地不知道在那里面翻找着什么。

果然是一到了关键时刻就犯糊涂吧，由纪名先是在那里扭扭捏捏的，不久之后突然间像是释然了一样，从抽屉的最里面拿出了一个带有蓝色花纹的儿童内裤，不声不响地塞到了我的手里。那明显是由纪名穿过的内裤，不过当时才上小学三年级的我，没有立刻想到那上面残留的茶色污渍其实是血。

听着由纪名慢腾腾地说明，我的心情也跟着变得不好了。

虽然是发自本能地把自己描绘成受害者，但是，由纪名年幼的脸庞上不时浮现出的对这种秘密体验的陶醉感，我看得一清二楚。即使是对作为姐姐的我哭诉自己的遭遇，由纪名也明显地沉浸在充足感和优越感之中。由纪名的身体里毫无疑问地流淌着妈妈的血液，而那正是她与我水火不相容的地方。我对此感到的只有无尽的痛苦。

我没有犹豫，决定对菱沼健一施以制裁。想想那个男人对年幼的由纪名做的事以及他本身的劣根性，遭到报应也是理所当然的。

父亲死后，我们被赶出了新宿区的家，在菱沼家暂时借住了一段时间。也许那是乡下人特有的风俗吧，健一爷爷和美惠子奶奶对于不请自来的我们一家人，一点不高兴的表情都没有显露出来，不仅给我们做饭、铺床、烧洗澡水，还跟我们亲切地拉家常。他们膝下无子，说实话，也是一对很少见的夫妻了。

白天，妈妈借口找工作，返回了东京。被留下的我们在院子里或是田间玩耍，在宽敞的屋子里来回奔跑，吃美惠子奶奶给我们做的红豆汤和蒸红薯，自由快乐地享受着时光。

在房子的背面，有一口我在东京都没有见过的老水井。本来应该各自去上学或者幼儿园的我们，收获了意想不到的假期。玩累了，就在榻榻米上睡了个午觉。像这种事情，也是在东京的家里没有过的。

那天，我一个人在睡午觉。哥哥和由纪名还有美惠子奶奶三人像是在厨房干什么，我在梦里都听到了他们互相开玩笑时的笑声。听到那个声音之后，我醒了过来。猛然睁开眼时才发现，不知道是什么时候从地里回来的健一爷爷拉开了推拉门，直直地站在原地，一动不动地俯视着我。

那个时候的我，里面是奶油色的毛衣，外面套着红色的背心裙。我身体的下半部分，从美惠子奶奶给我铺好的被子里露了出来，屁股和大腿几乎全都露在了裙子的外面。我平时基本上都会在内裤的上面套一条米色连裤袜，不过午睡的时候太碍事了，我就把它脱了放在枕边。

对于有育儿经验的人的来说，这根本算不上是什么景色。但是，对于没怎么见惯过女人的健一爷爷来说，能看得出来，这已经足够有冲击感了。还只是小孩子的我，也能让不知道如何把欲望藏在"知性"那层窗户纸后面的这个五十岁的男人，收获幼稚的兴奋感。我确信他偷看了我很长时间的睡姿。

发现我醒了之后，他那像门缝一样的眼睛里的芝麻般大小的瞳孔，开始匆忙地转动着。像肉丸一样的鼻子也变得油亮通红。

我恶狠狠地瞪了他一眼，他慌了。

"啊，美惠子奶奶在盛糯米团子呢，你不过去吃吗？"

他明显是想掩饰自己刚才的行为。那个样子，看起来也挺可怜的。

我虽然没被他怎么样，但就是生气了。现在想想，那种心胸狭隘、好色成痴、愚昧无知，包括美惠子奶奶在内，菱沼家全员都有这些特质。

美惠子奶奶是人尽皆知的老好人。不过与之相对的，她也是一个目不识丁、不修边幅的人。夫妇二人只要开始喝酒，过不了多久，酒和小菜的臭味就会充满整个屋子。他们喝醉之后直接在趴在客厅的桌子上睡到天亮的情景，我见过很多次。

我是那种不管别人有多少优点，也不会原谅他的缺点的那种人吧。我恨我的妈妈，但是她并非是那种不修边幅的女人。我只对不修边幅的女人抱有厌恶感。想要把菱沼夫妇从这个世界抹杀掉的想法，恐怕是那个时间点就已经在我的脑中开始形成了吧。

"这个估计洗了也去不掉的吧。"

"但是，没关系。再找一条相同的内裤就好了啊。"

我先是那么说着让由纪名安下心来，接着向她要了那条问题内裤。

对于上小学三年级的我来说，在不知道它是在哪家店里卖的情况下，是不可能找到的。但是，由纪名好像并没有对此感到怀疑。全权交由我负责之后，她的心里也松了一口气吧。

新年之后的一月三日，妈妈带着我，再次来到菱沼家。

是把女儿交给别人之后不放心，还是借着打招呼的名义来找什么，妈妈的理由肯定是后者。在菱沼家的收养关系成立之后，妈妈时不时地就去那里找由纪名。

我说到这里你已经懂了吧。我之前跟榊原先生说的，那天我妈妈一个人去菱沼家里的话，不是事实，而是借由纪名的口吻撒了谎。当然，教唆由纪名放火杀人的不是妈妈，而是身为姐姐的我。

我没有要包庇妈妈的意思。我之前也说过好几次，妈妈那个人即使有再多的阴谋诡计，她也不会亲手去杀人。即使到了万不得已的时候，让她做好冒险的准备挺身而出，也是不可能的。她才没有那种“不成功，便成仁”的正义感。她这样的人有资格成为杀人凶手吗？

趁着妈妈和菱沼夫妇一边喝茶一边聊天，我和由纪名两个人在她的小屋里待着。

交给姐姐之后，她看起来好像安心了不少。我告诉她没有找到相同的蓝色内裤，又说那个茶色的污渍是怎么洗也洗不掉的。由纪名听了之后，噘着嘴像是要哭了一样。

“现在可不是哭的时候！”

我吼了由纪名。

从现在开始，才是决胜的关键。就算是由纪名的脑子再不好用，想让她杀害自己的养父母的话，也必须要有她可以接受的理由才行。

最终，我成功地煽动了由纪名内心的嫉妒和恐惧。

“要是被美惠子奶奶知道了，麻烦可就大了呀！我听妈妈说，别看美惠子奶奶平时老是笑呵呵的，她发起火来可吓人着呢……

"健一爷爷不只是对由纪名这样。只要看到了可爱的女孩子，他就会立刻调戏呢。然后，美惠子奶奶一生气，就会把那个女孩子扔进井里。

"他们家房子的后面不是有一口老井吗？那口井可深着呢，被扔进去之后，叫得再大声都没有人能听见，所以爷爷和邻居都没注意到。那口井里，现在不知道堆了多少小姑娘的骸骨呢……

"不过啊，由纪名，这件事情除了不能对美惠子奶奶说，也绝对不能对妈妈说！因为，要是妈妈知道了，她肯定会对由纪名和健一爷爷大发雷霆的。

"妈妈要是发火了，比美惠子奶奶不知道还要可怕多少呢。而且，她肯定会去告诉警察的，这样一来，由纪名和健一爷爷就会被戴上手铐拉进警察局，两个人的特写就会在电视新闻里来回播放。"

那口老水井，为了防止孩子不慎摔落，其实被罩上了网。也是由于这个原因，那口井的底变得更加深不可见了。

即便说的不是事实，由纪名听了我的话之后，已经被吓得浑身发抖了。她没有意识到我的矛盾之处。我告诉她，只有一个方法，可以不让妈妈和美惠子奶奶生气，就把事情解决。还说了只是这个方法顺不顺利，完全取决于由纪名自己的干劲。由纪名没有犹豫，直接就答应了我。

我把步骤教给了由纪名。多亏以前在菱沼家借住过一段时间，我对于菱沼家的布局心中有数。作为妈妈常备的安眠药，我也事先偷到手了。

结果，没有丝毫的恐惧和不安，由纪名出色地完成了任务。

看到被熊熊大火团团围住的菱沼家，她当时到底是一种怎样的心情呢？我不知道。

一月四日的晚上，我在自己的床上屏住呼吸，一直竖着耳朵静候通知发生了重大事件的那通电话。

出乎预料的是，妈妈在得知消息之后，没有表现出任何吃惊的样子。她大致了解了一下情况，在确认菱沼家的房子几乎被完全烧毁、菱沼夫妇被烧死、由纪名奇迹般地生还之后，她并没有立刻就去那里见女儿。

以时间太晚为由挂掉了电话的妈妈，之后马上将电话打去了在父亲去世时跟她详谈过的那位律师家里。如何利用这个千载难逢的机会，妈妈心里早就想好了万全之策。

第二天，在开车赶往菱沼家之前，她先去拜访了律师事务所。我那天看到的妈妈的背影，和她当年在父亲的尸体前决定赌一把的时候一样，显得威风凛凛、斗志昂扬。

在那之后的九年里，北川家的妈妈和三个孩子虽然平时小打小闹不断，但总归还算是在过着平稳的日子。

将爸爸的人身保险赔偿金和由纪名从菱沼家继承的遗产收入囊中的郁江，早就没有在做护士的工作。作为死去的医生的妻子，她可以不顾及别人的眼色，舒服地生活了。不过，像是坏掉了一样的女儿、精神问题愈发严重的儿子，让她物质丰富的生活也变得黯然失色。

打算大学毕业之后就和这个丑陋的家断绝关系的我，在学习和社团活动上非常用心，在快餐店打工也拼尽全力。

为了能获得我的理想校——成英大学的指定推荐，除了学习成绩，课外活动也是必不可少的。当然，平时的作风也是重点被考察的一项。虽然在班级里也有同学做陪酒女，或者是做那种不可言说的兼职，但是，流言弄不好可是会要了人的性命。好在，尽管我的家庭状况很糟糕，老师们对我的评价非常高。我原本应该一切都顺风顺水的才对。

这样的我，还是遇上了陷阱。我和田中哲命运般的相见，是在离上大学只剩一年了的高三的第一学期。

在我休息日早晨惯例的慢跑活动中，偶然间路过"田中关爱动物诊所"的我，看到了一位身形偏瘦的、浑身散发着忧郁和知性美的中年男性，从那里走了出来。

时间还早，刚七点半不到……离动物诊所开始营业的时间还很早。后来我想了想才知道，他上的是通宵的晚班，天亮之后回家吃早饭去了。

仿佛看到了我死去的父亲一般，我一直盯着他看。我从他锁门的动作和快步离开的样子判断，确信他和爸爸一样，是一位医生。

我应该是一直没有走出恋父情结的心理怪圈吧？老实说，认识久了之后我才发现，哲不论是作为医生还是作为男人，都跟我的父亲一点也不像。哲温柔诚实，诊疗的对象虽然是有人和动物的不同，但是他对患者倾注了爱和热情，远胜过我的父亲。不过，如果他的外形没有那么像父亲的话，也许我也不会那么快地被他所吸引了吧……我到现在也不太确信。

我拿着从朋友那里要来的秋田犬，假装成在路旁捡到了一只流浪狗，走进了"田中关爱动物诊所"。

哲是个纯真的人。他到最后也没有发现我是有意图地接近了他。发现了这一点的可能是他的妻子琴美。她虽然任性，只是将丈夫视为天职的兽医工作，当成是一个听起来还不错的头衔而已，但是，她绝对不是一个迟钝愚笨的妻子。

我和哲能成为恋人关系，其实并不需要多长的时间，只要有一点点的契机就足够了。估计，哲连自己被我诱惑了都不知道吧。

哲虽然跟我约定他会抛妻弃子然后跟我在一起，但是那时还没有具体的进展。我想过在高中毕业之后就和他开始同居生活，不过从来没有觉得琴美会轻易地给我让位。琴美有一个能干的实业家爸爸一直跟在她身后，为她撑腰。诊所开业的时候，听说她爸爸就出了一笔相当可观的钱。

我永远也忘不了一月二日的那天晚上。终于，事件还是发生了。我带去诊所的那只秋田犬，惨死于琴美的手中。

看到被残忍地割下的狗头的一瞬间，比起愤怒和悲伤，先涌上我心头的是"这样，我就算是赢了琴美了吧"的确信。把动物的命看得比什么都重要的哲，就算是被嫉妒冲昏了头，他也绝对不会原谅妻子的这种暴行。即使我不采用强硬的措施，敌人也为我送上了一个"乌龙大礼"。

正因为这样想，哲最终没有选择我而是琴美的时候，你知道我有多么震惊吗……简直无法用语言来描述。只要一想起来，我就浑身气得发抖。

本该有了觉悟才去参加家庭会议的他，竟然带着那样的结论回来，我是一点都没有想到。他再怎么安慰我，我都已经听不进去了，我已经无法再继续活下去了……我在那时，已经下定决心，要把哲今后的人生永久埋葬。

只是，我希望你不要误解的是，我并非只是单纯地出于内心的怨恨和痛苦才杀了哲。

即使他成不了我的男人，我也绝不能把哲让给那个女人。那个时候我的脑子里就只有这种想法。

当然，说的不仅仅是肉体关系而已，心比那个要重要得多。就算哲死了，我也要坚决阻止琴美把她对丈夫的回忆放在心中。

虽然我不知道她用了什么卑鄙的手段拴住了丈夫，但是，我也一定要让她好好尝尝作为被抛弃的女人的那种屈辱和失败的感觉。

为此，既不能是他杀也不能是事故死，我必须要让他死于"自杀"。不过也不能仅仅是自杀，如果他的"自杀"不是为了我，对我来说也是没有任何意义的。

我的计划渐渐成型了。

也正好是那个时候，我家里发生了紧急情况——由纪名怀孕了。自不必说，男方正是哥哥秀一郎。

对妈妈而言，没有什么比让儿子开心更重要的事。为了能让儿子高兴且乐意被她操控，对于哥哥和由纪名的行为，妈妈可耻地选择了视而不见。所以，发生这种事情也只是时间早晚的问题。

不顾陷入惊恐的妈妈，当事人一点责任意识都没有。对于在妈妈的庇护和支配下，把无理当有理，像是宠物猫一样，在某种意义上自由任性地活着的二人来说，认识不到怀孕问题的严重性，好像也并不是没有道理。但是，令人没有想到的是，看似和母性无缘的由纪名，坚决拒绝打胎。由纪名说什么也不肯去医院看医生。

我说出杀害由纪名的想法，最初还显得非常吃惊的妈妈，不久也露出了像是看到救世主一样的表情。我们甚至都没有想过由纪名有没有抚养孩子的能力。在内心崩坏但是身体成熟的女儿面前，妈妈也显得手足无措。

有一种绝对不会被怀疑的作案手法。我具体实施并且负全部责任，妈妈只需要帮助我就好……妈妈没有顶得住我说给她听的好话，更没有看出我的意图是什么。

有精神疾病的女儿像谜一样坠楼身亡，谁都不会相信这是个偶然的事故。最好的情况是被当成自杀，最坏的情况是被怀疑为了甩掉麻烦而伪装成事故的蓄意谋杀。还有，如果怀孕的事实被发现了，一定会追查男方，哥哥和由纪名违背伦理的行为，就会大白于天日之下。我是这样说服妈妈的。

如果坠楼而死的不是"家里蹲"的由纪名，而是临近大学入学的我的话，就不会有人再怀疑死者是自杀或者是被他杀了的吧。只要给阳台的护栏扶手稍微动一动手脚，除了会被认为是因事故死亡，扶手有瑕疵一事，应该还可以从房东那里敲来一笔高额赔偿金。

妈妈显示出了浓厚的兴趣。也许是多年的奢侈生活让她也有些囊中羞涩了，她最终成了我的同伙。

首先要离开熟人很多的港区，搬到一个远一点的出租公寓去。最好是周围没有什么人的老旧建筑，如果房东再是个老太太的话就更好了。然后，在"亚矢名"因"事故"死亡之后，迅速逃离东京，搬去乡下避避风头会比较好……妈妈在她最后的瞬间，也没有察觉到我的提案的危险性。

其实，我还有一个秘密计划针对哥哥秀一郎。

就算他再怎么不敢反抗妈妈，在杀了由纪名之后，想让哥哥同意我假借由纪名的身份也不是一件容易的事情。我在那时，也去煽动了哥哥的嫉妒和恐惧心理。

"哥哥你可能不知道吧……由纪名可是除了哥哥，还有别的恋人呢。"

那晚，在只有我和哥哥两个人的客厅里，我算计好时机，在哥哥的耳边说了这句话。

我知道，从舒服的高级公寓突然被带到这个又脏又旧的出租房里，哥哥和由纪名的情绪都不是很稳定。特别是由纪名，她比以前喝酒喝得更凶了，还经常在屋子里把自己灌醉。哥哥还是像往常一样不怎么说话。

"这还是住在原来的家里的事情。实际上，由纪名和别的男人偷偷见面，被我看到了。

"有一天我晚上偶然醒来，正好看到由纪名在悄悄开门。后来，有辆车停在了公寓的楼下，由纪名坐在那辆车的副驾驶的位子上。那个时候，我看见了在驾驶席坐着的那个人的脸，他叫什么名字来着？哥哥你的初中同学里，有一个人是住在咱们家附近的吧？他也来过咱们家里玩……就是那个人。

"虽然只是我的猜测，由纪名肚子里孩子的爸爸是那个人才对吧？咱们搬家之后就见不到他了，你看最近由纪名是不是还挺失落的。"

瞬间哥哥脸上一阵抽搐。我看得清清楚楚。

"那孩子要是自暴自弃了，真不知道她能干出什么来。还有个事妈妈都不知道，菱沼爷爷奶奶被烧死的那场大火……着火的原因你猜是什么？那可是，是由纪名放的火。

"由纪名以前是健一爷爷的恋人。她在小学一年级的时候就已经……她害怕那个秘密会被美惠子奶奶发现，就把那两个人都杀了。

你要是觉得我在说谎的话，去问问由纪名怎么样？"

以那场火灾为契机，由纪名变了。哥哥也应该觉得很不可思议吧。

然后，哥哥也多少有察觉到，由纪名对那种事并不陌生。

关于星拓真的事情，虽然是我瞎编的，不过其实我是有所隐瞒。

在哥哥面前，我默默地把一个没有链子的钻石挂坠拿给他看了。由小粒钻石拼成的闪闪发光的，英文字母"T"形状的钻石挂坠，其实是哲送给我的生日礼物。

"整理搬家的东西的时候，我发现由纪名藏着的这个东西。"

哥哥屏住呼吸，盯着我的掌心。

那个璀璨闪烁的"T"，和"拓真"的英文首字母是一样的。在那一刻，哥哥的魂已经没有了。

我想杀了亲兄妹的事，难道就是那么不可原谅吗？

我对于那个丑恶的家庭，只有满满的厌恶感，没有恨。妈妈的尸体自不用说，在那无力又无害的哥哥的尸体面前，我的内心涌出了比厌恶感更加强烈的感情。

逃出家族的诅咒和束缚，重新开始人生，对我来说，无论如何都很有必要。

沉默着，毫不犹豫地把手术刀插进脖子的那一瞬间，毫无疑问，我也成了鬼畜。

对了，我有重要的话忘记说了。是关于我假扮私人侦探去拜访田中寿寿子的事。

就像是被榊原先生指出的那样，我与哲的母亲寿寿子见面，如果我没有想着把"遗书"取回来的话，榊原先生也就发觉不了我和哲的关系了吧？如果是那样的话，也许就找不到证据证明假借由纪名名字的人，实际上就是亚矢名了吧？我真的是自掘坟墓。

哲为什么要背叛我？

他为什么抛弃我选择了琴美？

从被他说分手的那天起，我每天都会问自己数十遍。我从没想到，这个问题的答案会从寿寿子的嘴里被说出来。听了那些话之后，我不禁觉得活着真的是太好了。

哲不是为了妻子和儿子，才抛弃我的。他是为了我，是因为爱我，才选择了退出。

在强硬的琴美父亲的面前，不谙世事的哲和寿寿子简直就像是小婴儿一样。诡计多端的琴美父亲将计就计，反而利用了哲对我的爱。琴美父亲不只是对哲要求出轨行为的损害赔偿金，还编瞎话诽谤我交过多少男朋友、做着不能对人说的可疑的兼职工作。他还威胁哲说，如果我的事情被学校知道了，成英大学的推荐入学资格也会被取消。

把我和我的名誉看得比什么都重要的哲，没有选择的余地。

没有了哲，什么大学，什么指定推荐，统统都没有任何意义了。我该怎么做才能让他明白呢？

我把宝贵的哲，就这样误杀了。就凭这一点，我也够被判死刑了吧。比起一直不明白他的心意，过着被屈辱和激愤填满的失败者的人生，另一种生活会有多么幸福呢？我真的不知道。

氰化钾的毒素和苦闷感，在他的体内迅速散开。他难受得不禁浑身抽搐、满地打滚。但是，他最后看我的那个眼神，没有一丝愤怒。只是，只是渗着懊悔与悲伤。

我不后悔。

榊原先生，我和你相遇，从结果上来看，也许是正确的吧。

如果没有见到你，我只会拼命回忆自己过去的不幸，拖着被哲抛弃了的失败感，以"北川由纪名"的名义，苟且余下的人生……

我很满足。

Original Japanese title:KICHIKU NO IE
© Akiko Miki 2011
Original Japanese edition published by Hara–Shobo Co., Ltd.
Simplifiedl Chinese translation rights arranged with Hara–Shobo Co.,Ltd.
through The English Agency (Japan)Ltd. and AMANN CO., LTD., Taipei

图书在版编目（CIP）数据

鬼畜之家 / （日）深木章子著；周庠宇译 .
-- 北京：台海出版社 , 2020.6
ISBN 978-7-5168-2584-6

Ⅰ . ①鬼… Ⅱ . ①深… ②周… Ⅲ . ①推理小说 - 日
本 - 现代 Ⅳ . ① I313.45

中国版本图书馆 CIP 数据核字 (2020) 第 073382 号

版权合同登记号　图字：01-2020-1360

鬼畜之家

著　　者：[日] 深木章子		译　　者：周庠宇	

出 版 人：蔡　旭　　　　　　　　封面设计：Mystery_Factory[稚梦]
责任编辑：员晓博

出版发行：台海出版社
地　　址：北京市东城区景山东街 20 号　　邮政编码：100009
电　　话：010-64041652（发行、邮购）
传　　真：010-84045799（总编室）
网　　址：www.taimeng.org.cn/thcbs/default.htm
E - mail：thcbs@126.com

经　　销：全国各地新华书店
印　　刷：嘉业印刷（天津）有限公司
本书如有破损、缺页、装订错误，请与本社联系调换

开　　本：880 毫米 ×1230 毫米　　　1/32
字　　数：190 千字　　　　　　　　印　　张：9.75
版　　次：2020 年 6 月第 1 版　　　　印　　次：2020 年 6 月第 1 次印刷
书　　号：ISBN 978-7-5168-2584-6

定　　价：56.00 元